空の走者たち

増山 実

ハルキ文庫

角川春樹事務所

目次

空の走者たち

発表

二〇二〇年　四月十八日

何もかもが異例ずくめの記者会見だった。

神田駿河台《するがだい》、山の上ホテル。

記者たちが詰めかける会見前の会場がざわつくのはいつものことだ。

しかし、多くの場合、彼らは発表される内容をある程度予想し、なすべき準備をすでに終えている。発表を待つ張り詰めた雰囲気の中にも、どこかしら手持ち無沙汰《ぶさた》で弛緩した空気がそこには多少混じっている。

田嶋庸介《たじまようすけ》はいままでそんな現場を何度も経験している。

しかし、今日の記者会見場には、そんな緩んだ空気が一切ない。

誰にも予測がつかないのだ。

田嶋は喉《のど》の渇きを覚えてフリスクを何粒か口の中に放り込んだ。

本来ならば三月中に行われる予定の会見だった。

それが四月の半ば過ぎまでずれ込んだ。

原案を策定する審議会が決めたものを、理事会がひっくり返し、差し戻した。

そんなことはかつて一度もなかった。前代未聞。

それほどぎりぎりの審議が続けられていた。

田嶋はざわついた広間でもう一度ファイルの中の資料に目を通した。

一九六四年の古びた新聞記事のコピーだった。

今から五十六年前。

まさに今、田嶋が待機しているこの場所で行われた記者会見の内容を短くまとめた記事である。

日付を見る。

四月十八日。

今日と同じ日じゃないか。

この偶然に気づいている者は、ほかにいるだろうか。

反射的にそう考えるのは記者特有の職業病だ。

……うまくいけば、いい記事になる。

しかしそれもこれから発表される内容次第だった。

可能性はフィフティ・フィフティ。いや、それよりはいくらか分が悪いはずだ。

時計を見る。午後七時二十分。発表の予定時刻からすでに二十分過ぎている。

このぶんでは、あともう少しかかるだろう。田嶋の緊張がやや緩んだ。

窓の外に目を移す。

大きな二本の樹《き》が伸びていた。

大通りから一本入った急な坂道の奥、小高い丘の上に建つこのホテルは、こぢんまりとしているが、それゆえあまり大仰でない家庭的なサービスが古くから評判で、昭和を代表する小説家たちの御用達《ごようたし》として知られていた。従業員たちは素朴で、女性従業員は東北出身者が多いと聞く。

入り口に立つ女性給仕の頰《ほお》には、こころなしかほのかな赤味がさしているように見える。彼女もまた雪深い東北から出て来てここで働いているのかもしれない。昭和が終焉《しゅうえん》を迎えて三十年以上経過した今も、このホテルはあの時代の残り香をまだわずかに漂わせているように思える。

思える、と頼りない言い方しかできないのは、平成元年生まれの田嶋に「昭和」は実感としてはリアルではないからだ。

西暦二〇二〇年。

今や平成生まれどころか、二十一世紀生まれの若者がスポーツや文化の最先端に登場しつつある。高卒でドジャースに入団した二十一世紀生まれの日本人ルーキーがつい先日初登板し、初勝利をあげた。二十一世紀生まれの芥川《あくたがわ》賞作家が誕生したと世間が騒いだのも昨年の秋だ。頰の赤い女性が東北出身というイメージも、田嶋が何かの本で読んだ「古い昭和」のステレオタイプにすぎない。田嶋の頭の中の「昭和」は、すべて書物や映像で構築されている。

三十一という年齢に似合わず、田嶋は昭和の空気を描いた作家の小説を読むのが好きだった。書籍のほとんどが電子書籍となった今でも、紙の本で書かれた彼らの小説を求めて、たまの休日にはこの界隈《かいわい》の古書街を彷徨《ほうこう》する。電子書籍では絶対に味わえない、ざらついた手触りと色褪《あ》せた紙から立ち上るあの独特の匂《にお》いが、田嶋を陶然とさせた。

池波正太郎、三島由紀夫、松本清張。

誰もがこのホテルに決まった部屋を持っていたという。その部屋の窓からも、あの大きな二本の樹が見えたはずだ。彼らも執筆に疲れた目を休めながら、樹を眺めたことがあっただろう。あるいはあの樹こそが彼らのインスピレーションの源泉だったかもしれない。この先をどう書き継ごう。作家は悩む。遅々として筆はすすまない。窓の外を見る。そうすると樹の精が、筆を進めるべき方向を、そっと耳打ちして教えてくれるのだ。あの樹は小説の神様なのだ。このホテルが作家に人気があるのは、そのせいだ。

そんな愚にもつかぬ空想を巡らせていた時、三人の男がばたばたと現れて着席した。

「ただいま、日本陸上競技連盟理事会により、二〇二〇年東京オリンピック、女子マラソン日本代表の選手が決定しましたので発表いたします。池島佳子《いけじまよしこ》。藤堂《とうどう》エリカ……」

次の瞬間、記者団にどよめきが起こった。

三人目に読み上げられた名前は、同世代に生きた日本人はもちろん、彼の死後も繰り返し語られたことによって、「昭和」にいくらか知識と関心のある日本人ならば、誰でも一度は聞いたことのある、あのマラソンランナーと同じ姓だったからだ。

「池島佳子、藤堂エリカ、円谷《つぶらや》ひとみ。以上三名が、二〇二〇年東京オリンピック女子マラソン日本代表選手と決定いたしましたことをご報告いたします」

会見が終わるのを待たずに、記者たちがいっせいに原稿を打ち始めた。それがどれほどのニュースバリューがあるか、誰もが十分に認識していた。

田嶋はデスクへ送る原稿の最後をこう締めた。

〈奇《く》しくも五十六年前、東京五輪のマラソン代表として円谷幸吉《こうきち》の名が読み上げられたのも、今日と同じ四月十八日、山の上ホテルの会見場だった。その時、陸上関係者以外で「円谷」の名を知る者はほとんどいなかった。まさに彗星《すいせい》のごとく彼は現れた。五十六年の時を経て、彗星は再び日本陸上界にかえって来た。もうひとりの「つぶらや」がこの夏、東京の空の下を再び駆ける〉

外へ飛び出すと雨だった。あいにくホテルのエントランスのタクシーは全部出払っていた。田嶋はタクシーをつかまえるために表通りまで走ろうとした。その時、女の声がした。

「あの……ホテルの傘でよろしければ、お使いください」

さきほどの赤い頬をした女性給仕だった。

「ありがとう」

田嶋は思いついて、彼女に訊《き》いてみた。

「今から福島県の須賀川《すかがわ》市まで行きたいんですが、やまびこは……」

「十九時五十二分か二十時七分が間に合うと思います。郡山《こおりやま》まで一時間と少しです。郡山からは在来線もございますが、この時間でしたらタクシーの方が便利です」

「詳しいですね」

女性給仕は、今度ははっきりと頬を赤くして、弾《はじ》けるような笑顔で答えた。

「私も、円谷ひとみさんと同じ、須賀川の出身なんです」

彼女から傘を受け取って、田嶋は明大通りへと続く坂を駆けおりた。

田嶋の心は躍っていた。

あの町へ帰るのだ。あのなつかしい町へ……。

秘密の抜け道

二〇一三年　七月十五日

ユカ、手紙ありがとう。

ユカがそっちに引っ越してから、もう二年と三ヶ月が経《た》ったんだね。

須賀川は去年以上にキョーレツに暑いけど、宝塚《たからづか》はどう？

送ってくれたポン菓子、みんなで食べたよ。美味《おい》しかった。あたしは黒豆のポン菓子がお気に入りだよ。こんなに美味しいポン菓子なら、きっとたくさん売れるよ。ユカのお父さんの新しい仕事、うまく行きそうな気がするな。

ユカがいまいる町は、あたしにはタカラジェンヌのいる華やかな町っていうイメージしかなかったけど、黒豆が採れるような畑もあるんだね。

それに、ダリア畑があるんだって？　植物図鑑で調べたら、ダリアって牡丹《ぼたん》の花にそっくりだね。日本名は天竺《てんじく》牡丹っていうんだよ。八月は大きな川べりで花火大会があるんでしょ? 須賀川も牡丹が有名だし、夏には釈迦堂《しゃかどう》川の花火大会があるし、きっと宝塚は、須賀川と似てる町なんだね。

今日はね、ふしぎなものを見たよ。

ほら、小学校に行く途中、いつもふたりで通った、あの「清水《しみず》湯」の裏の、秘密の抜け道。コケの生えた緑色の石段を下りたところに古びたお堂があって、その周りにはお墓があって、なんだかよくわからない石碑もいっぱいあって、いつもひんやりとして、大きなケヤキの樹が二本、あたしたちを見下ろしていた、あの秘密の抜け道。

薄気味悪くて、いつもユカとしっかり手をつなぎながら、駆け足で通ったよね。

今日ね、ひさしぶりにあの抜け道を歩いたんだ。

どういうわけか朝早く目が覚めて、学校に行くにもまだずいぶん早かった。

その時、ふっと、あの道のことを思い出したんだ。なんでそんな気になったのか、自分でもよくわからないんだけどね。

清水湯の裏を抜けた先には今もお堂とお墓があって、ひんやりとした空気はあの頃とおんなじだった。お堂の正面は崖《がけ》になっていて、その草むらには紫色の花が一面に咲いてたよ。

子供の頃、ユカと一緒に釈迦堂川の土手に生えてたムラサキツユクサでよく押し花を作ったよね。押し花を作るとき、新聞紙に広がった紫色のきれいな模様を、今でもはっきりと覚えてる。そのムラサキツユクサが、あの秘密の抜け道の向こうにも、たくさん咲いてたんだ。そんなこと、今日になるまで気づかなかった。だって小学生の頃は、おっかなくて景色なんか見ずに、いつも一目散に駆け抜けていたもんね。

あたしはしばらくお堂の脇の石段に腰掛けて、その風景を眺めてた。

崖の向こうには竹やぶがあって、あとはただ草むらが広がるだけ。

きっと百年も、もしかしたら二百年も前から、何も変わっていないような風景だった。

ぼうっと見てると、突然紫色の花が、一斉にゆらゆらと空に舞った。

なんだかそれがあたしには、まるで誰かがその景色に魔法をかけたみたいに見えたんだ。

あっと思いついて、両手の親指と人差し指を交互に合わせて、四角の窓を作ってのぞいてみた。

ユカ、覚えてる？

「狐《きつね》の窓」だよ。

そうやって指で四角い窓を作ってのぞき込むと、人間に魔法をかけて化かしてる狐の姿が見えるっていう、おばあちゃんに教えてもらったおまじない。

でもね、何も見えなかった。

いままで、何度もそうやって窓を作っても、一度だって狐なんか見たことなかった。今日も同じ。魔法なんかじゃなかった。

ゆらゆら空に舞った花に見えたのは、紫色の羽根を広げたチョウだったんだ。

ユカ、あたしね、軽音部、やめたよ。

もちろん音楽は好きだけど、高校からギターを始めたあたしは基礎もできてなくて、みんなと演奏のレベルを合わすことができないんだ。それでもやっているうちに面白くなるかなと思ってがんばって続けたけど、やっぱり無理だった。

陸上部も中学でやめちゃったし、結局、あたしは何がしたいのかなあ。もう高校二年なのに、このまま何もできないまま、高校生活、終わっちゃうのかなあ。

ユカは、自分のやりたいこと、決まってるから、いいよね。

ずっと陸上は続けてるんだね。ユカは絶対才能あるよ。

ユカが希望してる陸上部の強い四年制の大学に行けたらいいね。進学か就職かで迷ってるみたいだけど、ゆっくり考えて決めたらいいよ。

お父さんの新しい仕事を心配してるけど、きっと大丈夫。あの黒豆のポン菓子、ほんとに美味しかったもん。うん。きっと日本一。学費のことだって奨学金もあるし、自分でアルバイトして払うこともできるし、きっとなんとかなる!

あたしは、家の手伝いはずっと続けてるよ。

今どきこんな小さな町のCDショップなんて、そんなに流行《はや》らないけどね。

お父さんが言ってた。うちのような個人商店のCDショップって、もう全国でも珍しいって。福島県には片手で数えるほどしかないんだって。絶滅危惧《きぐ》種だね。

でもあたしは、うちの家がずっと昔からやっているこの店が好き。

ひとりで店番して、お客さんが誰もいない時は、好きなCDをかけてるんだ。

最近よくかけてるのはエルトン・ジョン。「ユア・ソング」っていう曲がすごく好き。これは恋愛の歌なんだろうけど、あたしはこの曲を聴くと、いつもユカのことを思い出すんだ。

そうだ。昨日は、須賀川の夏祭りだったよ。

いつもふたりでお気に入りの浴衣を着て出かけた、きゅうり天王《てんのう》の夏祭り。浴衣に着替えて、きゅうりを手に持って、露店をひやかしながら西日が傾く松明《たいまつ》通りを歩いてると、今年も夏が来た、って思うんだ。

ユカとユカの家族のかわりに、今年も、ちゃんとお参りしておいたからね。

ユカの家族三人分、天王さんからいただいた三本のきゅうり、一緒に送るね。これ食べたらきっとユカのお母さんの身体《からだ》もよくなるよ。

遠い町での避難生活、まだまだ大変だろうけど、とにかく今は、新しい生活に慣れて早くいつものユカに戻ってね。

辛《つら》いときは、子供の頃、ふたりで決めたあの合い言葉、思い出して。

へこたれねで、がんばっぺ！

二〇一三年　七月　十五日　　円谷ひとみ

★

バスが停留所に停《と》まると、開いたドアから熱風が吹き込んだ。

ひとみはこの熱風が苦手だった。

夏の暑さをひとみはきらいではない。むしろ冷房の効く場所にいるよりもぎらつく太陽の下にいた方が心地よいとさえ感じる。異常と言われる今年の暑さでさえそうだ。

それでも冷えた車内に突然熱風が吹き込むと、まるで平和な車内に突然まがまがしい魔物が乗り込んできて日常を破壊してゆく、そんな不安な思いに駆られる。以前にはなかったことだ。「あの日」以前には。

ひとみはカバンの中から読みかけの文庫本を取り出した。

中学二年の秋、郡山で行われた陸上競技会でユカが貸してくれた本だった。

二年以上もかかって、まだ読み終えていない。分厚い上に内容がひとみにとっては難しいということもあるが、数行読んでは読みあぐねて本を閉じてしまうたびに、自分の根気のなさを思い知らされるようでいやになるのだ。

ユカは幼稚園の頃からずっと一緒に遊んでいた幼なじみだ。彼女は小学校一年の時から須賀川の陸上クラブに所属し、いろんな大会に出場してはメダルや賞状をもらっていた。

地元で行われる二キロのロードレースでは、小学二年から六年まで五年連続優勝した。男子にだって負けていなかった。そんなユカに憧《あこが》れてひとみも小学四年の時から陸上を始めたのだった。

しかしどんな大会でも必ず上位に入るユカに比べ、ひとみの成績は平凡なものだった。それでもひとみは満足だった。何よりも走ることが楽しかった。

小学校を卒業する年の二月に大熊町《おおくままち》で行われた駅伝大会は、今も忘れられない。福島県の海沿いにあるこの町の駅伝大会は県内では有名で、小学生から一般まで百チームほどが参加する。小学生の部は、一人二キロを五人で走る。ひとみは四番目の走者、アンカーはユカだった。中位よりだいぶ後ろでたすきを受け取ったひとみは懸命に走ったがひとつも順位を上げることができずに、ユカにたすきを託した。ユカは自分の持ち分である最後の二キロで、前にいる走者をごぼう抜きして、チームを優勝させたのだ。

ユカはみんなと抱き合って喜んだ。汗ひとつかいていなかった。

中学に上がると、ユカは須賀川を離れて、同じ福島県の浪江町《なみえまち》に引っ越した。駅伝大会があった大熊町の隣町だ。

東西に広い福島は、中央を貫く奥羽《おうう》山脈を境に、西側が「会津《あいづ》」、東側は内陸の「中通《なかどお》り」、そして海沿いの「浜通《はまどお》り」という、三つの地勢に分けられる。ひとみたちのふるさと須賀川市は福島市や郡山市と同じ中通り、ユカが引っ越した浪江町は浜通りだ。

学区も生活圏も違うが、中学でも陸上部に入った二人は、県の陸上大会でいつも顔を合わせた。

ひとみには中学に入ってからのユカが、急に大人びて見えた。毎日会っていた小学生の頃と違い、数ヶ月に一度しか会わなくなったせいかもしれない。会うたびにユカが時折見せる仕草や表情に、ひとみは自分が置いて行かれるような寂しさと同時に、憧れを抱いた。仲間と群れずに、我が道を行くようなきっぱりとした性格も好きだった。

あの日、ユカは試合前の競技場のトラックの脇にある芝生に座って本を読んでいた。


「ユカ、試合前なのによく本なんか読めるね」

「私は、本読んでる時が一番落ち着くの」

「何、読んでるの？」

「『失われた時を求めて』」

「誰？　外国の人？」

「マルセル・プルーストっていう人」

聞いたことのない名前と題名だった。

「ぶあついね」

「まだ一巻だけどね。最近、岩波文庫が新しい訳で出し始めたんだ。読みやすいよ」

「何巻あるの？」

「全部で十四巻」

「十四巻？　長い！　あたし、一生かかっても、絶対読めない」

「私、長い話が好きなんだ。なかなか読み終わることのできない話。すぐに終わる話なんか、つまらない」

「だからユカは長距離やってるんだ」

「関係ないかも」

「それどんな話？」

「紅茶に浸したマドレーヌを食べたら、過去のいろんな記憶がよみがえる話」

「簡単にまとめたね」

「どんな人生だって、簡単にまとめることはできるでしょ。でもそれと実際の人生とは別。本だって同じ。読んでみなきゃ」

「マドレーヌで、どんな記憶がよみがえるの？」

「だからいろんなことだよ。小さい頃の花の香りや鐘の音や……。面白かったのはね、主人公が、枕《まくら》にほっぺたを押し付けて寝ていると、昔も、どこかでこんな姿勢で寝ていたことがあったな、あの時の部屋は、たしか……って、子供の頃から老人になるまで、これまで暮らしたことのある部屋を、全部ひとつずつ思い出していくの。そこでね、私、思ったんだ」

　ユカは本を閉じて、芝生に寝転がる。

　そして、空を見ながらつぶやいた。

「私は、これからの人生で、誰と、どんな部屋に住むんだろう。今まで住んできたその部屋のことを、ずっと後になって、どんなふうに思い出すんだろうって」

ユカは本をたくさん読んでいる。陸上部の練習はかなりハードで、私なんか家に帰ったらベッドに直行して爆睡なのに。いったいいつ読んでるんだろうって思うくらい。

小学生の頃、ユカの家には何度も遊びに行った。

古くは「馬ノ背」と呼ばれ、今は「松明通り」と呼ばれている古い街道筋の、公立病院前から少し東に入ったなだらかな斜面の上に建つユカの家からは、夏になると釈迦堂川の花火大会の花火がよく見えた。

四年生になった頃からユカの部屋には急に本が増えだした。最初はアルセーヌ・ルパンシリーズとかドリトル先生シリーズとか、子供向けの本ばかりだったのに、いつの間にか大人が読むような本が本棚に並ぶようになった。

六年生になると、ユカの部屋は本と陸上競技大会のメダルでいっぱいになっていった。

その日の競技会で、ユカは三〇〇〇メートルで県大会記録を出して優勝した。中三でもこの実力を維持すれば、きっとどこかの陸上の強豪校から声がかかるだろう。

ひとみは八〇〇メートルの決勝に出て六位。入賞はしたが、タイムは平凡だった。

「ひとみ、さっきのこの本、貸してあげる」

試合が終わり、郡山駅に向かう帰りのバスの中で、ひとみの隣に座ったユカが言った。遠征の時は同じ中学の陸上部員同士で行動するのが規則だったが、ユカはそんな大人が決めたルールにはおかまいなしだ。

「すこしずつでもいいから、読んでみたら。読み終わったら、次の二巻貸してあげるよ」

手渡された文庫本は、ずっしりと重たかった。

ひとみはページを開いてみた。

「でも、栞《しおり》、はさんであるよ。ユカ、まだこれ、読み終わってないんじゃないの？」

「いいの。また買い直すから」

「……なんであたしに貸してくれるの？」

「ずっと、ひとみと友達でいたいから。ひとみ、約束しようよ。その本を全巻読み終わるまで、私たちは、ずっと、友達。ひとみ、さっき、この本、一生かかっても、絶対読めないって言ったでしょ。だから私たちは、一生友達」

ユカはいたずらっぽく笑った。

「でもね、その本は、まだ一巻しか出てないの。これから、毎年、夏と冬頃に一巻ずつ出る予定らしいから、十四巻、全部出るのは……二〇一七年の、夏ね」

「二〇一七年！　ひえーっ、あたしたち、二十一歳じゃない」

「少なくとも、二十一歳までは、友達同士ね」

ひとみは二十一歳になった自分を想像してみた。何も浮かんでこなかった。

バスが郡山駅に着いた。

読み終わったら二巻も渡すからね、そう言い残して、ユカは浪江町へと向かうバスのターミナルに消えた。

浪江町は須賀川から六十キロ東の、海辺の町だ。

ユカの両親は須賀川の小さな土地を耕して自然農法で野菜や果物や穀物を作っていた。自家製の味噌《みそ》や、薬草の決明子《けつめいし》、それにきゅうりが美味しいと評判だった。家に遊びに行くとお母さんが必ず野菜と果物のミックスジュースを作ってくれた。コンビニで買って飲むジュースなんかとは美味しさが比べ物にならなかった。

ユカが中学に上がる直前、ユカの両親は、浪江町に新しい土地をみつけて引っ越すことにした。自分たちの理想の自然農法をもっと広い土地でやるためと、あまり身体の強くないユカの母親のことを考え、より自然に囲まれた環境で体調を整えるためだった。

ひとみは一度だけ、浪江町のユカの家に遊びに行ったことがある。ユカが本を貸してくれたあの陸上競技会の後の、中学二年の冬休みだった。

ユカの家は、牧場が広がる見晴らしのいい場所にあった。

ユカの家にも二頭の牛がいた。小規模ながら酪農を始めたのだ。これからもっと増やしていくんだって、お父さん張り切ってるよ。そう言うユカもうれしそうだった。

部屋の中の本とメダルは、さらに増えていた。

海が見える二階のユカの部屋で、ミックスジュースを飲んだ。あんまり美味しくて一気に飲むものだから、ごくんごくんと喉をとおる音がなんだか愉快でふたりは笑い合った。

ユカが訊いた。

「ひとみ、あの本、読んだ？」

ひとみは首を振った。一行も読んでいなかった。

私たちの友情は安泰ね。ユカが笑った。

窓の外には見覚えのある樹が植わっていた。

マロニエだ。

それは須賀川に住んでいた頃、ユカの家の庭に植わっていた樹だ。

ユカが生まれた記念に、わずか三十センチばかりの苗木をお父さんが植えたんだといつか彼女から聞いたことがある。ユカのお父さんはこの記念の樹を、そのまま新しいふるさととなる家の庭に移植したのだ。

「マロニエって、すぐ大きくなるんだって。あと十年もしたら、見上げるほどになるよきっと」

あと十年。あたしたちは二十四歳だ。

二十四歳……。二〇二〇年。

その頃、ユカが教えてくれたあの本は読み終えているだろうか。

二人は外に出て、ユカの自転車に二人乗りして大きな橋を渡り、ボウリング場の前を通って海岸沿いを走った。

遠くに大きな白い建物が見えた。

向かい風が頬にあたって心地よかった。

「この町はね、風が気持ちいいんだ。だからお母さんが気に入ったの」

自転車を漕《こ》ぎながら、ユカが言った。

ここには千年以上も昔からね、〈土の人〉と〈風の人〉がいたんだって。〈土の人〉というのは、ずっとここで土地を耕して生きてきた人。〈風の人〉というのは、どこからかやってきて、ここに住み着く人。ここはそんな土地なんだって。私たちも、いつかこの町の〈土の人〉になれるかな。

そして向かい風に負けないような大声でユカは叫んだ。

「私、この町、好きになれそう」

ユカがその町に住んでいたのは、わずか二年だけだった。

中学に入学した春から、あの、何もかもをすべて変えてしまった春が来るまでの、たった、二年間。

あの日、須賀川も激しく揺れた。

ひとみの中学は卒業式で、三年の先輩を送った後、いつもの放課後のように陸上部の練習のため部室へと歩いていた。

一瞬、めまいが襲ったのかと思った。しかし揺れているのは大地だった。大げさでなく、世界の終わりが来たと思った。それが地震だとわかったのは、揺れが収まってからだった。もちろん部活は中止で、家に急いだ。

町の風景は一変していた。

道路は陥没し、寸断され、どす黒い液体を噴き出していた。

精密機械の工場の鉄骨がぐにゃぐにゃになって倒れていた。市役所前の交差点のビルは一階部分がぺしゃんこにつぶれていた。民家や土蔵がいたるところで倒壊し、須賀川で一番立派なホテルの壁は大きくひび割れて今にも崩れ落ちそうだった。神炊館《おたきや》神社の石積みの灯籠《とうろう》はなぎ倒され、鳥居が折れて地面にころがっていた。

家に帰ると一階の店舗は、散乱したCDとDVDの海になっていた。手で拾い上げようとしたら割れたガラスの破片が中指の先を刺した。二階の部屋に続く扉を母が内側からどんどんと叩《たた》いていた。ドアが壊れて閉じ込められているのだ。力任せに何度もひっぱるとようやく開いた。「ひとみ！」母が名前を叫びながら抱きついてきた。

「父さんは？」

父は市役所にでかけたまま連絡がつかない、母がそう言って泣きながらひとみの手を両手で握ったとき、父が家に飛び込んで来た。

テレビは津波警報を流していた。

反射的にユカのことを思い出した。

ユカの住む浪江町は海にへばりついた町だ。ユカの家は海辺からすぐというわけではなかったが、それでも二階の窓からは海が見えていた。

予想される津波の高さは十メートルだという。

やがて津波の映像がテレビ画面に映し出された。

鳥肌が立った。

すぐにユカの携帯に連絡した。携帯はいつまでたってもつながらなかった。

夜の全国ネットのニュースでは、須賀川の藤沼《ふじぬま》湖のダムが決壊し、多くの家屋や人を飲み込んだという情報がある、と伝えていた。

ひどい余震が続く眠れない夜を過ごした翌日、福島第一原発一号機の爆発事故が報じられた。地震直後には原発から三キロ圏内だった避難指示が、二十キロ圏内にまで拡大された。ニュースが示す二十キロ圏内の円の中に、ユカの住む町がすっぽりと入っていた。

情報が錯綜《さくそう》しているようだった。被災地域の死亡者数がテレビの速報で流れたが、そんな数ですまないことは、ひとみにもわかった。

ユカ、お願い、電話に出て！　メールでもいいから、連絡をちょうだい！

ユカとようやく連絡がついたのは、その二日後だった。

浪江町の山間《やまあい》の津島地区の避難所にいるという。

すぐあとにわかったことだが、そこは風向きの関係で放射線量のとても高い地区だった。

政府にはそれがわかっていたが、放射線量の情報を公開しなかったのだ。

一週間後、ユカの家族は津島地区から郡山市の北の二本松市の体育館に避難した。須賀川から隣町の郡山までおよそ十五キロ。二本松へはそこからさらに二十キロ強。東北本線は復旧のめどが立たない。ひとみは朝六時から七時間以上かけて徒歩で会いに行った。

つぶれた建物の並ぶ国道を歩いている間、涙があふれてどうしようもなかった。

ダンボール箱の陰で、ユカは身体をくの字にして眠っていた。声をかけると、目を覚まして大声で泣いた。

そんなユカを見たのは初めてだった。

周囲の避難者たちの射るような視線に気づいた。どれほど切実なものであれ、大勢が共同生活を強いられ、誰もが神経を尖《とが》らせているこの体育館の中で泣くことは許されなかった。

ふたりは体育館の外に出て、抱き合って泣いた。

本も、メダルも、牛も、全部あの家に置いてきたよ、早く帰りたい、早くあの家に帰りたい、そう言ってユカは泣き続けた。

爆発事故から四十日が過ぎた四月下旬、ユカの家は立ち入り禁止の警戒区域に指定された。

ユカの両親はその直後に一度だけ浪江町の家に一時帰宅した。しかしユカは家に帰ることができなかった。たとえ家族の一時帰宅であっても、十五歳未満の警戒区域への立ち入りは禁止されているからだ。

両親が撮影してきたビデオ映像で、ユカは自分の家の様子を見たという。

本とメダルはそのまま部屋に残っていた。マロニエの樹が倒れていた。

二頭の牛の姿は、映像には映っていなかった。

そのことを、両親は説明しなかったし、ユカも訊かなかった。

須賀川に住んでいた頃の家と土地はすでに人手にわたっていた。

ユカと両親は、母親の親戚《しんせき》のつてを頼って兵庫県の宝塚に引っ越した。

部屋の中にたくさんあった本もメダルも、マロニエの樹も全部置いて、ユカと家族は「ふるさと」を去った。

それから二年と三ヶ月。

ユカの両親は、宝塚の地元の人たちの好意で土地を貸してもらい自然農法を再開した。

福島にいた頃から比べればほんのわずかな面積だが、そこで穫《と》れた作物でポン菓子を作って売り歩いていると手紙に書いてあった。

ユカの両親は宝塚に避難してからも三度、浪江町の家に一時帰宅した。

家から持って帰ることのできる荷物の量は限られている。

一度目は夏の衣類を、二度目は冬の衣類を、そして三度目の一時帰宅のときに、ユカは初めて両親に頼んだ。

「メダルをひとつだけ持って帰って。ひとみと一緒に走った、大熊町の駅伝のメダルを」

ユカは今でも、一度も浪江町の家には帰っていない。

ひとみの手元にある『失われた時を求めて』は、まだ一巻のままだった。栞が二枚、はさんである。一枚はユカが残したままのもの。もう一枚の栞は、ひとみがあとではさんだもの。

ユカが栞をはさんだページを、ひとみは、ゆっくりと開いた。

〈それでも私は、これまでの生涯で住んだ部屋を、あるときはひとつ、またあるときはひとつと想いうかべ、目覚めにつづく長い夢想のあいだについにはすべての部屋を想い出したのである〉

ひとみはあの日の陸上競技会でユカがつぶやいた言葉を思い出す。

「私は、これからの人生で、誰と、どんな部屋に住むんだろう。今まで住んできたその部屋のことを、ずっと後になって、どんなふうに思い出すんだろう」

うずたかく積まれたダンボール箱の陰で、えびのように身体を曲げて眠るユカの姿がうかんだ。

文字から目を離し、ユカが残した栞に視線を落とす。
その栞に染み込んだ、鮮やかな紫。
小学生の頃、ユカと一緒に作った、ムラサキツユクサの押し花だった。

暖簾の向こう側

二〇二三年　七月二十二日

田嶋庸介はＪＲ須賀川駅の改札を出た。

駅舎は想像していたよりもずっと小さかった。

目の前には大きな橋が見える。橋の向こうには急な上り坂が続いている。

盆地にある福島市や郡山市と違い、須賀川市の中心部はいたるところに坂が広がる丘陵地帯であることがわかる。

坂は勾配《こうばい》を上げながらゆるやかに右へ曲がる。上りきった先には古い街道筋が南北に走る。そこが昔も今もこの町の目抜き通りのはずだった。駅前から目抜き通りへとつながるこの界隈《かいわい》の静けさに、田嶋は少し驚いた。

駅前には手作りの小さなパン屋があり、米屋があり、酒屋がある。間に民家を交えながら橋のたもとまで軒を連ねている。せせこましい感じがしないのは、店の間口が広いからだろう。

橋の上は見晴らしが良い。西に那須《なす》連峰。東に阿武隈《あぶくま》山地の山並みをのぞむ。

すかがわ橋、と記された欄干の下を、静かに水が流れていた。

川岸から葉を茂らせた巨木が伸び、橋の高さをしのいで見上げるほどになっている。

そのちょうど目線の高さの葉陰に、さっと黒いものがうごめいた。

つがいの鴉《からす》が巣の中で羽根をつくろっていた。田嶋は生まれて初めて鴉の巣というものを見た。駅から歩いて、まだわずか三、四分ほどの風景である。

この町は、自分が今住んでいる郡山とは、ずいぶん違う。

ホームページでチェックした市のプロフィールによると、古代から幾度か戦の舞台となっている。鎌倉時代に東北遠征を果たした頼朝の家臣、二階堂氏の城下町として栄えたが、天正年間、伊達《だて》政宗に攻められ、須賀川城は落城。城下町としての機能を失《な》くすが、白河藩領となった江戸時代、奥州街道屈指の宿場町となって繁栄を謳歌《おうか》する。

一方、隣接する郡山の町の成り立ちは須賀川とは対照的だ。今では福島随一の商業都市である郡山だが、明治時代に鉄道が敷かれ、駅ができるまでは、ひたすら荒れ地が続く未開拓地だったという。

荒れ地の開発は、明治政府によるかつての武士たちの大量失業者対策としての一大公共事業だった。政府の思惑に乗って敷設された駅を中心に郡山は大発展を遂げ、郡山と須賀川の市勢は完全に逆転した。

地図で確認するとJR須賀川駅は町の北に位置し、中心部から二キロばかり離れている。なぜ駅が町の中心部からこれほど離れているのか。

明治時代、町に鉄道駅ができると、乗客が町を素通りして街道客を相手にする旅館などが立ちいかなくなる。それをおそれて鉄道駅を町の中心部に置くことを忌避したのだ、そんな話をどこかで聞いたことがある。

真相はともかく、須賀川の駅前は人が一極に集まる駅からの画一的な開発を免れたせいで、日本のどこにでもあるような大型チェーン店ばかりが立ち並ぶ、のっぺりとした顔のない町とはかなり相貌を異にしていた。

郡山から須賀川へはJRを使えばわずか十分。距離にして、南におよそ十五キロ。郡山にくらべれば、須賀川は全国的にも知名度は決して高くない。正直、田嶋自身も、東京にいた頃は何度かその名を目にした程度だ。その薄い記憶もおぼろげで、埼玉県にある加須《かぞ》市と混同していた節さえある。「すがかわ」ではなく「すかがわ」と読むのだというのも、ついさっき橋の欄干を見て初めて知った。

樹と、川と、坂の町。

それが須賀川という町に対して最初に抱いた田嶋の印象だった。

突然、つがいの鴉が飛び立った。

ふたつの黒い影の行方を目で追うと、その先にひときわ大きな二本のケヤキの樹が見えた。

その二本の樹にはさまれるように、細い銭湯の煙突が見える。

「清水湯」だ。

田嶋はこの清水湯を訪ねるために須賀川に来たのだった。

湯は肌に馴染《なじ》んで心地よかった。

湯船にはたくさんのきゅうりが浮かび、濃い緑はまだ誰もいない翡翠《ひすい》色の湯に映えて美しかった。

入った時には初老の女性が座っていた番台には、ごま塩頭の小柄な老人が座っている。

おそらく銭湯の主人だろう。

田嶋は服を着替えてから話しかけた。

「こんにちは。とてもいい湯ですね。きゅうりが浮かんでいるのが、珍しくて」

読み物に目を通していた主人は顔を上げ、見慣れない客に目を向けた。

「夏の二十二日にはきゅうりをうかべるのが、昔からの習わしです」

主人が気のない様子で答えた。

脱衣場には田嶋以外、誰もいない。

「この銭湯はいつからやってらっしゃるんですか」

「明治三十七年です。もう百九年になりますか。私で三代目です」

百九年。一九〇四年。二十世紀の入り口ではないか。

そんな古い時代から営業しているとは思えぬほどこの銭湯は今の風景に溶け込み、つましくひっそりと路地の片隅に佇《たたず》んでいる。

脱衣場には大人の背丈ほどもある大きな時計があった。

「あの時計は」

「祖父が銭湯を開業した年に、この路地の入り口にあった時計店から買ったものだと聞いてます」

百九年前に、この町に時計屋があったのか。

「今も動いているんですか」

「ええ、一度も止まっていません」

「震災の時も」

主人は頷《うなず》いた。

田嶋はこの春、東京に本社を置く通信社に就職し、二ヶ月の研修期間を経て六月から郡山支局に配属になった。

きっかけはあの大震災だった。

大学時代、テレビ局の報道部でアルバイトをしていた。単純な雑用に過ぎなかったが、四年になる春、震災被害の取材の応援に駆り出された。南三陸町の志津川地区と歌津地区を取材するディレクターに同行した。津波の被害が最も大きかった地域のひとつだ。

瓦礫《がれき》となった町に入った途端、強烈な異臭が鼻をついた。何もかもを失くしただ茫然《ぼうぜん》とする牡蠣《かき》の養殖業者やカジキマグロの突きん棒漁師たちの姿をディレクターとカメラは追った。田嶋の仕事はVTRテープを現場で整理し、保管することだった。膨大な量のテープが回った。しかし、と田嶋は思う。どれほどのことがあの取材から伝わっただろうか。少なくともあの生き物が腐ったような異臭は、カメラでは絶対に記録できない。

本局から、親を失くした子供のインタビューを取れという要請が入った。

ディレクターが、津波で母親が行方不明になった中学生の女の子を避難所で見つけた。カメラの前で、彼女はひとこともしゃべらなかった。

うつむいて顔を隠すこともなく、ただじっと前を見つめていた。

しかたなくカメラをとめた瞬間、彼女は泣いた。

田嶋が現地に入った時、まだ多くの地域では津波によって取り残された人々が救援を待っていた。生死さえわからない人々が何万人という規模でいた。

避難所には人があふれかえっていた。

しかし福島第一原発事故が深刻さを増すと、テレビの報道の焦点は津波被害から原発事故関連へと大きくシフトした。東京にとってより深刻なのは津波よりも原発事故の方だった。

画面は連日、煙を吐く原発施設を映していた。専門家がフリップで、漏れたとされる放射線量の説明と首都圏に与える影響を予測していた。

津波による避難者たちの置かれた絶望的な状況や、ライフラインが絶たれた被災地の混乱は、まだ何も解決していなかった。

にもかかわらず彼らの姿はあっという間にテレビ画面から消えていった。

ディレクターは東京へ呼び戻された。東京に帰った田嶋は三日後にテレビ局のアルバイトを辞め、再び南三陸町に入ってボランティア活動を始めた。

あの少女の顔が田嶋の頭から消えなかった。

ディレクターがあれこれと言葉を向けても何も答えず、真一文字に口を閉じたまま、うつむくこともなくまっすぐに前を向いていた彼女の瞳《ひとみ》を忘れることができなかった。

田嶋は自問する。

あの時、自分が訊く側の立場で、彼女の前に立っていたら、どうだっただろう。

すべての言葉が無力に思える状況で、いったい彼女に何を訊けただろうか。

沈黙が何かを語ったのだろうか。それも撮る側の都合のいい理由づけではないか。

彼女にカメラを向ける報道という仕事とは、何だろうか。答えは出なかった。

が、あえて答えを見つけるとすれば、あの時感じた葛藤《かっとう》や躊躇《ちゅうちょ》をこそ、その都度自問し、テレビを観《み》る人や記事を読む人たちと共有する、ということではないか。

田嶋は一年留年した後、就職先に通信社を選んだ。

配属は東北の社会部を希望した。仙台か、石巻か、いわきか、いまだ地震と津波と原発事故の影響にあえぎ、それでも真摯《しんし》に生きようとする人たちの姿を追いたかった。

郡山という内陸の支局に配属になったのは、半分は希望が通り、半分はややあてが外れた気がしたが、そんな自分の考えがとんでもなく甘いことはすぐに悟った。

郡山もまた、震災と原発事故の影響の真っただ中であえぎながら、立ちはだかる大きな困難に必死に立ち向かおうとしていた。取材すべきことは山ほどあった。

二千人超という史上まれにみる大規模な避難所となった郡山のビッグパレットふくしまは二年前の夏に閉鎖していたが、多くの「故郷喪失者」がそのまま郡山の仮設住宅や借り上げ住宅に移っていた。避難者が分散した分、情報の入手や自分たちの訴えを届けることが難しくなり、より過酷な「疎外」の中で生きていた。一方で、放射線被害を恐れた郡山市民の県外流出が止まらなかった。今年に入ってその速度はやや鈍化したものの、郡山に残る人々もまた、大きな葛藤の中で生きている。

田嶋が取材した中年の商店主は、叩き付けるように言った。

「この先、身の振り方をどうしたらいいか悩んでいる。中途半端な状態で、次の一歩が踏み出せない。この先、いつまでこんな状態が続くんだ」

それは、郡山の隣町、震度六強という福島県下では最大の震度を記録したこの須賀川市も同じのはずだった。

調べてみると須賀川市内では二千軒以上の家屋が倒壊した。数万トン規模の災害瓦礫が発生し、臨時の瓦礫処分場に長期間未処理のまま残されていた。ようやく処分が始まったのは昨年の秋である。

郡山に比べると震災関連ではあまり注目されることのない須賀川が、震災と原発事故から二年と四ヶ月余りが経《た》った今、この深刻な状況とどう向かい合っているのか。記者ならばそういった視点で町を取材するのが本道だろう。

実際、自分の目でそれを確かめたいという思いもあった。

しかし、それは今日の目的ではない。田嶋は休暇を取ってこの町にやってきたのだ。郡山に赴任後五十日余りを一日の休みもなく働き続け、田嶋の身体と精神は疲れていた。張りつめた糸をどこかで少し緩めなければ、この先保《も》ちそうになかった。

一度、頭をからっぽにしたかった。そこで選んだのが須賀川だった。

取材者としてでなく、ひとりの「傍観者」として、この町をまずは歩きたかった。

名刺は家に置いて来た。「記者」という名刺の威力で見えるものもあれば、見えなくなるものもある。それが通信社に入社してわずか四ヶ月の田嶋が、先輩記者との同行取材や単独取材などで学んだことのひとつだった。

郡山から須賀川まではわずか電車でふた駅だ。もし突っ込んで取材したくなれば、名刺を持ってまたあらためてやってくればいい。

田嶋のナップザックの中には、須賀川の地図があるばかりだ。

身軽な装いは田嶋の心も軽くした。

きっかけは、インターネットでたまたま見かけた「一枚の写真」だった。

田嶋は学生時代、全国の町の銭湯を訪ね歩くのが好きだった。アルバイトでお金が貯《た》まれば日本中に旅に出て、必ずその土地の銭湯を探しては入った。

その町が良い町かどうかを見分けるバロメーターが、田嶋には三つある。

がんこそうな主人のいる古本屋。美味しいコーヒーが飲める喫茶店。そして気分のいい銭湯。すべてそろっている町は、例外なく良い町だ。

知人たちからは古くさいと言われる。お前、ほんとに平成生まれ？　と突っ込まれる。愛読書は何？　と訊かれて、「松本清張の『昭和史発掘』」と答えてどん引きされたこともある。田嶋の心の針は、気がつくといつも「昭和」に向かう。それがなぜだか田嶋にも明確にはわからない。今はもう失われた何かが、そこには確かにあるような気がする。「銭湯」もそのひとつだ。同じような趣味を持つ若い人間は、決して少ないわけではない。

試しにインターネットで「銭湯」「ファン」と打ち込んでクリックしてみればいい。銭湯マニアのサイトはごろごろと出て来る。若い女性のファンも存外多い。

一枚の写真は、そこにあった。

全国の銭湯を訪ね歩いている、銭湯マニアのサイトだ。

田嶋の目を惹《ひ》いたのは、その写真に写る、銭湯の暖簾《のれん》だった。

黄味がかった茶色の生地に「清水湯」と筆文字で白く染め抜かれている。

よくある銭湯の暖簾とは全く趣を異にしていた。

丈はずいぶん短く、まるで料亭か老舗《しにせ》の鰻《うなぎ》屋の暖簾のように垢抜《あかぬ》けていた。それでいて気取りのない素朴な味わいがあった。

田嶋の嗅覚《きゅうかく》が働いた。

写真の撮影場所を見ると、福島県須賀川市とある。自分が今いる隣町ではないか。

それが田嶋にとって、すべての始まりだった。


時計が鐘をひとつ打った。午後三時半。

「あの暖簾の筆文字ですが、ご主人が書かれたのですか」

「いえ。あれは、矢部榾郎《ほたろう》という方が書いてくださったんです」

「ヤベホタロウ？」

「ええ、芭蕉《ばしょう》門下の流れを汲む、須賀川の俳人です」

芭蕉門下の流れ。そんな言葉が銭湯の主人の口からさらりと出る。

「昭和の中頃の方で、私の父と親しかったようです」

主人は視線を合わさない。

そうだ。訊きたいのは暖簾の色のことだった。

「銭湯の暖簾といえば普通は紺色ですが、茶色の暖簾とはずいぶん珍しいですね」

それまで気のない様子だった主人が、目を開いて田嶋の顔を見た。そんな質問をしてくる若い客に興味を抱いたようだ。

「茶色には意味があんですよ」

主人は身を乗り出した。

「明治期に銭湯を始めた祖父の松太郎は、もともと須賀川で煙草《タバコ》の葉を加工する町工場と煙草屋を営んでたんです。煙草屋時代の暖簾の色が、煙草の葉の色をあらわした、茶色だったんです」

「なるほど。それで茶色の暖簾を。煙草業はなぜやめたのですか？」

「国策ですよ。日露戦争が始まった直後、明治政府が煙草を国の専売制とする法律を発布しましてね。祖父の町工場も官営として接収されることになったんです。祖父はそのまま工場長として働くよう要請されたんですが、宮仕えとなるのを嫌って銭湯を始めたんです。この裏の、二本のケヤキの樹の根元から清水が湧くのを知っていましたからね」

「それで『清水湯』ですか。いい名前ですね。それにしても、なんで安定した官営の工場長を断ってまで、松太郎さんは銭湯を？」

「祖父が官を嫌ったのには理由がありました。須賀川は明治初年の戊辰《ぼしん》戦争の際、新政府軍と会津藩を中心とする奥羽列藩同盟軍が戦う戦場となったんです。戦いは新政府軍の勝利に終わって、須賀川の人々は山に逃れ、町が壊滅するのをただ見つめることしかできなかったそうです。同盟軍の死骸《しがい》は葬ることを許されず、野ざらしにされ、町に異臭を放ったといいます。その時祖父はまだ生まれていませんでしたが、官軍に町が焼き払われる光景をことあるごとに親から聞かされて育ったせいか、まるで自分が見たかのように悲惨な光景がずっと眼《め》に焼き付いて離れなかったそうです。あの茶色の暖簾には、そんな煙草屋時代の祖父の志が籠《こも》っているように思われましてね。そのまま使っています」

　銭湯の一垂《ひとたれ》の暖簾に、それだけの歴史が秘められていた。

　田嶋はますますこの須賀川という町に興味を抱いた。

「二代目となる父の竹蔵の時代、昭和初期に銭湯は随分繁昌《はんじょう》したそうです。当時は須賀川の町に銭湯が二十以上もあったそうですよ。須賀川には多くの工場ができましたからね。棟割り長屋に住む労働者たちが常連でした。しかしまあ、銭湯が良かったのは昭和三十年代までででしたね。その後はどんどん潰《つぶ》れて、今では須賀川では、うちだけになりました」

　一世紀余りの時をくぐり抜け、この銭湯が今も残っていることが田嶋には奇跡のように思えた。

「銭湯を好む年寄りたちに支えられてなんとか持ちこたえてきました。あとはこの銭湯のすぐ近くに大きな病院があるので、患者の付き添いの人たちが時折利用してくれる程度ですかね。まあ、こんな銭湯も、いくばくかの存在意義はあるのかと今まで続けてきましたが、そろそろ潮時でしょうか。震災の時には、断水とボイラーの故障で一ヶ月休みました。修理後は家の内風呂が壊れた人たちが利用してくれましたが、やがて彼らの風呂も直ると、客足はまた遠のきました。寂しいが時代の流れです。あと何年かしたら思い切って廃業するつもりです」

「廃業ですか……。百九年……。残念ですね。廃業して、どうされるんですか？」

「空いた時間を自分の好きなことに費やしたいと思っています」

「御自分の好きなこと？」

「ええ。郷土の須賀川に生きた文人墨客《ぼっかく》、有名、無名人たちの歴史を調べることです。ここは古い町ですから、ゆかりのある興味深い人物が多いんです。松尾芭蕉、後藤新平、仙台四郎……。資料や文献も残っています。そういう人たちのことを、いつか一冊の本にしたいと思い、すでにかなりの材料を集めました」

「それはぜひ読みたいですね。もう、だいぶできているんですか」

「ええ。ほとんどの人物についてはいつでも書けるほど調べがついています。ですが、ひとりだけ、どこをどう調べても、素性のつかめない人物がいるんです」

素性のつかめない人物。銭湯の主人の言葉に田嶋は興味を持った。

「誰ですか？」

「可伸《かしん》という男です。芭蕉の時代に、須賀川に生きた人物です」

カシン。もちろん田嶋は聞いたことのない人物だった。

その時、引き戸が開いて客がやってきた。

田嶋はもっと主人と話がしたかった。主人が言う、どうしても調べがつかぬ人物のことも気になった。しかし、これ以上の長居は迷惑だろう。

「ありがとうございました。実は私は郡山で記者をしています。近々また必ず伺います。ぜひ続きを聞かせてください」

田嶋が店を出ようとした時、主人が呼び止めた。

「あ、ちょっと」

主人は番台の奥から大判の茶封筒を取り出した。

「もしこの町に興味がおありでしたら、今度いらっしゃる時までにお読みになってくださ
い」

「開けてもよろしいですか」

「どうぞ」田嶋は中身を取り出す。

紐《ひも》で綴《と》じられた手書きの原稿用紙だった。文字はあまり見ないインクの色で書かれてい
る。やや黒みを帯びた褐色の文字だ。烏賊墨《いかすみ》色というのだろうか。

どこかこの町にふさわしい色だと田嶋は思った。

過客の町で

一六八九年　四月二十二日

「虚空に、まぼろしが映るのだ」

須賀川を目指して一里ばかり歩いたところで、芭蕉は曽良《そら》に言った。

「見たいとは、思わぬか」

曽良は芭蕉の唐突な申し出に驚いた。

江戸深川の芭蕉庵を出立してすでに二十四日。

万事用意周到な曽良が事前に立てた旅程は、今日まで寸分の狂いもなく実行されてきた。むろんこの先の旅程も、旅を終える予定の元禄《げんろく》二年八月二十日まで（それはおよそ四ヶ月先である）すでに決まっている。

一日の移動距離、宿泊場所、訪ねるべき人物まで、すべて綿密に計画してある。

芭蕉がこれまでの旅でその計画に口をはさむことは一度もなかった。もとより曽良に委細を託していた。それで良かった。そんな折の芭蕉のひとことである。曽良は手帳を取り出した。

昨日は難所の白河関を越えたもののおよそ六里の行程だった。さほどの距離ではない。今日の宿泊予定地、須賀川まではおよそ三里ばかり。これまでに比べればずいぶん楽な行程だ。多少の寄り道はどうということもなさそうだ。

「『かげ沼』までは、およそ一里ばかり街道を逸《そ》れますが、行ってみましょう」

かげ沼は、鏡沼とも呼ばれる。

建保元年（一二一三年）、時の執権北条氏の悪政に謀反《むほん》を起こした都の若武者、和田平太胤長《たねなが》は捕らえられ、奥州岩瀬の地に配流される。鎌倉に残された姫は胤長の身を案じひとり奥州へ向かうが、かの地で夫が処刑されたことを知る。

絶望した姫は、鏡を抱いてこの沼に入水し、果てた。

以来、この沼がある湿地帯の空には、栗《くり》の花の匂い立つ春の午後、まぼろしが映る。あたかも道往《ゆ》く人が空を歩いているように見えたり、物影がさかさまに見えたり、遠くのものが近くに見えたりするという。

芭蕉は「かげ沼」のことを、昨夜泊まった宿の主人から聞いて知ったのだった。

「いえ。そうしょっちゅうは見ることはできません。生暖かい風が滞る晴れた日の午後に限ります。ただ一度でも見ると肝がひやりとするような面妖《めんよう》な心持ちがいたします」

「唐の国では、蜃《しん》という名の化け物の吐息が、虚空に楼閣の姿を映し出すという。化け物は蛤《はまぐり》の姿をしているとか龍の姿をしているとかいうのだが、そのかげ沼というところにも蛤や龍の化け物が住んでいるのか」

「いいえ」宿の主人は声をひそめて言った。「きっと身投げした女の鏡が、ああしてまぼろしを見せるのでしょうな」

街道を外れてしばらく歩くと、道がぬかるみだして足を取られる。

湿地帯に入ったようだ。

どれが「かげ沼」かわからぬほどに大小の沼が点在している。

栗の花の濃い匂いがつんと鼻先をかすめた。

見上げると栗鼠《りす》の尾のような淡黄色の花をつけた栗の木の上に、鴉が数羽とまっている。

空は薄雲が低くたれ込めている。まぼろしを見るには良い条件ではない。

それでも芭蕉と曽良はくるぶしまで泥に沈めながらぬかるみの中を進む。

歩きながら、芭蕉は考える。

思えばこの旅は、まぼろしを追いかけようときまぐれに始めた旅だ。行程のすべては曽良に任してある。私は旅の行程に関心はない。ただ私が見たいのは、そのときどきに私の眼に映るまぼろしなのだ。あるいはそれは水面にうかぶ月を、水ごと両手ですくうような旅だ。

そのとき両手の水の中にうかぶ月は私のものであり、私のものではない。

まぼろしは、巷《ちまた》のうつし世の姿であらわれるだろう。だが、まぼろしが、まぼろしその

ものとしてあらわれる場所が、この奥州の入り口にあるという。かりそめのまぼろしが虚

空の鏡に浮かぶなら、鏡に映るまぼろしとは、どんな姿をしているのか。そしてその鏡をのぞきこむ私の瞳もまたひとつの鏡とするなら、合わせ鏡の向こうに映るまぼろしとは、いったい何なのか。芭蕉はそれが知りたかった。

しかし空は一向に晴れ渡らず、まぼろしはあらわれない。鉛色の空を往くのは鴉ばかりである。芭蕉と曽良はぬかるんだ道を引き返すしかなかった。

ようやく街道筋まで戻ってきたときには、芭蕉は疲労困憊《こんぱい》していた。

行くのではなかったな、四十六歳とはとても思えぬほどたわんだ芭蕉の背中をさすりながら、曽良は旅程の変更を悔やんだ。

心配なのは芭蕉の身体だけではない。

芭蕉は旅に出てからまだ一句も詠んでいなかった。

いや、詠めなかった。

旅の疲れもある。ただそれ以上に、芭蕉の心には詩情が湧《わ》いてこないようだった。

出立する前、あれほど憧《あこが》れた東国の旅である。その入り口となる奥州白河の関を越えれば、と期待したその関もすでに昨日越えた。

宿の主人に聞いた「かげ沼」の話は久々に芭蕉の心を刺激したかのように見えた。だからこその寄り道でもあった。しかしそれも徒労に終わった。

いったいこの旅はどうなるのだ。

芭蕉は『おくのほそ道』のその日の項に、短くこう記している。

「かげ沼といふ所を行くに、今日は空曇りて物影うつらず」

曽良は泥だらけになった芭蕉の足を田の水できれいに洗う。この細い二本の足はこの後四百里以上続く旅に耐えられるだろうか。

遠くから早乙女達の田植え歌が聞こえてくる。

須賀川では予定を大きく変更し、数泊は逗留《とうりゅう》しよう。芭蕉のこわばった心を少しでもほぐすために。

「この街道筋は丘陵地の上を貫いているので、馬ノ背と呼ばれているそうです」

「馬ノ背か。私には龍の背に見える。この龍の形をした町の吐息が、私にまぼろしを見せてくれればいいのだが」

芭蕉は、まだまぼろしにこだわっている。

須賀川では相楽等躬《さがらとうきゅう》が待っていた。

等躬は須賀川で問屋を営むかたわら、町の長の要職を務めている。

芭蕉とは問屋の用向きで出府した折、俳諧《はいかい》を通して知り合った同門の間柄だ。曽良が須賀川に長期滞在を決めたのも、等躬がいたからだった。

等躬は久々に芭蕉の顔を見るなり、訊いた。

「白河の関では、どんな句を詠まれましたか」

まだ一句も詠じていない芭蕉にとっては痛い質問だ。しかし芭蕉は平然として答える。

「いや、長い旅の苦労のために、心身ともに疲れ、その上、素晴らしい景色に心を奪われ、昔のことを考えると、懐かしさに耐えかねて、いい句を案ずることができませんでした。しかしながら、何の句も詠まずに通り過ぎることもできず、次のような句を詠みました」

風流の初《はじめ》や奥の田植歌

驚いたのは曽良である。

さきほど、泥だらけになった足を洗いながら見た風景だ。

芭蕉はそれを即興で句にしたのだ。

「なるほど。それはすばらしい。この土地の田植え歌が、長い旅の最初の風流とは、うれしいですな」等躬は満足そうに笑った。

この程度の句なら、いつでも簡単に詠じることができるのだ。

曽良はあらためて芭蕉の力に驚嘆した。

「どうぞ、私の家に心ゆくまでご逗留なさってください。この町には俳諧の仲間も多数居《お》ります」

「ありがたい。芭蕉殿もお疲れのご様子。生気が戻るまで、お言葉に甘えます」

その夜、等躬宅に泊まった芭蕉と曽良は、等躬を加えて歌仙を巻いた。

やがて話題は、昼間のかげ沼の話になった。等躬が芭蕉の話を受けて応《こた》える。

「そのまぼろしとは蜃気楼《しんきろう》のことですな。李白《りはく》も杜甫《とほ》も、蜃気楼のことを詠んでいます」

李白と杜甫の名前を出されて黙っていられる芭蕉ではない。

そもそもこの旅を始めたのも、李白と杜甫のように旅の途上で息を引き取りたいと憧れてのことだった。李白も杜甫も旅の途上の舟の上で死んでいる。自分はどこで野垂れ死ぬのだろうか。もっとも万事に慎重な曽良が側《そば》にいるせいで、その夢は叶《かな》いそうにないが。

「私の尊敬する李白の詩の一節に、こうあります。天地は万物の逆旅にして、光陰は百代の過客なり。私も光陰と一体になって旅に死のうと思っているのですが、その旅もまた、まぼろしのようなはかないもの。そんな旅人ならば、誰もが一度は虚空に浮かぶまぼろしを見たいと思うものでしょう」

「よほど、まぼろしがお好きのようですな」

等躬が笑う。

「明日、ある男を紹介いたしましょう」

「ある男？」

「可伸という男です」

「可伸？」

「ある日、ふらりとこの町にやってきて、私の屋敷の隅に庵《いおり》を結んでおります。僧のような格好をしていますが、僧ではありません。俳諧もたしなみます」

「貴方の屋敷の隅に住んでいるのですか」

「そうです。栗の木の下です」

「栗の木……」

「折よく、栗の花の咲く季節ですな。栗の花は風流でもなんでもなく、目立ちはしませんが、近づくと、あの匂いでそれとわかります」

芭蕉は興味を抱いた。栗の木は西の木と書く。西方浄土に通じるとされている木である。

「なぜその男を私に」

「まぼろしのような男なのですよ」

★

芭蕉に可伸を紹介した相楽等躬宅は、現在、ＮＴＴ須賀川の敷地である。

可伸が住んでいた住居、通称「可伸庵」跡は、ＮＴＴ須賀川の西側にあり、そこに芭蕉が詠んだ句碑が建っている。句碑は芭蕉が須賀川を訪れてから百三十余年を経た文政八年（一八二五年）、土地の俳人石井雨考が建てたものである。

今ではその前の小さな通りは「軒の栗通り」とも呼ばれている。

可伸の生没年は不詳。『おくのほそ道』に、

「此宿の傍に、大きなる栗の木陰をたのみて、世をいとふ僧あり」

と書かれ、曽良による俳諧書留には「桑門可伸のぬしは栗の木の下に庵をむすべり」と書かれている。

しかし、可伸について判《わか》っているのはそこまでである。

相楽等躬の屋敷の一隅に庵を結んで隠棲《いんせい》していたということ以外、委細はまったく不明である。

芭蕉は「僧」と記しているが、等躬宅の管轄であった徳善院の当時の記録に、可伸の名はない。「世をいとふ」と記されているところから、他の土地から移り住んだ可能性もある。しかし町の長である等躬とのつきあいや、彼が芭蕉にわざわざ紹介しているところからみて、相当の教養があった人物であることは間違いない。

芭蕉は元禄二年、須賀川に到着した翌日の四月二十三日、可伸を訪ねたことが曽良の随行日記に書かれている。

「晩方へ可伸ニ遊、帰ニ寺々八幡ヲ拝」

可伸の庵に遊び、帰りに寺々を参拝したとある。

そして翌日も、再び可伸の庵で芭蕉、曽良、等躬、可伸、さらに須賀川の俳人三人を加えて歌仙を巻いている。『おくのほそ道』で、芭蕉は人目にふれずひっそりと暮らす可伸のくらしぶりを讃《たた》え、西行法師が「橡《とち》ひろふ」と深山を詠んだ心境もこのような静かなものであったのかと感じ入り、句を詠んでいる。

可伸庵跡の碑に記された句とは、これである。

世の人の見付ぬ花や軒の栗

師と仰ぐ西行のおもかげを重ねるほど、芭蕉は可伸という人物について、大変な気に入りようである。

いったい、可伸と芭蕉の間に、何があったのか。

二日連続して可伸を訪ねた後、芭蕉はさらに須賀川に五泊している。

計七泊。旅の序盤、芭蕉の身体を労《いたわ》る曽良の心遣いがあったとはいえ、『おくのほそ道』の旅の全行程百五十六日間において、須賀川ほど長逗留を続けた宿は、稀《まれ》である。

曽良による随行日記によると、その後三日の記述はこうである。

廿五日　主物忌《ものいみ》。別火。
廿六日　小雨ス。
廿七日　曇。三つ物ども。芹沢の滝へ行。

わずかに廿七日《にじゅうしち》には滝へ行ったことが書かれている。翌日出発の予定だったが、出発を一日延期している。その前の二日間は、まことに素っ気ない。廿五日は忌み日で、調理の竈《かまど》の火を別にしたことのみが記され、廿六日にいたっては小雨が降ったことしか記されていない。

芭蕉は、この二日間、この町で何をしていたのか。可伸という人物の委細とともに、それも謎《なぞ》なのである。

三百余年前、芭蕉が須賀川の町で魅了された男、可伸とは、何者だったのか……。

怪獣たちのいるところ

田嶋は原稿用紙から顔を上げた。

真夏にもかかわらず、清水湯の裏の仏堂の石段はひんやりとした空気に包まれていた。紫色の小さな花が一面に咲いていた。

銭湯の主人から預かった二十枚足らずの原稿を、田嶋は苔《こけ》むした石段に腰掛けて一気に読んだのだった。

それは江戸時代に須賀川を訪ねた芭蕉と、可伸という男にまつわる小説とも評伝ともつかぬものだった。

ただひとり調べがつかぬ人物、と主人が言ったのは、この可伸のことだったのだ。

田嶋は可伸の存在にも惹《ひ》かれたが、あの芭蕉が七泊もしたという、この須賀川という町そのものに、大きな興味を抱いた。この町のふところは思った以上に深そうだ。

芭蕉が「まぼろし」を追って歩いた町を、自分も歩いてみたかった。

路地を抜け、馬ノ背の街道筋に出た。

大きな病院の前の坂を上りきると、広々とした道がまっすぐに延びる。

七月の太陽が容赦なく地面に照りつけ、道は陽炎《かげろう》で揺れている。

「松明《たいまつ》通り」と記されたまだ新しい道標が見える。

「馬ノ背」の旧街道は今、「松明通り」と呼ばれているらしかった。

毎年秋には「松明あかし」という火祭りが行われるという。人々が松明の火をかざして通りを練り歩き、近くの山に巨大な松明を立てる。通りの名はそれにちなんでいるのだろう。

商店街、というには、やや語弊があった。

いたるところに歯の抜けた櫛《くし》のように空き地がある。

やはり震災の影響は小さくはなかったようだ。

被害を受けた店を取り壊したまま、建て替えるめどもなく更地のままになっている。

それでも通りには、軒先に旬《しゅん》の果物を並べる果実店があり、グラムで量り売りする肉屋があり、文具店があり、じょうろや包丁を置く金物屋があった。ノコギリ専門店というのまである。花屋が目立つのは、界隈《かいわい》に寺が多いからだろう。

二階建ての二階部分は住居のようだ。店舗の間口はそれほど狭くはなく、一軒一軒がゆったりとしている。

心が芯《しん》から和らいでいく。

田嶋は多くの地方都市で、大手スーパーの進出と郊外の大型店舗の出現によってゴーストタウンのようになった商店街をいくつも見てきた。

ところが須賀川のこの通りは違う。震災の影響を大きく受けたとはいえ、まだ、個人の商店が、住人たちの生活の基盤として残っている。

もちろん昔はもっと活気があったに違いない。想像するしかないが、昭和華やかなりし頃の活気に比べれば、人通りも決して多くないだろう。注意して見れば、この決して道幅の狭くない松明通りに、クルマもさほど走っていない。

つまり、と田嶋は思う。

須賀川は、歩く町なのだ。一歩七十センチの歩幅で歩く人間の町なのだ。

やや冷めた目で見直せば、丘の上のこの町は、時代の移り変わりに取り残された町ともいえる。しかしそれでもこの町には、独特の雰囲気がある。田嶋がこれまで歩いたことのある、どの町とも違っている。

いったい何が違うのだろう。

橋の上から見た那須連峰と阿武隈山地が、街道筋からもくっきりと見えた。子供がきまぐれに引いたいたずら描《が》きのように、稜線《りようせん》はなだらかな曲線を描いて、空の青と陸の緑を分けていた。緑は幾重にも重なってどこまでも続いていた。

田嶋はようやくその答えがわかった。

この町の独特の雰囲気は、空にあった。

空が、気持ちいいのだ。

この気持ちよさは、いったいなんだ。

しばらく歩いてその理由に気づいた。

この町には、電柱が一本もないのだった。

交錯する電線が、空をさえぎることがない。頭の上にあるのは、夏の静寂と青く広がる空だけだった。

どうやら電線は地中に埋められているようだ。

道路脇には十メートルほどの間隔をおいて、およそ一メートル四方のグレーの薄い箱が置かれていた。地中の電線の変圧器盤だろう。

その箱のどれもに、不思議な絵が描かれていた。


それはシルエットだけで描かれた、異形の者たちの姿だった。


その姿に、田嶋は見覚えがあった。

ダダ、ゼットン、カネゴン、ジャミラ、ゴモラ、バルタン星人、メフィラス星人……。

彼らの名前がすらすらと出て来ることに我ながら驚いた。

そう、彼らは、「ウルトラQ」や「ウルトラマン」に登場した怪獣たちだ。

田嶋は変圧器盤の周囲を見渡した。どこにもその絵に関する説明らしきものはなかった。真夏のセミの鳴き声みたいに、まるで当たり前のように、ただそこに在った。

もちろん平成生まれの田嶋はその放送をリアルタイムで観《み》たわけではない。それら「ウルトラシリーズ」の放送は昭和四十年代で、大人気を博したために何度も再放送されたらしいが、田嶋はその再放送の時代にも生まれていない。田嶋が怪獣たちを知ったのは子供の頃レンタルショップで借りたＤＶＤだった。

たちまち夢中になった。小さい頃から両親が共働きでひとりっ子だった田嶋にとって、怪獣たちが唯一の空想の中の友達だった。

それにしても謎《なぞ》だった。

いったいなぜ、彼ら異形の怪獣たちが、この須賀川という小さな町の、公共施設であるはずの変圧器盤に描かれているのだ？　誰かにその理由を訊《き》いてみたかった。

しかし、どういうわけか、通りにはまるでスペインのシエスタの時間のように人影がない。

怪獣のシルエットだけが真夏の町に佇《たたず》んでいた。

大通りから西へと入る脇道にちらと人影が見えた。田嶋はその人影を追った。

人影が消えた先はお寺のようで、手前には大きな梵鐘《ぼんしょう》を納めたお堂がある。

その向こうには巨木が天を突いていた。

イチョウの樹《き》だ。

表の古い石柱に長松院と書かれた寺の門をくぐった。

右手に小さな句碑があった。

相楽等躬と書かれている。銭湯の主人の原稿に出て来た人物だ。

脇の案内板を読む。寺には等躬の墓があるという。

住職がほうきで境内を掃除していた。さきほどちらと見えた人影はどうやらこの住職のようだ。

境内は隅々まで実にきれいに清掃されていた。

「こんにちは」田嶋の挨拶《あいさつ》に住職は会釈を返した。

「こんにちは。ご旅行ですか」

「ええ。須賀川は初めて来たんですが、いい町ですね。特に、空が」

「私もそう思います」

「この町は、芭蕉ゆかりの町なんですね。芭蕉もこの須賀川で空を見上げて、流れる雲を追ったんでしょうね」

住職が微笑《ほほえ》んだ。

「芭蕉だけじゃありません。先代の住職から伝え聞きましたが、そこに、おおきなイチョウの樹があるでしょう。あの樹に登って、いつも空を眺めていた子供がいたそうですよ」

「空を眺めていた子供？　誰ですか？」

「円谷英二さんです」

円谷英二……。

ゴジラ、そしてウルトラシリーズの生みの親。「特撮の神様」、円谷英二。

怪獣たちのシルエットが脳裏によみがえった。

「英二さんの生家が、この長松院のすぐ近くにあるんですよ」

あの円谷英二が、この町で生まれていた。

「特撮の神様」の顔を、田嶋は何度か写真で見たことがある。帽子をかぶっている写真と、サングラスをかけた写真が多かった。よく覚えているのは特撮セットの前でウルトラマンに何か指示している写真だった。その横にバルタン星人があの巨大な両手をきちんと下げて立っている。不思議な光景だった。怪獣よりもウルトラマンよりも、一番偉いのはこの人だ。幼心に直感した。

つい先ほど自分が見上げた須賀川の空を、目の前のこのイチョウの樹に登って、子供時代の英二が見上げていたのだ。田嶋はあらためてその樹を見上げた。

「円谷英二さんにお会いになったことはありますか」

「ええ。英二さんが亡くなったのは、もう四十年ばかり前ですが、晩年はよく須賀川に帰ってきましたよ。この境内で子供たちを集めましてね。子供たちの輪の中に、私もいました。『ウルトラマン』は大好きでしたからね。英二さんは水を入れたバケツの中に牛乳を垂らすんですよ。すると、水の中の光景が、あたかも煙を吐いている火山のように見えるんです。びっくりしました。まるで魔法を見ているようでした。そうして英二さんは言うんです。これが、特撮というものなんだよ」

なんと魔術的な光景だろうか。

ほんとうにそんなことがあったのだろうか。田嶋にとってその挿話は、芭蕉がこの町を訪れた、というはるか昔の事実以上に、どこか絵空事のように聞こえて現実感がなかった。

しかしなによりその挿話にリアリティをもたらしていたのは、田嶋が松明通りで目撃したあの怪獣たちのシルエットだ。田嶋はこの町のことをもっと知りたいと思った。

汗が全身から滴り落ちた。雫《しずく》が田嶋の眼鏡にかかる。須賀川の青空が一瞬、くもった。

汗を拭《ぬぐ》いながら、田嶋はふたたび大通りに戻る。

小さなCDショップが目に入った。田嶋はふと思いついた。

もしかしたらこの店には、ウルトラマンのDVDが置いてあるかもしれない。子供の頃、両親が家に帰ってくるまでの間に繰り返し観ていた、ウルトラマンと怪獣たちに、田嶋は無性に会いたくなった。

扉を押す。カウンターの中の店員はまだ高校生ぐらいの少女だった。

「ウルトラマンのDVDは置いていませんか」

少女が顔を上げた。鳶色《とびいろ》の瞳《ひとみ》が驚いた表情を見せた。

もう少し説明が必要だったかもしれない。高校生の彼女はウルトラマンを知っているだろうか。

しかし心配するには及ばなかった。この町は「ウルトラマン」の「ふるさと」なのだ。

「すみません。今は切らしています。でも、お取り寄せすることはできます」

郡山に戻れば、全国チェーンのもっと大きなDVDショップがたくさんある。多分そこで簡単に手に入るはずだった。オンライン書店で注文して自宅まで届けてもらうという手もある。

しかし、田嶋は、この町で手に入れたいと思った。

「お願いします」

「ありがとうございます。こちらにお名前とご連絡先をお願いします」

田嶋が記入している間に、かかっていた音楽が終わった。

少女は、新しいCDをトレーに入れた。

静かな店内に、エルトン・ジョンの「ユア・ソング」が流れてきた。

パスタの法則

ひとみは誰も客のいない店でぼんやりと壁のポスターを眺めていた。

水着姿のＡＫＢ48のメンバーが前後二列に並んでいるポスターだ。

メンバーの名前を前列の左の端から順にひとりずつ思い出して、後列の六番目の子の名前がどうしても思い出せずにいる時、不意に客が入ってきた。

ひとみが通っていた中学校の女子生徒だった。

彼女のことはよく覚えている。

震災直後、福島は物流システムがマヒして、数週間ＣＤの入荷が完全にストップした。

彼女は震災前に人気アイドルユニットの限定版ＣＤを予約注文してくれていた。ところがそれはシステムがもとに戻ってからも入ってこなかった。予約したのだからはやく送ってほしいと問い合わせたら、福島はいつ物流がもとに戻るかわからなかったので他の地域に回しました、もうありません、とにべもなく断られた。なんで待ってくれなかったのか、とひとみは今でも思う。レコード会社や音楽プロダクションは「復興支援」「がんばろう」と盛んに言う。しかし、根本のところで、彼らは被災者のことを考えていない。儲《もう》けのことしか考えていない。あのとき、ほんとうに歌が必要だったのは誰なのか。わかっていない。でなければ、彼女の注文を、勝手にキャンセルなんかしない。

店に来た彼女に事情を告げたときの、哀《かな》しそうな顔が忘れられない。

これください、と彼女がレジに持って来たのは、さっきまでひとみがぼんやりと眺めていたポスターが特典につくCDだ。

「ありがとうございます。ポスター全部出ちゃったんで、壁に貼ってあるのでもいい？」

彼女は日焼けした笑顔でうなずいた。

財布を取り出し、中の小銭を探している彼女の表情がくもった。

「ごめんなさい。五十円、足らなくて……取りに帰ります」

「いいよいいよ。まけといてあげる。そのかわり」

「なんですか？」

「この子の名前、なんだっけ」

「梅田彩佳《あやか》」

「そうだ。ありがとう。すっきりした」

ひとみは画鋲《がびょう》を壁から外してポスターを巻いて彼女に渡した。

中学生が帰ると、またひとりだけの店に戻った。

ひとみはもう一度壁のカレンダーを見た。

ユカに手紙を出してから、ちょうど一週間だ。

二日後には「手紙ときゅうり、ありがとう！　すぐに返事を書くね」とメールが来た。ユカは約束を守ってくれた。おととい、ユカからの手紙が届いたのだ。

ひとみはユカの返事が待ち遠しかった。それはいつものことだったが、今回は特に。この前出した手紙が、ひとみが部活をやめたことを知らせた手紙だったからだった。

高校に入学した去年の四月、中学からやっていた陸上部ではなく軽音楽部に入った、と報告した時もユカは長い手紙をくれた。

それでもひとみが陸上部に入らなかったことに関しては、さりげなかった。

ひとみがやりたいことをやればいいよ、応援してるからね！　いつかひとみの歌を聴きたいな！

最後にそれだけだった。ユカはそういう子だった。

手紙のやりとりをしよう、と提案したのは、ユカの方だった。

ユカが最初に引っ越した浪江町は、会おうと思えばいつでも会える距離だった。震災で浪江町を離れ、手紙のやりとりを始めたのは、ユカが家族と一緒に宝塚に避難してからだ。

もちろん短いメールのやりとりは今もある。だからユカの近況がわからない、ということはない。ユカは大事なことは、必ずメールではなく、手紙で書いてきた。だからひとみも、大事なことは手紙で書いた。陸上部をやめたことも。軽音部をやめたことも。電話だってしようと思えばいつでもできる。でも、電話では伝わらないことがふたりにはあった。何回か手紙のやりとりをして、気づいたことがある。

ユカの手紙の中に書いてある、日常の、ごく些細《ささい》なこと。それは一見、どんなにどうでもいいようなことのように見えても、ユカにとっては、とても大切なことなのだ。

もっと正確に言うと、ユカと、ひとみにとって、大切なことなのだ。

おととい、ユカから来た返事もそうだった。ユカはこんなことを書いてきた。


ひとみは、フォークでパスタを食べる時、どうやって食べる？

この前ね、変なことに気づいたんだ。

陸上競技会の遠征試合で、地元の高校の陸上部の選手たちとの親睦《しんぼく》を深めるための食事会があったんだ。食事は、陸上部らしく、手っ取り早く栄養源になる炭水化物のパスタだった。

その時、私は自分の向かい側に座ってる子のパスタの食べ方が、妙に気になりだした。なんだか、その食べ方が変なんだよ。最初は、それがなんでか、わからなかった。しばらく見ていて、ようやく気づいた。この食べ方、どこかで見たことある、そうだ、ひとみの食べ方と同じだってね。

彼女はね、パスタをフォークでくるくると、「左」に巻いて食べてたんだ。

私は、右に巻いて食べるし、ほかの子の食べ方を見ても右巻きだった。

普通はだいたい、右巻きにして食べるんだよ。フォークを軸に、親指を外に回転させて、そう、ネジを巻いたりする時と同じようにね。その方が理屈にも合ってるんだ。

私はその向かい側の子に訊いてみた。

「もしかして、左利き？」

彼女は、そうじゃない、と首を振った。

もちろんそんなことは訊く前からわかってた。彼女は右手でパスタを食べてたんだから。

実は私は彼女のことをずっと前から知ってた。

八〇〇メートルの高校日本記録を持ってる子なんだ。

このまま行けばオリンピックの代表選手になれるってウワサされてる子。

なんで、パスタを左に巻いて食べるの？　私の質問に、彼女は、子供の頃からそうだったし、考えたことないって、怪訝《けげん》な顔で答えた。

私は考えてみた。

きっとそれは、彼女の天性のものなんだ。

どういうわけか、本能的に、左に巻くのが、得意な子なんだ。

そこであっとひらめいた。

陸上のトラック競技も、左回りだ。

本能的に、左に巻くのが得意な子は、きっと陸上のトラック競技にも向いている。

そう、これは、世界でまだ誰も発見していない、ユカ理論。

「パスタを左に巻いて食べる子は、トラック競技の名選手になれる！」

そして、手紙の一番最後には、こう書いてあった。

「ひとみ。もう一度、陸上を、始めてみない?」

★

なぜ高校に入学した時、陸上部に入らなかったのだろう。

ひとみは自問自答する。

中学で、才能がないと悟った? 何か、新しいことを始めたかった?

それもある。しかし誰にも言わない、心の中に隠しているほんとうの理由があった。

それは、ユカの存在だった。

ユカがあの日の陸上大会でずっと友達でいたいって言ってくれたことが、とてもうれしかった。そこまで言ってくれるユカにとって、自分は、特別な存在でいたい。

でもこのまま陸上を続けていても、自分は、ユカを超えることは、絶対にない。

陸上の成績でもユカとは差はあったが、中学二年の秋を過ぎた頃から、ユカの身長は急激に伸びた。上級生の男子にも負けないほどになった。一方ひとみの身長は中学はもちろん高校に入ってもあまり伸びず、クラスの女子の平均身長よりもずっと低かった。背が低い。それがひとみのコンプレックスだった。

ユカとは別のことをしたい。そうしてひとみはユカにとって特別な存在になりたかった。できれば、新しい世界で、ユカのように輝きたかった。

それで選んだのが、前から興味のあった音楽だった。

それも、高二の夏でやめてしまった。

そんな折にユカから届いたのが、あのパスタのことを書いた手紙だった。

ひとみは手紙をもらった次の日、つまり昨日、電車に乗って、郡山に向かった。

その店は開成山にある郡山の陸上競技場のすぐ近くにあるパスタ専門店だった。

店構えがオシャレで、試合で競技場に来た時から気になっていた。

周りには大学や短大があり、若い女性で満員だった。

ひとみの町には手打ちそばの店はたくさんあるが、パスタ専門の店は二軒しか知らない。

そのうちの一軒は古い蔵を改造した落ち着いた雰囲気でひとみも大好きだったが、サンプルを採るにはお客さんの回転がスローすぎる。その点、客がひっきりなしに入ってくるこの店はうってつけだ。

目当ての店の入り口の席に陣取って、ひとみはパスタを食べる客のフォークに注目した。

あんた、いつまでいるの、と言いたげに何度もコップに水を入れに来る店員の険悪な視線に耐えながら、ひとみはシーフードパスタと食後のコーヒー一杯だけで、午前十一時から、混雑するお昼時、そして午後三時まで粘った。

ひとみのテーブルから手元を観察できたデータサンプルは、四時間で、六十三人。

結果は……。

右巻きで食べる人、五十一人。

左巻きで食べる人、七人。

巻かずにすすって食べる人、五人。

たしかに右巻きが圧倒的に多いが、左巻きがさほど珍しいというわけでもなかった。

ユカのうそつき。

こんなにたくさん左巻きで食べる人がいたんじゃ、左巻きがトラック競技に向いているというのもあやしいものだ。

それでもユカの気持ちがうれしかった。

店を出る前にもう一度パスタを注文した。

フォークを左巻きにして食べるアラビアータは最高に美味《おい》しかった。

★

ひとみは、その後も、もう一度陸上を始める決心がつかなかった。

何かが心にブレーキをかけていた。

ひとみは店内に流れるＣＤをレディー・ガガからビートルズに換えた。

きっと父と母の影響だろう。気が晴れない時は、今流行《はや》りの歌よりも、自分が生まれる前に流行った古い歌を聴く方がずっと落ち着く。

『ラバー・ソウル』。

一九六五年にリリースされたビートルズのアルバムだ。父が生まれる三年も前だ。

二曲目に村上春樹の小説で有名になった「ノルウェイの森」が流れる。

たあいない恋愛の歌がはさまって、そのあとにジョン・レノンがちょっと鼻にかかった声で歌う「ノーウエア・マン」。やがてジョンのバラード「イン・マイ・ライフ」が流れた。

ひとみは『ラバー・ソウル』ではこの歌が一番好きだった。

そして最後の曲は、これもジョンが歌う「ラン・フォア・ユア・ライフ」。

君の人生のために走ってみろよ、とジョンは歌う。

人生のために走るってどういうことだろう。ひとみにはぴんと来なかった。

ジョンはへそまがりなくせに、やたら人生を歌うのが好きだ。

そして若いくせに人生を振り返るのが好きだ。

「ストロベリーフィールズ・フォーエバー」という甘ったるい歌がある。

ジョンが子供の頃遊んだ、孤児院の裏にあった庭のことを歌ったものらしい。

ひとみは行ったことのないリバプールの孤児院の裏庭を想像してみた。

あの清水湯の裏にあったような誰も知らない秘密の抜け道を、リバプールのジョンもこっそり見つけていたのだろうか。

その時、店の自動ドアが開き、汗だくの若い男が入ってきた。

「ウルトラマンのDVDは置いていませんか」

「すみません。今は切らしています。でも、お取り寄せすることはできます」

「お願いします」

「ありがとうございます。こちらにお名前とご連絡先をお願いします」

男が記入している間に『ラバー・ソウル』が終わった。

ひとみは、別のCDをトレーに入れた。

静かな店内に、エルトン・ジョンの「ユア・ソング」が流れた。


「これでいいですか」

「ありがとうございます。二日後には店に届く予定です」

「わかりました。夜遅くになると思いますが、必ず受け取りに来ます」

「夜の営業は八時までです。もしよろしければ、お送りいたしましょうか」

「いいえ。必ず取りにきます。この町に、また来たいですから」

ひとみは男の住所を見た。郡山だった。郡山にはこの店よりはるかに大きな大手のCDショップがたくさんある。なぜこの人は、わざわざ須賀川まで買いに来たのだろう。

「ウルトラマン、お好きなんですか」

「ええ。小さい頃に夢中になって観ました。この町は、円谷英二さんの故郷なんですよね。今日、初めて知りました。それで、なんだかもう一度観直したくなって」

ひとみはウルトラマンを観たことは一度もなかった。父は子供の頃ずいぶん好きで、毎週放送が始まる何十分も前にテレビの前に座って待っていたそうだ。そんな父でもウルトラマンをテレビで観たのは再放送だったと言っていた。お父さんが生まれる二年も前にウルトラマンは始まったんだよ。いつか父がそう言っていたのを覚えている。

計算すると一九六六年だった。それでもひとみは幼い頃から円谷英二の名前は知っていた。自分と同じ円谷姓の、同じ町の有名人なのだ。

子供の頃、父に訊いたことがある。

「ゴジラとかウルトラマンの円谷英二って、親戚《しんせき》？」

父は答えた。ああ、遠い親戚なんだよ。

父によると、須賀川には円谷の姓を名乗る家が珍しくない。集落の半分以上が円谷を名乗るところもあるらしい。ただし円谷姓は、その読み方によって先祖の流れが違うという。「えんや」と読む家系があり、「えんたに」と読む家系がある。「まるや」と読む家系があり、「まるたに」と読む家系がある。そして圧倒的に多いのが「つむらや」と読む家系だ。世間では最も一般的な「つぶらや」と読む家は、実は少ない。本来の読みからすれば「つぶらや」なのだが、「つむらや」はそれが発音しやすいようになまったもので、今ではほとんどの家が「つむらや」としている。しかしひとみの家は住民票も通名も「つぶらや」

なのだ。そして、英二の円谷家も、「つぶらや」だった。正式には「円谷」ではなく「圓谷」と書くのも同じだった。

こう言っては失礼ですが、と眼鏡の男がひとみに話しかける。

「今どき、珍しいですね。今やCDショップといえば、町では大手のチェーン店しか見かけなくなったのに。このお店はいつ頃からやってらっしゃるんですか」

なぜこの客は、そんなことに興味を持つのだろう。でも、あやしい人でもなさそうだ。

「明治の、ひいひいおじいちゃんの代からって聞いてます」

「ひいひいおじいちゃんの代？　ずいぶん古いんですね。ずっとレコード屋ですか」

「いいえ。最初は、下駄屋さんだったらしいです」

「下駄屋さん？　それがまたどうして、レコード屋さんになったんだろう？」

どうやら最後まで話さないと帰らないつもりのようだった。

ひとみはいつか父から聞いたことのある話をそのまま話した。

「須賀川は、明治時代、下駄が名産だったそうです。この町は高い丘の上にあるから、冬場はよく乾燥するんです。だから下駄の材料となる木を乾かすのに、都合が良かったんだそうです。よく乾燥するっていうことは、その分、火事も多いってことで、大変だったみたいですけど。明治時代の大火事で、このあたりはほとんど焼け野原になったそうです」

「それで下駄屋はやめられたんですか？」

「いいえ。二代目のひいおじいちゃんが、下駄の鼻緒を調達しに東京へ出た時に関東大震災に遭ったって聞いてますから、それぐらいの頃はまだ下駄屋だったみたいです。ひいおじいちゃんは東京から帰った後、ラジオを作るのに熱中したそうです。大震災の時にはいろんなデマが飛び交って、罪のないたくさんの朝鮮の人が殺されたそうで、正しい情報を知るためにはこれからはラジオがいるんだって。それが近所でも評判になって、売ってくれという人が現れるようになったので下駄と一緒に売るようになったんです。そしたら、飛ぶように売れて……。それで、蓄音機だとかほかの電化製品も置くうちに、レコードも欲しいという客が増えだして、下駄はやめてレコードを置くようになったんです」

「英二さんといい、あなたのひいおじいさんといい、須賀川は器用で独創的な人が多いんだなあ」

遠い親戚ですから。ひとみは言おうとしてやめた。話がもっと長引きそうだったからだ。

ユカもいつか言っていた。どんなに長い話だって、話を早くまとめる必要がある。簡単にまとめることはできるんだ。

「東京オリンピックの頃は、テレビがすごく売れたそうで、テレビを中心とした電器店をやってた時代もあったそうです。それでもレコードはずっと売っていました。うちの父が継いでからは電化製品はやめて、レコード専門になりました。CDの時代になって、今も続けています」

そこまで話すと、男はようやく満足したようだった。

ひいおじいちゃんが作ったラジオを最初に買ったのは、あの東京オリンピックで銅メダルを獲《と》った円谷幸吉のお父さんだった。父から聞いたその話も、もちろん言わないでおくことにした。

そんなことを話すと、せっかく短くまとめた話が台無しになる。

「下駄とラジオ、そしてレコード、テレビ、ＣＤか。まるで昭和の庶民史そのものだね。最後にもうひとつだけ教えてください。お店の看板に、プピラってありましたけど、どういう意味ですか？」

「イタリア語で『瞳』っていう意味だそうです。両親がつけたんです」

「ひとみ。いい名前ですね」

男はそれだけ言い残して店を出て行った。

夢の砦

二〇一三年　八月七日

田嶋はジャングルジムの頂上にいる。おそるおそる両手を広げ、二本の足で立っている。ひざが震える。背筋がすっと寒くなる。ようやくこれで解放される。しかしそんな考えは甘い。そこから飛び降りろ。誰かの声が聞こえる。無理だそんなの。じゃあお前は一生そこにいろ。絶対に降りるなよ。降りたら恐ろしいことが待っていそうな気がした。もうとっくに授業は始まっている。こんなところにいるのはいやだ。みんなと一緒に授業を受けたい。教室まで、見えないジャングルジムの鉄の棒が延びている。そっと空中に足を踏み出す。見えないジャングルジムの鉄の棒に沿って二歩目を踏み出す。踏み外してはいけない。ゆっくりと、ゆっくりと、空中を歩く。あと少しで教室だ。その時、みんなが自分を指差して大声で叫ぶ。空中に延びた鉄の棒は消え、田嶋は奈落《ならく》の底へ落ちる。

そして目が覚める。

子供の頃いつもよく見た夢だった。どうして今日、そんな夢を見たのだろう。

田嶋の記憶がよみがえる。

ある日突然、机の上に「死ね」という落書きが違う筆跡でいくつもあった。その日からみんなで示し合わせたようにクラスメートは誰も遊んでくれなくなった。たまに遊ぼうと言われると一方的に殴られ、蹴《け》られた。いつも一人で家に帰った。怪獣が登場するＤＶＤを観ることだけが楽しみだった。

ウルトラマンが怪獣を倒す姿に自分を仮託して鬱憤《うっぷん》をはらしていた。

しかし、ある日、気づいた。自分の姿は、あのウルトラマンじゃない。

ウルトラマンに一方的にやられている、怪獣の方なのだ。

殴り倒され、蹴り倒され、追いつめられて逆上すれば、息の根を止められる。

それでも怪獣たちはやむにやまれず地上に姿を現し、雄叫《おたけ》びを上げる。

ウルトラマンにとっての「正義」は、怪獣たちにとっての「理不尽」だった。

気がつくと田嶋はいつも怪獣の哀しい瞳ばかりを追いかけていた。

家でウルトラマンを観ていることは絶対に誰にも言わなかった。

これだけＣＧが発達したゲームがある時代に、三十年以上も前の、悪く言えば着ぐるみのヒーローものにはまっている子供は、やはりどこか特殊だった。幼い田嶋にもその自覚はあった。しかし、どんなに精巧に造られていても、いや、精巧であればあるほど、小さな田嶋の感性は世にあふれるＣＧの世界を受け入れなかった。あの愚鈍な異形の怪獣どもこそが、あの円谷プロの特撮こそが、田嶋にとってはリアルだった。

今日の夢は、二週間ほど前、あの町で怪獣たちと出会ったことと無関係ではなかったはずだ。


「大束屋《おおつかや》」は馬ノ背の大通りに面した町の中心部の一角にあった。

白いサイディングボードはやや煤《すす》けているが、緑のファサードにガラス張りの店構えは開放感があり、飾り気がない分、美味しいコーヒーを飲ませてくれそうな雰囲気がある。

いい町には、いい喫茶店がある。さらに「銭湯」と「古書店」があれば申し分ない。銭湯はすでに見つけた。古書店はまだ見つけていないが、ひまができたら探してみようと考えている。しかしそれはだいぶ先になりそうだ。

田嶋が初めてこの町を訪れてから、二週間余りが経《た》っていた。

通信社の記者の仕事は多忙を極める。休みはほとんどとれない。

なんとか前倒しでスケジュールを調整して、ようやく一日空いたのが今日だった。

「田嶋と申します」

今日は名刺を渡した。やや込み入ったことも訊くつもりだった。

「長松院の住職から伺ってまいりました」

円谷英二の従姉妹《いとこ》の息子さんが松明通りで「大束屋」という喫茶店をやっている。今、この町で英二さんのことなら、その方が一番詳しいでしょう。住職はそう教えてくれた。

「郡山からわざわざお見えですか。ご苦労様です」

「いえ、今日は仕事というわけでもないんです。ただ、須賀川が英二さんの故郷だと聞き、個人的に興味を持ちまして」

「そうですか。まあお座りください」

田嶋はキリマンジャロを注文した。

個人的に、という理由に嘘《うそ》はない。二週間前に訪れた「清水湯」の来歴も、たまたま入ったCDショップの来歴も、田嶋には興味深いものだった。市井の人々の当たり前の営みの中にこそ、教科書には決して載らない「歴史」がある。そして何よりこの町は幼い頃に夢中になった怪獣たちを生んだ円谷英二の故郷なのだ。英二を育《はぐく》んだ須賀川という町を、もっと知りたかった。

「この喫茶店は、ずいぶん長いんですか」

「ええ。私が生まれる前には、もうやっていましたから、五十年以上は経ちます。もともと円谷家は屋号を『大束屋』といって、江戸時代から糀《こうじ》業を営んでいたんです。味噌《みそ》や酒の醸造業ですね。須賀川は江戸時代には奥州街道の宿場町として大変栄えたそうですから、その頃から続く商家が多いんです。明治のいつだったかに須賀川の町中を焼き尽くす大火事があって、多くの商家は店をたたんだそうです。人の流れも鉄道の開通で、郡山に奪われていきました。それでも円谷家は三代目の勇七という方が奮闘して商売を持ち直し、糀業を続けていたそうです。それで、ちょうど一九〇〇年に長女のセイさんが婿養子を迎えて、翌年に生まれたのが英二です」

「英二さんは一九〇一年生まれですか」

意外だった。作品が今も生き続けているからだろうか。もう百年以上も前に生まれた人だという感じがしなかった。

「じゃあ英二さんは、二十世紀の始まりとともに生まれたんですね」

「そういうことになりますね。英二は二十代のはじめ頃から東京に出て、須賀川の店は円谷家の長男の一郎が継ぎました。戦後、糀業を廃業してせんべい屋と喫茶店を始めたのも祖父です。私の祖父です。祖父と英二は叔父と甥《おい》の関係ですが、年が五つしか離れていなくて、まるで兄弟のように仲が良かったそうです。喫茶店でアイスキャンディを売るようにしたのも英二のアイディアでした」

「アイスキャンディですか？」

「ええ、英二が東京からイタリア製の製造機を改良して持って来てくれたんですよ。これからはアイスキャンディが売れるからって。英二の機械のおかげで当時はずいぶん流行《はや》りました」

「英二さんが改良したんですか」

「天分なんでしょうね。とても独創的な人でしたから。今ではどこの町でもみかける『プリクラ』も、その原型は英二が戦前に発明したものです。まだ特撮の仕事がうまくいかない時に、副業で始めたんです」

あのプリクラが、円谷英二の発明。初耳だった。

「ついこの前も流行って、よく若者が町で転がしていたキックボードも、英二が戦前に発明したものです。英二は特撮の仕事をする前は、玩具メーカーで働いてましたからね」

「すごい。発明家としてもじゅうぶんやっていけたんじゃないですか。それでも映画を選んだというのは、よほどお好きだったんですね」

「最初は映画の道に進む気はなかったようです。英二は、飛行機乗りになりたくて東京に出たんです。空を飛ぶのが夢だったんですよ」

「飛行機乗り？　でも英二さんは一九〇一年生まれですよね。まだ飛行機は……」

「ライト兄弟が人類初の飛行に成功したのが一九〇三年です。英二が生まれたのは、まさに飛行機乗りの夜明けの時代ですね」

英二少年がイチョウの樹に登って眺めていた須賀川の空は、あのライト兄弟が見つめた空とつながっていた。少年は、世界を見ていたのだ。空を飛ぶという「夢」を「現《うつつ》」とする、人類がようやく指先をかけたばかりの世界を。

「この町は、いいですね。円谷英二さんの面影が、いろんなところに残っています」

「ええ。英二のあの豊かな想像力は、この町が育てたんだと思います。それは間違いないですね」

「それは私もはっきりと感じます。あの芭蕉も、この須賀川に他の町とは違う何かを敏感に感じたからこそ、あれほど長逗留《ながとうりゅう》したのでしょうね」

マスターは微笑んだ。

「失礼ですが、田嶋さんはおいくつですか？」

「二十四です。平成元年、一九八九年生まれ。社会人一年生です」

「英二が亡くなったのが一九七〇年ですから、田嶋さんが生まれる二十年近くも前ですね」

「はい。ですから私の知識は全部後追いです。英二さんが生きた時代の空気は、実のところよくわかっていないのかもしれません」

「この店には英二に興味を持った方が、今も時折訪ねてきてくださいます。たいていは子供時代にリアルに円谷作品に接した世代の方ですが、それでも最近は田嶋さんのような若い方もたまにおいでになりますよ」

「そうですか。時々、英二さんと同じ時代に生まれたかったと思うこともあります。マスターはおいくつですか」

「私は昭和三十四年生まれです。ウルトラマンの放送が始まったとき、七歳でした」

「じゃあ、リアルタイムでウルトラマンをご覧になれたんですね」

「ええ。毎回夢中になって観ましたよ。今も忘れられません。最終回でウルトラマンが宇宙に帰るラストシーンを観た後、すぐに家の外に飛び出して、ウルトラマンが帰った夜空を見上げました。そうしたら、同じクラスのクリーニング屋の鈴木君も、同じように夜空を見上げていたんですよ。きっとあの夜、日本全国に、同じような子供がたくさんいたと思うんです」

「今では、絶対にあり得ませんよね」

「私が、英二の作品がすごい、と思うのは、そこなんです」

サイフォンの中で褐色の液体が滴り落ちる。

「ウルトラマンは、物語です。こしらえたお話です。そんなこと、実は子供だった私たちも判《わか》っていました。でもね、英二の作品には、現実をミニチュアという架空の世界に再現して、あたかも本物の世界を見ているような錯覚を起こさせる力があるんです。英二の作品には破壊されるビルがよく出てきますが、あのビルに架かっている看板は、全部実在の店の看板なんです。英二はそこにとてもこだわっていたようです。だから観ている方は一瞬そこで『現実』と『まぼろし』が溶け合って、その境がわからなくなるんです。だからこそ『ウルトラマンが宇宙に帰った』あの夜、ぼくたちは、空を見上げたんです」

「現実」と「まぼろし」が溶け合っている……。

たしかにそのとおりだと田嶋は思った。

そして彼は、同じような感覚を、この須賀川という町そのものにも感じていた。

たとえば、今、田嶋の目の前にいる、円谷英二の従姉妹の息子さんだという喫茶店のマスターだ。この人もまた、円谷英二が「須賀川」という精巧なミニチュア世界の中に作り上げた人物ではないだろうか、一瞬、そんな不思議な感覚に襲われるのだ。

もちろんそんなことは、あるはずのないことだった。

コーヒーができ上がった。

「冷めないうちに、どうぞ」

キリマンジャロの香りが黒い液体から漂った。

「英二さんとお会いになったことはあるんですか」

「ええ。でも私が小学校五年の時に亡くなったので、時々須賀川に帰郷した時、親戚の集まりで会った程度です。この喫茶店でもよくコーヒーを飲んでいました。この人が、あのゴジラやウルトラマンを作った人だっていうのが、うまく結びつかなかったのを覚えています。現場では厳しい人だったそうですが、故郷に帰って来た時は、とてもおとなしいおじいさんでしたから。時々、じっと何かを考えているような時がありました」

マスターは、一瞬、話そうかどうか言いよどむ様子を見せたが、結局は口を開いた。

「英二について、忘れられない思い出がひとつあります」

「ぜひ聞かせてください」

「ちょうどあれは、小学校の一年か二年の時かな。ウルトラマンがテレビで放送されていた時期でした。英二が里帰りしていたので、私は、ウルトラマンの似顔絵を描いて英二のところに持って行きました。きっとほめてほしかったんだと思います。すると英二は……何の反応も示さなかった。まったく表情を崩さず、黙ってその紙を私に返した。あれは傷つきました。何かひと言でも言ってくれれば……。しかし今から考えれば、きっとあの時も、何かのアイディアを、ずっと考えていたんだと思います。そういう意味では、真に休むことのできなかった人だったのかもしれません」
　長松院の住職は、英二が境内で子供たちを集めて特撮の即興講義をしていたと言ってい
た。子供がきらいなわけではないはずだ。ひとたび没頭すれば何も見えなくなってしまう
人だったのだろう。天才とはそういうものかもしれない。
　田嶋は話題を変えた。
「ウルトラマンのアイディアも、もちろん円谷英二さんですよね」
「はい。ただ『ウルトラマン』では、英二はすでに監修の立場でした。監督は気鋭の若い
才能に任せていたんです。しかし全三十九話のうちたった一本だけ、円谷英二自らがメガ
ホンを取った作品があるんです。『第十九話』の『悪魔はふたたび』という作品です」
　田嶋はすぐに思い出した。
「たしかにあの回は、とても迫力ある映像でした。ミニチュアも、いつも以上に緻密なセ
ットでした。そうか。あの回は、円谷英二さんが自ら指揮をとっていたんですね」
「はい。クレジットはされていませんが」
　マスターが続ける。
「冒頭は送電線の鉄塔の下、ビルの建設工事現場から始まります。高度成長時代の、変わ
りゆく東京の象徴ですね。パワーショベルが土を掘るとそこから不思議な金属でできたカ
プセルが発見されます。それは滅んだ古代文明人からの警告でした。この工事によって、
眠っていた二匹の古代怪獣がよみがえります。バニラとアボラスです。二匹は国立競技場

で戦います。国立競技場は怪獣たちによって完膚なきまでに破壊されます。国立競技場のミニチュアはかなり精巧で、ほかの回とは一段レベルが違います。さすがは英二です」

「国立競技場の実写とセットが巧みに合成されていましたね」

「国立競技場という、誰もが知っている建造物を破壊の対象にする。まさにここにも『現実』と『まぼろし』が、溶け合っている。見事なシーンです。そしてウルトラマンが登場し、アボラスと戦います。両者の戦いで国立競技場はさらに破壊されます。問題はその後なんです。ウルトラマンはアボラスを倒すと、さっさと宇宙に飛び去り、物語は、あっけなく終わるんです」

　たしかにあの回には田嶋も大きな違和感を覚えた。あれほど何の余韻もなくあっさりと終わるエンディングは珍しかった。いつもと明らかに違っていた。

「ウルトラマンのエンディングは、ウルトラマンに変身していたハヤタ隊員が、みんなのところに戻ってきて終わるのが普通です。ハヤタ、どこに行ってたんだよ、という感じでね。ところがそんなものは何もない。つまり英二は、そんな予定調和の物語には、何の関心もなかったんです」

「では、あの回で英二さんは何をやりたかったんですか」

「破壊です」

「破壊？」

「英二は、おそらくひたすら破壊したかったんです。これが放送されたのは、一九六六年です。『東京オリンピック』が成功して二年後、日本がさらに弾みをつけて高度成長時代をひた走っていた年でした。そのスタートとなった東京オリンピックの開会式と閉会式が行われたのが、あの怪獣たちが破壊した国立競技場です」

「東京オリンピックはまさに日本の高度成長の象徴といわれていますね。英二さんはその象徴を破壊したかったということでしょうか」

「頭でそう考えたというよりも、もっと本能的なものだったと思います。この回のタイトルは『悪魔はふたたび』ですよね。英二は、『悪魔はふたたびやってきた』というのではなく、『やってくる』と言いたかったんじゃないでしょうか。何もかもが破壊され、瓦礫《がれき》となった未来の大地に立ち尽くす時が必ずやってくる。日本人よ、その時どうするのだ。戦いの後、ウルトラマンがあまりにも素っ気なく立ち去り、何の余韻も、妥協も、希望も残さず物語を終えたのも、この救いのない『物語』を継ぐのはお前たちだ、というメッセージのような気がします」

「悪魔はふたたび、やってくる、か……」

「もっとはっきり言うと英二が予言した『悪魔』とは、あの福島の原発事故だったと、私は思います。東京への電力供給源として福島原発の建設認可が下り、建設が始まったのは、奇《く》しくもこのウルトラマンの放送があった一九六六年です。水爆実験の落とし子としてゴジラを生んだ英二は、そのことに無自覚ではなかったと思います。『悪魔はふたたび』の冒頭のシーンを思い返してみてください。福島から大量の電力が送られてくるはずの、東京の巨大な送電線の鉄塔から物語は始まるんです。英二が訴えようとしたのは、未来の日本への警告のように思えてなりません」

一九六六年から、二〇一一年。四十五年後の、日本への警告……。東京オリンピックに象徴される日本の高度経済成長主義の行き着く先が、あの「悲劇」だったということか。

田嶋は現在の東京のことを思った。

今、東京都は二〇二〇年のオリンピック開催地に立候補してPRに躍起になっているところだ。前のオリンピックからおよそ半世紀。円谷英二の時代の東京オリンピックの大義は敗戦から見事な復興を遂げた日本を世界にアピールすることだったはずだ。しかしあの高度成長を成し遂げたのは、東京のビルを、高速道路を、国立競技場を作ったのは、東北からの出稼ぎ労働者たちではなかったか。彼らの血と汗の上に、東京の繁栄があった。労働力と、米と、鉄と、電力を東京の欲望のために供給させ、使い捨てた上での繁栄だ。では今度のオリンピックの大義名分は何だ。震災と原発事故からの復興をアピールか。そんなものは何も進んではいないではないか。おそらくは七年後も多くの人々が東北のふるさとに帰れない中で、東京で行われるオリンピックの意義とは何だ。

「コーヒーのおかわりはいかがですか」

「お願いします。もう一度、キリマンジャロで」

田嶋は店内を見渡した。

雑誌の切り抜きだろうか。壁にモディリアーニの絵がピンで留めてある。

有名な、面長で首の細い女性を描いた肖像画だ。

その横にもう一枚、女性の肖像画が額に入れて飾られていた。

クレヨンで描かれた、小さな絵だった。

「これはどなたがお描きになったんですか？」

「円谷良夫という、私の母の弟です。英二からみれば従兄弟にあたる人です。芸術的な才能があって、多摩美術大学を出て、彫刻家になりました。英二よりだいぶ年が下だったので、ずいぶんかわいがられたようですよ。もう十年以上も前に亡くなりましたが。その絵は、良夫が若い頃に描いたもののようです」

田嶋はその少女の顔に、どこかで見覚えがあるような気がした。

しばらく考えたが、うまく思い出せない。

「良夫の彫刻を観たければ、須賀川高校に行けばありますよ。円谷幸吉像です」

「円谷幸吉？　あの東京オリンピックの？　彼も須賀川出身ですか」

「ええ。良夫は須賀川時代、地元の陸上クラブに入っていましてね。円谷幸吉とは、駅伝の仲間でした。ずいぶんと親しかったようですよ。幸吉さんのところとうちの円谷家は、どうも遠い親戚のようです。ずっともとを辿《たど》れば、円谷というのは、伊達政宗に滅ぼされた二階堂家の家臣です。文献にも円谷姓の家臣の名が記されています。うちと幸吉さんのところとは古くから付き合いがありました。幸吉さんの祖母も若い頃、親戚の大東屋に手伝いに来ていたそうです。母によると、良夫のつながりで、幸吉さんもよくこの喫茶店に来たそうです。私は小さかったので覚えていませんが」

円谷英二と円谷幸吉。

もちろんふたりともその存在は多くの日本人によく知られている。分野は違うが、戦後を生きた日本人の心を最も強く揺さぶった二人といっても、それほど大げさでないだろう。そのふたつの人生が、この須賀川という小さな町で交わっていた。

意外だった。

よくみればふたりは同じ姓なのだ。しかもあまり見かけることのない珍しい名前だ。関係があったとしても不思議ではない。しかし今までなぜかふたりを結びつけて考えたことがなかった。おそらく、この先もずっとなかっただろう。ふたりの故郷であるこの須賀川という町を訪れることがなければ。

円谷幸吉のことを、田嶋は同世代の若者より多少はよく知っている。

田嶋が子供の頃のいじめから脱することができたのは、「陸上」との出会いだった。中学に入ったばかりの体育の授業で、ハードル走があった。あまり苦もなく、田嶋はハードルをうまく飛び越えることができた。陸上部の顧問の先生に誘われるままに陸上部に入部した。ハードル走はやってみると面白く、たちまち熱中した。部活に没頭すると、田嶋をいじめた者たちは離れていった。陸上自体は高校三年でやめてしまったが、当時は憧《あこが》れの気持ちもあって、図書館で陸上の日本代表のオリンピック選手についての本をたくさん読んだ。最も強烈な印象を残したのが円谷幸吉だった。

それはある有名なノンフィクション作家が書いた本だった。「長距離ランナーの遺書」と題されたそのルポは、なぜ円谷幸吉が自殺しなければならなかったのかの真相に迫っていた。その答えは、円谷幸吉というひとりの青年の、融通の利かない生真面目《きまじめ》な性格がもたらした悲劇、ということだった。読む者の心を打たずにはおかないあの遺書の文面とともに、田嶋の記憶に強く残っている。

田嶋は幸吉と英二の関係とともに、幸吉とは駅伝の仲間として親しかった英二の従兄弟、円谷良夫という彫刻家にも興味を持った。いつか彼が制作した円谷幸吉像を見に行こう。

「良夫さんは、ほかにどんな作品を残していますか」

「良夫はどちらかというと寡作な作家でしたね。それから、これはほとんど知られていませんが、良夫は、岡本太郎と一緒に、あの太陽の塔の制作にも携わっています」

「岡本太郎と一緒に、太陽の塔を？」

戦後日本の文化を振り返る時、強烈な光彩を放つ風景が、いくつかある。

ゴジラ、東京オリンピック、大阪万博。

大阪万博の象徴「太陽の塔」もまた、戦後日本を象徴する代表的な「顔」なのだ。

この須賀川という小さな町の、ふたつの円谷家は、そのどれとも深く重なり合っている。

田嶋の興味はさらに膨らんだ。

「そういえば、太陽の塔の顔は、ウルトラマンの顔にも似ていますね。あのデザインのアイディアに、良夫さんは関わっていたんでしょうか」

「さあ、そこまではわかりません」

「円谷英二さんは、太陽の塔を見たんでしょうか」

「残念ながら、英二が亡くなったのは一九七〇年の一月。万博が開催される二ヶ月前でした。しかし英二も万博に関わっているんですよ。三菱未来館というパビリオンの映像展示を手がけたんです。その映像が、英二の遺作になりました」

英二の遺作……。生涯の最後に、彼はどんな映像を日本人に見せていたのだろうか。

「私は、その映像を万博まで観に行きました。今も強烈に覚えています」

「どんな映像だったんですか」

「入り口から動く歩道に乗ると、ドーム状の大きな部屋に入ります。その全面のフルスクリーンに映し出されたのは、五十年後の未来の日本の姿でした」

一九七〇年から、五十年後……。二〇二〇年……。

「映し出されたのは超大型台風や火山噴火、洪水に襲われる日本列島の姿でした。あの東日本大震災の津波の映像をテレビで観た時、なぜか私がまっさきに思い浮かべたのは、あの英二の映像でした。英二の映像が現実になった……。そう思いました」

田嶋は言葉が出なかった。

「英二はその頃、持病の糖尿病が悪化して、瀕死の状態でした。万博の開催を見ずに亡くなるんですが、最後に渾身《こんしん》の力をふりしぼって作ったのだと思います。輝かしい未来ばかりを礼賛した万博の中にあって、ただひとり日本の未来の災害の姿を見つめていたのが、円谷英二だったんです」

彼は、あの「津波」を、いつか幻視したことがあったのだろうか。

マスターが引き出しから何かを取り出した。

一枚の古ぼけた写真だった。

「英二の母は、英二が三歳の時に、次男を出産した後の、産後の肥立ちが悪くて亡くなりました。父親は養子でしたから、母が亡くなった後、自分から円谷家を去ったそうです。英二は祖母の手で育てられることになりました。祖母は幼くして母親を失くした英二を不憫《ふびん》に思う気持ちも手伝って大変にかわいがり、英二に遊び場所として、生家の離れにある蔵の二階をあてがったそうです。ちょうどこの店の裏です。その蔵がこれです」

写真には、葉を落としたキンモクセイの木の向こうに白い土壁の蔵が写っていた。二階の格子窓の上には、おそらくは先祖の勇七の代からの大束屋の商標なのだろう、「七」という文字が黒々と塗り込まれていた。

「英二はここで毎日、飽きることなく模型飛行機ばっかり作っていたそうですよ。夢中になって、竹ひごやがらくたを集めてね。蔵は、残念ながら今は、もうありません。残していたとしても、あの震災で、崩れていたでしょうね。須賀川の蔵は、震災でそのほとんどが崩れましたから」

「蔵の中に、英二さんにゆかりのものは残っていませんでしたか」

「少ないですが、いくらかは保存しています」

マスターは店の奥から一抱えの大きな箱を持ってきた。

「英二が子供の頃の、宝物を入れた箱です」

箱を開ける。古い航空写真の絵はがきがあった。小学校時代の通信簿があった。

紐《ひも》を巻かれた画用紙があった。開けると、一枚の水彩画だった。

紅葉の中に神社の鳥居が描かれていた。

「小学生の時、秋の遠足で朝日稲荷神社に行って描いた写生ですね。八歳ぐらいの頃のものです」

古びたノートがあった。

「それは、同じ頃に描いた、絵日記ですね」

田嶋の目はその絵日記に釘付《くぎづ》けになった。

綱で杭《くい》につながれた馬が、綱を外して暴れ回り、町じゅうが大騒動になる話だった。

日記として描いているが、どう考えても空想の物語だ。

八歳とはとても思えない画力もさることながら、驚いたのは絵の視点がほとんど空からの俯瞰《ふかん》だったことだ。

少年はすでに空想の中で「須賀川の空」を自由に飛んでいたのだ。

田嶋は思った。

この町は、円谷英二という二十世紀の想像力の揺籃《ようらん》となった「夢の砦《とりで》」だ。

英二はその空から飛行機乗りへの夢を抱いた。

そしてついに「夢」と「現」の地平線の向こうに羽ばたいた。

かつて須賀川の空を想像の翼で翔《か》けた少年の目は、やがて遠い日本の未来をも射抜いたのか。

田嶋はまた来ることを約束して店を出た。

空を見上げる。

白い飛行機雲が蒼天《そうてん》を切り裂いていた。

田嶋はその雲が空に滲《にじ》んで消えるまで、「夢の砦」に立ち尽くしていた。

誰かがめくったページ

ひとみ、もうすぐ須賀川では釈迦堂川の花火大会だね。

宝塚の花火大会は、今日、終わったところ。

お父さんと観に行ったよ。

人出はすごかった。須賀川の花火大会に負けないぐらい。

駅前に貼ってあったポスターを読むと、宝塚の花火は始まったのが大正二年で、一九一三年からだって。今年でちょうど百年。私たちのひいおじいちゃんが子供の頃からやってるんだね。いったい、いままでどれくらいの人がここで花火を見上げたんだろうね。

宝塚には武庫《むこ》川っていう大きな川があって、河原や橋のたもとでみんな花火を観るんだけど、須賀川を流れる釈迦堂川とは、ちょっと雰囲気が違うんだ。

まわりにマンションがいっぱい建ってるし、夜空が、須賀川みたいに広くない。

宝塚の花火も、とってもきれいなんだけど、やっぱりお父さんと私は須賀川の花火を思い出して、ちょっとしんみりして帰ってきた。

たまたま宝塚の花火大会と同じ日に、大阪では淀《よど》川の花火大会というのがあったんだ。

目の前で大きな花火があがっている武庫川のずっと下流の遠くの方で、その花火大会の花火が、ほんの小さく見えた。私は目の前の大きな花火より、遠くの方で小さく見える花火に見とれてた。近くに見える花火より、遠くに見える花火の方が、私は好き。その花火を見上げている人たちのことを想像できるから。私は想像するのが好きなんだ。

須賀川の花火はお盆の後だね。きっと今年も大勢の人でにぎわうんだろうな。

いつも私の家からスイカを食べながら、ひとみと一緒に観てたよね。

あれから私は一度も須賀川にも浪江町にも帰っていないけど、この前、お父さんが今年の秋の一時帰宅の申請書を書いてたから、私の名前も入れてもらった。もう許可がおりる年齢になったからね。この秋は浪江町の家に帰るつもり。でも、なんだか気がすすまない。

浪江町に帰っても、もう二度と私と家族はここには住めないんだっていうことを、確認するだけのような気がするから。

お父さんから聞いたけど、浪江町の近くにある南相馬市の小高《おだか》地区というところは、立ち入り禁止区域を解除されたんだって。でも、お父さんがこの前の一時帰宅のときにその町をクルマで走ったら、誰も人がいなかったって。

だって、それはそうだよね。一部の地域が解除されても、周りはみんな立ち入り禁止区域なんだもの。町と町はつながってるんだ。人がたったひとりで生きて行けないのと同じで、ほかとつながっていて初めて町なんだ。

浪江町とその周辺が、全部自由に立ち入りできるようになるまで、いったいどれぐらいかかるんだろう。百年前の花火が想像できないように、私にはその日が想像できない。お父さんに訊いても、何も言わなかった。言わなかったんじゃなくて、言えなかったんだと思う。


ひとみ、私ね、陸上、やめることにしたよ。

お母さんの身体の調子が、やっぱり良くないんだ。

病院に行ったら、聞いたこともない難しい名前の、膠原病《こうげん》だって言われた。

完治することが難しい病気なんだ。

微熱がずっと続いて、全身の関節が痛んで、夜、眠れなくなって、それがどんどんひどくなって、毎日薬を大量に飲むんだけど、ステロイドっていう薬の副作用がきつくて、免疫力がすごく落ちてちょっとした菌にも簡単に感染してしまうんで、家の外に出ることができなくなっちゃったんだ。お医者さんによると、ストレスと疲れの影響だって。膠原病ほど、ストレスが病状に反映する病気はないんだって。避難生活によるストレスだろうとお医者さんは言ってた。たしかにお母さんは避難生活を始めてから急激におかしくなった。精神的に滅入《めい》ることも多くて、今は、誰かがいつもそばにいてやらないとだめなんだ。外に出られないから、買い物も全部私がやらないといけないし。

お父さんは、気にしないでおまえは陸上を続けろって言ってくれるけど、お父さん一人でとても面倒見られないのはわかってる。それに私は、お母さんの世話をちゃんとしたい。

お父さんには、今の仕事に打ち込んでほしい。お父さんの作るポン菓子は、日本一美味しいって、ひとみも言ってくれたよね。この美味しいポン菓子を、もっとたくさんの人に知ってほしいから、私はお母さんの面倒を見ることで、お父さんの仕事を助けることにした。

ひとみ、悲しまないでね。これはね、悲しいことじゃないよ。

私はね、今まで陸上に傾けていた情熱を、別のものに向けるだけ。私は、夢をあきらめたわけじゃないんだ。夢を、べつの形で追いかけるんだよ。私の力で、お母さんの身体を良くするんだよ。そして、お父さんを、日本一のポン菓子職人にするんだ。それには、私の力が必要なんだ。

この前の手紙で、ひとみにもう一度陸上すすめといて、私の方がやめるなんて、話がおかしいよね。なんだそれって、怒ってるかな。

もしそうなら、本当にごめんね。

本当はあの手紙書いた頃から、悩んでた。

でも、書けなかった。ひとみは、ずっと私の陸上を応援してくれてたから。

でも、もう吹っ切れた。

宝塚の宝来橋っていう橋のたもとでお父さんとふたりで花火を見上げてた時、思ったんだ。

お母さんはいま頃、家で留守番をしている。

三人で花火を観たくても、お母さんは人ごみには出られない。

私はお父さんとお母さんと三人で、このきれいな花火を観たい。

そう思ったとき、私の心は、決まったんだ。後悔はしないよ。

いつかひとみに、言ったことあるよね。すぐに結果の出るレースはつまらないって。

このレースはね、長いんだ。多分ね。ゴールはずっと先。

私はがんばって最後まで走る。お母さんの身体がよくなるまで。

夜、家に帰った私は、さっきまで一年前の夏の夜を思い出してた。

ちょうど花火の夜の翌日に、ロンドンオリンピックの女子マラソンの生中継があった。

私はあの日、テレビの前にかじりついてレースを観ていた。

九年前のアテネオリンピックの時、私はお父さんに誘われて陸上を始めたばっかりの小学校二年。野口みずきが金メダルを獲ったのをテレビで観て、「大きくなったらマラソンで金メダル獲る！」って、金色の折り紙を丸く切って画用紙に貼り付けたメダルを首からぶらさげて須賀川の町を走り回ったのを、はっきりと覚えてる。

五年前の北京の時は、小学校六年。ひとみもその頃は陸上、始めていて、私の家で一緒に女子マラソンの中継を観たよね。あのときは、日本人選手は誰もメダルを獲れなかったんだよね。レースが終わるとランニングシューズを履いて、ふたりで須賀川の町を走ったよね。アフリカやヨーロッパの選手は強いなあ、私たちがオリンピックに出られるとしたら、いつからかなあ、その時はふたりで一緒にオリンピックに出ようよ。私はマラソンで、ひとみはトラック競技だね。どっちかしか出られなかったら、どっちかの分まで頑張って走ろうよって、ふたりで話しながらね。走ってる途中でものすごい夕立が降ってきた。それでもふたりはびしょ濡《ぬ》れになりながら、あの馬ノ背の坂道を駆けた。

突然、ひとみが叫んだ。

へこたれねで、がんばっぺ！

なんだかそれがおかしくて、何回も何回も叫び合いながら走ったよね。

それからあの言葉が、ふたりの合い言葉になった。

ロンドンオリンピックのスタートを観ながら、私はひとみと走ったあの夕立のことを思い出してた。

レースはあの日と同じような、どしゃぶりの雨だったから。

「これだけの雨になると、走り心地が悪い」「精神的なダメージを受けやすい」ってテレビの解説の人は言ってたけど、私は、違うと思った。だって、ひとみ、あの夕立の中で走ったとき、私たちはすごく楽しかったもの。走るって、こんなに楽しいのって、あの雨の中だからこそ、そう思えた。水たまりの中をばしゃばしゃと走る時の快感ったら、なかった。雨が天然のシャワーみたいで気持ちよかった。走るって、自然に抗《あらが》うことじゃない。きっと自然の中に、自分を溶かすことなんだ。野生の本能をよみがえらせることなんだ。だからこのどしゃぶりの雨を、「楽しい」と思えるランナーが、きっとこのレースに勝つ。優勝はエチオピアの選手だった。それまではまったく無名の選手。彼女は途中、雨に濡れた石畳に足を滑らせて派手に転んだ。誰もがあっと息をのんだ。でも、彼女は何事もなかったかのようにまた走り出した。雨の日は滑るのが当たり前。そんな感じだった。

マラソンはやっぱり孤独なスポーツだ。でも、雨を友達だと思えば、孤独じゃない。

一度も転ばなかった選手たちは誰も金メダルに届かなくて、転んだ彼女だけが金メダルを手にすることができた。最後にまた大きく降り出した雨の中でね。私は彼女がどんなところで育ったのか知らない。でもきっと、雨を友達と感じられるようなところで育ったんだと思う。あのレースを観てよかったと思った。

私は、陸上部はやめる。大学にも行かない。

今日が、私の新たな人生のスタートなんだ。

でもね、走ることは、少しずつでも続けようと思う。雨と風と土と友達でいられるランナーでいようと思う。

選手をやめても、走ってる時が、生きてるって実感できる時だから。

ねえ、ひとみ。

もう一度、走ってみない？

目標は、オリンピックだよ。

笑っちゃだめだよ。

だって、あの夕立の日に約束したでしょ。

この二日間は、私の心の中でなんだかいろんなことが起きた。

昨日八月六日は、「原爆の日」だったね。今年も浪江町の町長が式に参列したよね。

広島の被爆者の平均年齢は、七十九歳だって。

原爆の後遺症で悩んでいる人、重い記憶を引きずっている人は、今でもたくさんいる。

私が七十九歳になるのは、今から六十二年も先。

その時「三月十一日」は、日本の人たちに、どんなふうに思い返されるんだろう。

最近ね、私、柄にもないことを考えるんだ。

震災で、あれだけたくさんの人が死んだでしょ。

なんでその人たちは死んで、私は生きているのかってこと。

それが反対であっても全然おかしくなかった。なのに、なぜ？　って。

夜、私は、ふとんの中で目をつむる。いろんな風景が、私の記憶の中に浮かんで来る。

たった二年しか住まなかった浪江町を、それまでずっと住んでいた須賀川の町を、そこから見た「山」や「川」や「海」の風景を、なぜかすごく思い出すんだ。

その風景は、死んだ人たちもきっといつか見た風景なんだ。

彼らが生きてた頃に、記憶の中にあった「山」や「川」や「海」の風景。

それで気づいたのは、死んだ人たちと一緒になくなったのは、生きてた頃に、その人たちが持っていた記憶なんだっていう、あたりまえのこと。

私はね、そんな風景を自分の記憶の中で思い出すことで、死んだ人たちがなくした記憶も、よみがえるのかな、って、思った。

「思い出す」っていうのは、きっと生きてる私が思い出してるんじゃなくて、そのとき、死んだ人たちも、私の記憶を借りて一緒になって思い出してるんだ。

死んだ人の記憶と生きてる人の記憶は、そうやってどこかでつながってるんだ。

そんなふうに思うんだけど、変かな。ひとみはどう思う?


そうだ。ひとみ、ようやく『失われた時を求めて』の一巻を読んだんだね。

手紙と一緒に、二巻を同封するね。

さっきの「思い出す」の話と同じで、本って、死んだ人の記憶に似ているって思うことがあるんだ。

本のページをめくるのは、死んだ人の記憶をめくっているんだよ。

いつか、誰かがめくったページを自分がめくった時、遠い昔に死んだ人が「ページをめくった記憶」もよみがえるんだ。

ときめいた気持ち。せつない気持ち。はらはらした気持ち。言葉では、言い表せない、たくさんの気持ち。

だから、本を読むのは、死者の記憶をよみがえらせること。

たとえば『失われた時を求めて』を読むのは、遠い昔にその本を読んだことのある人を、よみがえらせること。そんなふうに思えるんだ。

今日は変なことをいっぱい書いて、ごめんね。
とにかく私はいつもどおり元気だから、心配しないでね。
浪江町に帰ったら、必ず須賀川にも帰るからね。久しぶりに一緒に走ろうよ。
宝塚の花火の絵を送るね。
外に出られないお母さんのために描いたのと同じ絵だよ。
ひとみが、私の大好きないつものひとみのままでいますように。

二〇一三年　八月七日

桟《かけはし》　ユカ

メモリアルホール

二〇一三年　八月十一日

ぎらつく太陽の光を反射して、川が一瞬、きらめいた。

魚影が濃緑色の身体《からだ》をうねらせて川底の石を撫《な》でた。橋の上からは、川底が透けて見える。水かさはほとんどなかった。

ひとみの記憶では、もう五週間も雨が降っていない。あのきゅうり天王祭の一週間前が豪雨だった。それから一度も雨らしい雨がない。町は潤いを失くし、川岸の花壇に植えられた真っ赤なサルビアは、一雨来ないともたない、とでも言いたげに萎《しお》れていた。

橋の向こうにドーム型の白い建物が見えていた。

須賀川アリーナだ。

大きな煙草《タバコ》工場の北を流れる、釈迦堂川に架かる影沼橋を渡ったところにある。

ひとみの家からは西へおおよそ二キロ。

震災の時には家を失くした市民や近隣被災者の大規模な避難場所になった。

広々とした駐車場の奥に体育館があり、その脇に独立した小さなホールがある。ホールの入り口には、ゼッケン77番をつけたマラソンランナーの写真が大きく引き伸ばされて飾られている。彼はまっすぐに前を向き、両足は宙を駆けている。

「円谷幸吉メモリアルホール」

と記されたその記念館をひとみが訪れるのは二度目だった。

最初に入ったのは今から七年前、ひとみは小学校四年。ユカにあこがれて地元の陸上クラブに入った年だ。陸上クラブには円谷幸吉を尊敬するコーチがおり、たしかその関係で一度、クラブのみんなと入ったことがある。その時の記憶は、あまりない。

初めて訪れた時になんとなく覚えているのは、賞状やら盾やらがいっぱい飾られていた中に、「忍耐」と大きく書かれた横長の額があったこと。

それと、これははっきりと覚えている。ガラスケースの中に入った自殺した時の遺書だ。何が書いてあったかは覚えていない。ただその便箋《びんせん》に一滴、茶色い染みがついていたことだけを鮮明に覚えている。係員が説明してくれた。

「この染みは、自殺した幸吉さんの血の雫《しずく》の跡です」

「忍耐」と「血」。

それがおぼろげながら持っている円谷幸吉という選手の印象だ。

円谷幸吉が東京オリンピックで銅メダルを獲《と》ったのは一九六四年。もちろんひとみは生まれていない。ひとみの父親でさえ、生まれる四年も前だ。それでも円谷幸吉の名は小さな頃から知っていた。いつか父から聞いたことがある。

「つぶらやこうきち。あの人も、つぶらや家。円谷幸吉と、うちは、遠い親戚《しんせき》同士。円谷幸吉も、円谷英二も、うちとつながってるんだよ」

それはきっともう、かなり「薄い」血のつながりなのだろう。それでもひとみの身体には特撮の神様と、オリンピックの銅メダリストと同じ血が流れている。その事実は、ひとみを少しだけ誇らしい気持ちにさせてくれた。

祖父がまだ生きていた頃、幼いひとみに円谷幸吉の話を聞かせてくれたことがある。

「おじいちゃんはね、まだ高校生だった円谷幸吉さんが、うちの店の前の馬ノ背を走っているのを見たことがあるよ。あれは夏の夕方だったな。走る幸吉さんの影が、土蔵の白い壁に映って、一瞬のうちに消えた。速かった。まるで風が駆け抜けたみたいだったよ」

「幸吉さんが銅メダルを獲った後、須賀川でやった凱旋《がいせん》パレードは、すごかった。駅前から祝賀会場の市民体育館までの馬ノ背を須賀川市民が埋め尽くしたんだよ。自衛隊のジープ五台が並んで、二台目のジープに幸吉さんが乗っていた。オリンピックの赤いブレザーコートに身を包んだ幸吉さんはずっと立ちっぱなしで、笑顔で手を振ってたな。あの、風のような男が、胸に下げた銅メダルを、ときどき高く掲げながらね」

しかしひとみは幸吉という人に対して、ずっとなにか近寄りがたいものを感じていた。幸吉の話が出る時、必ず引き合いに出されるのが、彼が座右の銘にしていたという「忍耐］という言葉だ。ひとみはその言葉が苦手だった。なんだか重苦しいのだ。そう。自分に一番足らないもの。それが忍耐。自分は何をやっても続かない忍耐の足らない人間なんだ。そんな負い目があった。

最後に自殺した、ということもひとみの中の幸吉のイメージに暗い影を落としていた。ひとみにはなんとなく怖いイメージがあり、正直あんまり思い出したくない人だった。それがなぜ、今になってもう一度訪れようという気になったのだろう。

ユカのあの手紙の言葉があったからだと思う。

ユカが陸上部をやめる。言葉にならないほどのショックを受けた。はやく返事を書こうと思った。しかし手紙を受け取ってから三日。何も書けなかった。何もする気が起こらず、茫然と過ごしている時、ユカの手紙のひと言が頭によぎった。

死んだ人の記憶と生きてる人の記憶は、そうやってどこかでつながってるんだ。

ユカはどうしてあんなことを書いてきたのだろう。ひとみには理解できなかった。ただ「死んだ人」という言葉に触れ、すっと頭に浮かんだのが、円谷幸吉のことだった。そういえば彼のことを、ひとみはほとんど知らなかった。

今までずっと避けていた、ほこりをかぶった本棚の隅の本のページをひらいてみる。メモリアルホールを訪れたのは、そんな気分だった。

建物の中に入ると、まるでひとみが来るタイミングをはかったかのように、マラソンの実況が聞こえてきた。

……まだ姿が見えません……どのへんでしょうか……まだ見えません……

……来るのは、円谷か、果たして、シュトーか、ヒートリーか、キルビーか……

……円谷、来た！　円谷、二位だ！　後ろにはヒートリー、すぐにヒートリーが追っている、その差は二十メートル、その差はおよそ二十メートル、円谷、二位、今、マラソンゲートをくぐろうとしています……トラックに、今、入ろうとしています……

……いよいよ最後の五百メートルです……七万五千の大歓声があがりました……

……今、見えました、円谷だ、円谷だ、円谷です。十メートル後方に、ヒートリー……

……第一コーナーから第二コーナーへ回ってくる。円谷頑張れ、円谷頑張れ……あと三百メートル、十メートル後方に、ヒートリー……

……ヒートリー、疲れている、円谷も疲れている……

……あと百二十メートル、百メートル……

……ヒートリー、スパート！　ヒートリー、スパート！　抜いた！　円谷、三位、円谷、三位に落ちました……しかし、三位は確保……

……円谷あと八十メートル、ヒートリー、あと五十メートル……

……ヒートリー、十メートル……ゴール・イン……

……円谷、第三位、ゴール・イン……

……タイムは、二時間十六分二十二秒……

……円谷、よくやりました……


円谷幸吉が東京オリンピックで銅メダルを獲った時の実況だった。

ようやく実況が終わったと思ったら、新しい訪問者が入ってきたタイミングに合わせてまたすぐに同じ実況が流れる。


……まだ姿が見えません……どのへんでしょうか……まだ見えません……

……来るのは、円谷か、果たして、シュトーか、ヒートリーか、キルビーか……


どうやら入り口のセンサーで入場者を感知すると、自動的に実況が流れるようになっているようだ。

入り口のすぐ横に年表のパネルがある。

上の十数行は飛ばして、一番下に視線を落とす。

一九六八年（昭和四十三年）一月八日、自衛隊体育学校幹部宿舎の自室で、自らカミソリで右頸動脈を切り死去。享年二十七歳。

東京五輪のレースが終わってから四十九年。円谷幸吉選手が亡くなってから四十五年。もう半世紀近くも前の出来事だ。

しかし幸吉はこの建物の中で、一日に何度も何度もヒートリーという選手に抜かれ続けるのだ。ヒートリーという選手に抜かれた運命の一瞬が、ここでは永遠に繰り返される。

ひとみにはそんな円谷幸吉が少しかわいそうに思えた。

年表をあらためてもう一度上から順に見た。

一九五六年（昭和三十一年）　四月　県立須賀川高校機械科入学
一九五七年（昭和三十二年）　九月　須賀川高校陸上部に入部

ひとみはその二行を何度も読み返した。

円谷幸吉が陸上を始めたのは、高校に入学した翌年の九月。高校二年の二学期からだった。

高校二年……。

自分の、今の年齢と同じではないか。十七歳になって、幸吉はようやく走りだしたのだ。

陸上を始めてから東京オリンピックまで、わずか七年だ。

入り口近くには記念館設立の経緯が書かれていた。

死から二年後、両親と兄たちが自宅の隠居部屋を改築し、幸吉選手の思い出の品々を展示したのが記念館の始まりだそうだ。ずっと円谷家の親族が自宅で来客者をもてなし、案内していたが、家族の高齢化によって、二〇〇六年、これまで円谷家の個人施設であった記念館を須賀川市が引き継ぎ、新たにメモリアルホールとして開設したのだという。

ホールには、円谷幸吉に関する、ありとあらゆるものがあった。

東京オリンピックの銅メダルがあり、レースで履いていたシューズがあり、77番のゼッケンがあった。高校時代からの賞状やメダルが全部あった。レース翌日の新聞があった。レース中の写真があり、マラソンで着用したランニングシャツとウエアがあった。そのどれにも、ひとみはさほど興味をひかれなかった。

なぜか実感が湧《わ》かないのだ。

小四の時に見て強い印象が残った遺書が、そのままガラスケースに入っていた。

便箋に飛び散った血の雫の跡もそのままだ。

　父上様母上様　三日とろろ美味しうございました。
　干し柿　もちも美味しうございました。
　敏雄兄　姉上様　おすし美味しうございました。
　勝美兄　姉上様　ブドウ酒、リンゴ美味しうございました。

巌兄　姉上様　しそめし、南ばんづけ美味しうございました。
喜久造兄　姉上様　ブドウ液、養命酒美味しうございました。
又いつも洗濯ありがとうございました。
幸造兄　姉上様　往復車に便乗さして戴き有難とうございました。
モンゴいか美味しうございました。
正男兄　姉上様　お気を煩わして大変申し訳ありませんでした。
幸雄君、秀雄君、幹雄君、敏子ちゃん、ひで子ちゃん、
良介君、敬久君、みよ子ちゃん、ゆき江ちゃん、
光江ちゃん、彰君、芳幸君、恵子ちゃん、幸栄君、
裕ちゃん、キーちゃん、正嗣君、立派な人になって下さい。

父上様母上様　幸吉は、もうすっかり
疲れ切ってしまって走れません。
　何卒　お許し下さい。
気が休まる事なく、御苦労、御心配をお掛け致し申し訳ありません。
幸吉は　父母上様の側で暮しとうございました。

ひとみは幸吉のことよりも、幸吉の遺書[illegible]人たちの人生を思った。

数えると三十一人だった。

後半に列挙されている名前は、おそらく幸吉の親戚の子供たちだ。きっとひとみと同じぐらいの年齢の子もいただろう。

彼らにとって、自分の名が記されたこの遺書は自分たちの人生にどんな意味をもたらしたのだろう。ひとみは自分に置き換えて考えてみた。

もし自分の兄弟や親戚が自死を選んだとして、その遺書に自分の名前があったら……。たくさん並んだ名前の中に、自分の名前を入れてみた。

重かっただろうと思う。自分はその重さに耐えられただろうか。

重さに耐えて、立派な大人になれただろうか。


ひとみはまた、ユカの手紙にあった言葉を思い出した。

死んだ人の記憶と生きてる人の記憶は、そうやってどこかでつながってるんだ。


名を残された人にとって、死んで消えたはずのかつてその人が持っていた記憶は、よりいっそう強く自分の記憶と結びつくだろう。そんな気がした。

残された人の中で、死者は永遠に生き続けるのだ。

遺書が展示してある左の柱に「オリンピック後の幸吉選手」と題されたパネルがあった。

円谷幸吉選手の生活は一変、国民のヒーローとなり多忙な日々を送ります。

さらに期待は次回メキシコオリンピックでの雪辱に集まり、幸吉選手も使命感を募らせていました。

そんな中、競技に集中するためと上官から結婚を反対され婚約を解消、また幸吉選手の精神的な支えであった畠野洋夫コーチが転勤してしまいます。持病の腰痛も悪化しました。

心身ともに不運が重なりました。自衛隊幹部候補生になったことで練習時間の確保もままならず、責任感の強い幸吉選手には焦りが募るばかりでした。焦りを練習で消したい幸吉選手は無理を続けます。ついにメキシコオリンピック前年の一九六七年（昭和四十二年）に腰の手術を受けました。しかし、かつてのような走りを取り戻すことはできませんでした。

幸吉選手は一九六八年（昭和四十三年）の正月を故郷で家族と過ごしました。この時、いつものようにロードワークにでかけましたが、少し走っただけで止めてしまったといいます。

幸吉選手は、一月八日に自衛隊宿舎（埼玉県朝霞市）の自室で、自ら命を絶ちました。享年二十七歳でした。

どんな物語だって、短くまとめることはできる。ユカの言葉だ。

人生だって同じだろう。

でも、まとめることと、理解することとはきっと違う。

この十数行で、円谷幸吉という人の人生を理解できたとは、とても思えなかった。

展示室の片隅の台に、なぜかキャラメル色のコアラのぬいぐるみが置いてあった。

その上にはオリンピック前のニュージーランド遠征から帰国した幸吉選手の写真があった。写真の中の彼の腕には目の前にあるコアラのぬいぐるみが抱かれていた。

このコアラのぬいぐるみひとつにも、あの十数行にまとめた人生と同じぐらいの物語が秘められているのかもしれない。

ひとみはコアラのぬいぐるみを手にとって抱いてみた。

毛並みは思ったよりも柔らかかった。顔を近づけてみると、小さい頃にくるまって寝たなつかしい毛布の匂いがした。

ホールの一番奥には、壁一面に幸吉選手の写真が引き伸ばされていた。国立競技場の観客席に向かって、左手で銅メダルをかざし、右手を高らかに挙げている。

写真の下にモニターがある。七年前に来た時はなかった。最近設置されたのだろう。前のボタンを押す。円谷幸吉の足跡を短くまとめた映像が流れた。

映像はこんなナレーションから始まる。

〈そこに現れたのは、まさに、彗星だった〉

〈男は、決して振り返らなかった〉

地元の朝日稲荷神社の境内を少年が走っている、白黒画面の再現映像だ。

〈小学校の運動会で、父に叱られた〉

〈男が一度走り出した以上は、どんなことがあっても後ろを振り返るな〉

その厳格な父の教えが円谷幸吉の信条となり、あの東京オリンピックの国立競技場でヒートリーが後ろに迫った時も、決して振り返らなかった……。

「忍耐」という言葉と共に、円谷幸吉という人を語る時に、必ず出てくるエピソードだ。

ひとみもいままで何度も聞かされた。

小学生の時の陸上クラブの先生も練習中や試合中に時々、叫んだ。

「こら！ 後ろ振り返るヒマあったら前向いて走れ！ ツブラヤコウキチの後輩がそんなことでどうする！」

ひとみが円谷幸吉が苦手だった理由はそこにもあった。

そんなのはただの、大人たちの「美学」の押しつけだ。オリンピックの女子マラソンを観《み》てたって、トップ選手はみんな肝心なところで振り返っている。ユカが書いていたエチオピアの優勝した選手だってゴール前で振り返っていた。なにもかっこわるいことじゃない。

突然映像はカラーに変わる。

東京オリンピックのレースの映像だ。ひとみが生まれて初めて観る映像だった。写真ではない動いている円谷幸吉を観るのも初めてだった。

映像は二時間あまりのレースを超ダイジェストで見せていた。スタートしたと思えばすぐに折り返し地点で、続いて国立競技場でのヒートリーという大柄な選手とのデッドヒートの場面になる。さっきホールに入った時にラジオの実況が伝えていたシーンだ。

そして映像は、

〈人々が見上げる彼方に、男は今も彗星のように走っているに違いない〉

という、かっこよすぎるナレーションで終わる。

六分程度の短い映像の中で、ひとみが一番印象に残ったのは、少年時代のエピソードでも、国立競技場でのヒートリーとのデッドヒートでもなかった。

それはほんの「一瞬」のシーンだった。

国立競技場をあとにして一般道に出てからのことだ。

彼は走りながら、空を見上げる。

カメラは彼の表情をアップで捉《とら》えていた。

左上方を見上げながら、彼はそのとき、微笑をこぼすのだ。

意外だった。

レース中に笑顔を見せる円谷幸吉なんて、いままでの彼のイメージの中にない。〈真面目《まじめ》〉〈忍耐〉〈命令に忠実〉〈がんばりすぎる〉〈融通がきかない〉

そんな彼がいったい、何を見上げて微笑《ほほえ》んだのだろう?

ひとみはそれが知りたくて、もう一度モニター前のボタンを押した。

シーンはあまりに一瞬で、答えは判《わか》るはずもなかった。

それでも、彼の、仰ぎ見た視線の先を、ひとみは知りたいと思った。

もう一度、ホールに飾られている円谷幸吉の写真を一枚ずつ眺めた。

意外なことに気づいた。

写真は、すべて例外なく、笑っている写真だった。

しかもその笑顔が、どれも素晴らしかった。

あのコアラを抱いて映っている写真などは、爆笑、といっていい笑顔だった。そんな写真が何枚もある。もちろん、関係者がそんな写真ばかりを集めたのかもしれない。

しかし、いい笑顔は、作ろうとして作れるものじゃない。十七歳のひとみでもそれはわかった。

彼は笑顔の人だった。いつ、どんな時でも。

どうして彼の「笑顔」に、いままで気づかなかったのだろう。

きっと目にはしていたはずだ。なのになぜ、印象に残らなかったのだろう。

たぶん、あの二文字が彼のすべてのキャラクターを決定付け、他の顔を覆い隠してしまっていたからだ。

円谷幸吉がいつも好んで色紙に書いたという「忍耐」という二文字。

彼が自殺を選んだという事実も、その表情に暗い影を落としている大きな要因だろう。

自分も含めて、人はみんな、彼が辿った悲劇的な結末から逆算して、彼の人生を推し量ろうとする。それは仕方のないことなのかもしれない。

「忍耐の人」「決して後ろを振り向かなかった人」「でも最後には自殺しちゃった人」……。

けれども、と、ひとみは今、思う。

「決して後ろを振り向かない人」は、「空を見上げる人」でもあった。

見上げて微笑んだ空の先には、いったい何があったのだろう。

そこに、「忍耐」という「仮面」の下に隠された、円谷幸吉という人のほんとうの顔を知る鍵があるかもしれない。

モニターの横のガラスケースの中に、「忍耐」と書かれた色紙があった。

日付は一九六四年十月二十一日。あの東京オリンピックのレースの日に記したサインだ。

「忍耐」の文字の下に、円谷幸吉の名前がランナーの走る姿にデザインされていた。

躍動感のあるそのイラストはなかなかいいセンスだと思った。自分で考えたのだろうか。

最後にもう一度、遺書が入ったガラスケースの中を見る。

遺書の横に、別の肉筆の文字が記された書類があった。

Ａ４の用紙に細かい字で書かれたそれは、オリンピックの二年後、一九六六年に彼が日本陸上競技連盟に提出した「マラソン競技者調書」だった。マラソンに関する陸連のさまざまな質問に対して答えたものだ。何ページにも及ぶものだが、ガラスケースの中に入っているので、最初のページと二ページ目しか見ることができない。

最初のページは、住所や経歴、家族構成などの履歴書的な記述だ。目を引いたのは趣味の欄だ。

〈スポーツ　食　散歩　レコード盤集め〉

とある。「レコード盤集め」が趣味というのは、意外な感じがした。彼は音楽が好きだったのだろうか。

もしかしたら、うちの店でもレコードを買ったことがあるだろうか。

次のページには質問項目が並んでいる。たとえばこんな質問だ。

Ｑ「今後、マラソンを志す若い競技者がこころがけねばならぬ点について」

円谷幸吉の答えはこうだ。

〈人間が造り出した文明の利器に頼り過ぎてはいけない。
野生的な実力は、野生の中に生まれる〉

マラソンを志す若い人に贈る言葉なのだ。
「忍耐」とか「努力」とか、もっと教訓めいた型通りの言葉を並べてもいいはずだ。
特にあの円谷幸吉なら、なおさら。
でもこの言葉は違う。力強いし、のびのびとした感じがする。
ひとみは、心の中で、唱えてみる。
野生的な実力は、野生の中に生まれる……。
またこんな質問がある。

Q「マラソンを通じての喜びについて」

幸吉はこう答えている。

〈生きて居るということをつぶさに感じていること〉

走ることの喜びは、生きて居る、ということの喜び……。
いい言葉だと思った。つぶさに感じている、という表現がひとみの心にすっと入った。
そんな言葉を円谷幸吉は残している。
ここに来てよかった。それを知っただけでも。
ユカに感謝だ。

外に出ると、大粒の雨がひとみの顔を濡《ぬ》らした。
須賀川の町に降る、五週間ぶりの雨だ。
ひとみは雨の中を駆け出した。
誰かが呼び止めたような気がした。しかしひとみは振り返らなかった。
何ヶ月ぶりだろう。
走る気になったのは。
からっぽだった身体が、走るごとに満ちてくる。
須賀川アリーナを東へ駆ける。二キロばかり走ると、ＪＲ須賀川駅に突き当たる。
駅前からの道にはすかがわ橋という大きな橋があり、市街へと続く馬ノ背につながる。
橋を駆けると、長い上り坂が待っていた。
右手に病院が見える。左手の路地を行けば清水湯だ。
一気に駆け上がる。全身が肺になる。吸い込んだ空気が身体中をかけめぐる。

須賀川に平坦《へいたん》な道は一本もない。

全身をかけめぐる血管のように、町中に坂道が張り巡らされている。

ひとみは馬ノ背を横に外れ、わざと急勾配《きゅうこうばい》の坂道を選んで走る。

「裏切り坂」「サリバン坂」「オトナ坂」「くまた坂」……。

もちろん地図に載ってる正式な名前じゃない。

小学生の時、ユカと一緒に走りながら、ふたりで勝手に名付けた名前だ。

その名前のひとつひとつにふたりだけの秘密がある。

須賀川信用金庫があった角を左に折れる。くだり坂が続く。

虎屋旅館の裏手で、道は細い路地の上り坂に変わる。「コーキチ坂」だ。

上りきったところに、十念寺というお寺がある。

十念寺には、円谷幸吉の墓があった。

五年前、北京オリンピックを観たあとで、どしゃぶりの雨の中をユカとふたりで須賀川じゅうの坂を駆けた。この細い路地の上り坂で、あの日ユカが言ったのだ。

「オリンピックを目指すなら、コーキチにお参りしとかなきゃ」

その日から、この坂はふたりの間で「コーキチ坂」になったのだ。

寺の大屋根にはビニールシートが被《かぶ》せられていた。震災で崩れた屋根《やね》瓦《がわら》の補修をしているようだ。

円谷幸吉の墓を訪れるのは五年前のあの日以来だった。

黒御影《みかげ》の墓石が雨に打たれていた。墓前に、花を挿してある筒が倒れていた。

ひとみは筒を支えるための玉砂利を払う。下地の土が見えた。筒を埋め込むために指で掘る。

指先に、ざらりとした感触が伝わった。冷たい土の感触だった。

泣きたいほど静かで、切なく、厳かな、今、生きているということの、確かな指の感触だった。

流星と少女

一六八九年　四月二十五日

むせるような花の香が匂う。

芭蕉は草庵で、可伸と向かい合っていた。

一昨日と昨日は等躬たちと可伸の庵《いおり》で歌仙を巻いた。

しかし芭蕉は、ふたりだけでこの男と話したかった。

等躬はこの日、物忌《ものいみ》とあって、一日行いを慎むべく外へ一歩も出ない。曽良は空気を察して先に庵を辞した。

芭蕉は今にも雨が降り出しそうな気配の外を見やり、視線を留める。

栗《くり》の花である。

茂る葉の間に、薄緑色の花が隠れるように咲いている。たしかに目立たぬが、捨てがたい趣がある。

目立たぬ花、といえば、今、目の前にいるこの男もまたそのとおりである。

「まぼろし」のような男だ、と等躬は評した。

一瞬、詩想が芭蕉の頭を駆けたかに見えた。

隠れ家や目に立たぬ花を軒の栗

芭蕉は頭の中で首を振った。

「隠れ家」と「目に立たぬ」は同じである。「家……」と「軒……」も重複している。

良い出来とは言えない。まだ納得のいくものにはとてもおよばない。

芭蕉の目指す俳句とは「行きて帰る心の味わい」である。

句は行き場無く、芭蕉の心には戻らず宙をただよっていた。

可伸が空を見上げる。その視線の先もまた所在ない。

「芭蕉殿。光陰は百代の過客なり。李白の詩に、そうあると」

「さようです」

「是非、ご案内したい場所がございます」

風が草の上を駆け抜けた。

「ここは」

「須賀川の、夢のあととでも申しましょう」

茫漠《ぼうばく》と草が生い茂るのみの荒れ地を、芭蕉と可伸は見つめていた。

わずか数段ばかりの石造りの城台が、かろうじてそこがかつての城址《しろあと》であったことを示していた。

「奇妙な巡り合わせです」可伸がつぶやく。

「奇妙な巡り合わせ？」

「今から数えて、ちょうど百年前。天正十七年（一五八九年）のことでした。須賀川の二階堂氏が、伊達政宗の手にかかり、滅ぼされたのは」

「ちょうど百年前……」

「伊達方一万、二階堂の軍勢は二千五百。もとより負けを覚悟した戦いでした」

芭蕉は当地の二階堂の一族が伊達に滅ぼされたのは知っていた。しかしそれが、この地を訪れたちょうど百年前だとは知らなかった。

「そもそも伊達氏は当主朝宗《ともむね》の代、源頼朝の奥州遠征に従軍し、その手柄により伊達郡を与えられ奥州に城を構えました。この時、同じ頼朝の家来の二階堂氏も領地を与えられました。それが須賀川です。平泉の地をご存知でしょう」

当然であった。世に聞こえる景勝地であり、歌垣の地である。曽良が組んだ奥州の旅の旅程にも入っているはずだ。

「二階堂とは、頼朝が平泉遠征の際、かの地の見事な二階様式造りの堂に感じ入り、その様式を真似て鎌倉に建立した『二階堂』に由来します。その鎌倉に屋敷を置いて行政をおさめていたのが、二階堂氏の祖先でした」

のちに芭蕉は二階堂氏の名の源流となった平泉の地を訪れる。

夏草や兵《つわもの》どもが夢のあと

かの地でこの句を発句するのは、可伸と出会った二十日後の五月十三日である。

「政宗が権勢をふるった時代、須賀川城主は、大乗院という女性でした。大乗院は政宗の和睦の提案をいさぎよしとせず、戦いに入ります。二階堂家を慕う家臣と領民もこれに賛同いたしましたが、圧倒的な軍勢の差で滅亡。須賀川城は廃城となり、二階堂の武士たちは武士の位を取り上げられ、町人に身をやつします。しかし彼らは、二階堂家のこころを忘れず、毎年、須賀川城落城の日の夜、この愛宕山《あたご》にのぼり、その兵たちの霊を弔うのです。もちろん滅ぼされたものの霊を弔うとは公言できません。『狢《むじな》狩り』と称して、松明の火をかざしたのです。弔いの儀である『松明あかし』は、百年経《た》った今も密《ひそ》かに続いております」

芭蕉は細々とした火がつなぐ百年の時を想《おも》った。

「繁栄を謳歌《おうか》した城が、人の世にしてたった三代から四代でここまでの廃墟《はいきょ》となるのかならば百代とは、どれほどの時の流れだろうか。

それは永遠のように長く、また一睡の夢であるようにも思えた。

芭蕉は、空を見上げる。

これまで、どれほどの人々が、この過客の町で空を見上げてきたのだろうか。流れる雲の行方に、己の人生を重ねたのだろうか。そして私が死んだ後も、どれほどの人々が、この空を見上げるのだろうか。

「芭蕉殿。虚空にうかぶまぼろしを見たい、と仰せでしたな。そのことでお誘いしたのです。今から、私と共に、かげ沼を観に参りませんか」

「いや。先日ご説明した通り、かげ沼は三日前、曽良とともに参りました。あいにくの曇天で何も見えませんでした。今日も、天候はあまりよろしくない。結果は同じでしょう」

「私がお見せしたいのは、虚空にうかぶまぼろしではございません。時の桟《かけはし》を渡った先にある、まぼろしでございます」

「時の桟？」

可伸が指を差す。蛇行する大きな川に橋が架かっている。

「あの橋のたもとに、大きなケヤキの樹が二本、ございましょう。あのケヤキの洞《うろ》の穴の中に、『時の桟』がございます。そこから、いささか玄妙なまぼろしが見えるのです」

「玄妙なまぼろし……。何が見えるのですか」

「未来でございます」

「未来？」

芭蕉は聞いたことのない言葉だった。

「李白風に言うならば、月日という名の旅人がこれから辿《たど》る『時の旅籠《はたご》』、とでも申しましょうか。それが『未来』です」

「『天地は万物の逆旅にして、光陰は百代の過客なり』」

「さよう。光陰は大地を旅籠として永遠の時空を往く。往けばもう戻らぬ旅人だと李白は詠じました。ところがあの『時の桟』は、往けば戻らぬはずの光陰の行方を歪《ゆが》ませるのです。月日が辿った、あるいは辿ろうとする時の旅籠、『過去』へも『未来』へも、通じているのです」

芭蕉は眩惑《げんわく》した。可伸。この男は、何者なのだ。

「そうですな。たとえば、人の世にして、ざっと十五代ほど先の、かげ沼が、どうなっておるのか、見たいとは思いませんか」

「十五代ほど先？　いったい何があるのだ」

「もう沼はございません。そこには天災によって彷徨《さまよ》う人々の『仮の庵』がございます」

「彷徨う人々の、仮の庵？」

「興味がおありでしたら、ご案内いたしましょう」

芭蕉は逡巡《しゅんじゅん》した。この男の話を、どこまで信じればいいのか。

芭蕉は、ふたたび空を見上げる。

曇天の一部だけが青く晴れ、そこに月が出ていた。

もとよりこの旅は、あの真昼の月のような、まぼろしを追いかけようと始めたのだ。

「可伸殿。是非案内をお願い致したい。その『時の桟』とやらに」

二〇一三年　八月十一日

影沼公園内に設置された仮設住宅は、全部で四十戸ある。

須賀川市内の四つの仮設住宅のうちでは中程度の規模だ。

影沼は古くは「かげ沼」と書く。蜃気楼が浮かぶ沼として古い文献にも記録されている。

周囲には用水路が張り巡らされたのどかな田園風景が広がっている。

しかし見渡せば近くには工業団地が迫り、東北自動車道が貫通している。そこに幻想的なエピソードを持つ沼の面影を探すことは難しかった。影沼公園は田園風景が広がる地域よりは幾分市街地に近い場所にある。それでも町の中心部からは二キロばかり離れたこの公園を訪れる者の姿はまばらである。

田嶋が須賀川を訪れるのは四度目だが、仕事で訪れるのは今日が初めてだった。

通信社では「ルポ　福島の仮設住宅は今」という続き物の記事を連載中であり、田嶋は自ら手を挙げて、須賀川市の回の記事を担当することになったのだ。

須賀川災害対策本部の菊池と名乗る男は約束の時間である午後二時ちょうどに現れた。

あいさつもそこそこに、菊池は須賀川の仮設住宅の概略を説明しだした。

「須賀川の仮設住宅には、ふたつのタイプの被災者が入居しています。ひとつは須賀川市内で被災し、家が全壊状態で居住不可能となった須賀川市民。もうひとつは大熊町、浪江町、南相馬市など、浜通りで津波と原発事故の被害に遭い、住む場所を失《な》くした家族。彼らは震災直後、須賀川で避難生活を送っていましたが、市内に仮設住宅が造られた際、市が受け入れを認めて仮設に移ってきた人たちです」

「市外の被災地から来た人もいらっしゃるんですね」

「はい。須賀川自体が、全家屋の八割が地震の被害を受けたほどの被災地なんですが、市の借り上げ住宅にも、市外の被災地から須賀川に移ってきた人は少なくありません」

「放射線の影響を恐れて、須賀川を出る市民もいると聞きましたが」

「ええ。須賀川から他県への流出がある一方で、近辺の市町村から須賀川への流入もある。それが須賀川の大きな特徴と言えます。そのまま須賀川を終《つい》の住処《すみか》と決める人も多いんです。郡山ほど便利ではありませんが、実際に住んでみれば、須賀川は住み良い町です」

菊池の言葉には郷土への愛情が感じられた。福島原発から六十キロのこの町を離れる者もいれば、須賀川を新たな故郷に選ぶ人もいる。それがあの原発事故から二年五ヶ月を経過したこの町の状況だった。

ちょうど夏休みだった。広場で小さな子供たちが遊んでいた。

小学校二、三年ぐらいの子供たちがふたり、ミニカーを走らせて遊んでいた。仮設住宅に住んでいる兄弟のようだった。

兄がダンダンダンダンダンダンダン、とおどろおどろしい音楽を口ずさみ、怪獣のソフトビニール人形を手に持った弟が雄叫《おたけ》びを上げ、車を蹴散《けち》らかす。

怪獣ごっこだ。ソフトビニール人形は円谷プロ作品の怪獣だった。

兄弟は菊池の姿を見つけると、怪獣ごっこをほったらかして駆け寄ってきた。

「あ、カトクタイのおじさんだ！」

「カトクタイ？」田嶋が訊《き》き返す。

「バッジ見せて〜」子供たちは菊池にせがむ。

菊池は胸のポケットにつけたアンテナのようなものを立てる。

それは、あのウルトラマンの科学特捜隊が胸につけていた、流星をデザインしたピンバッジだった。科学特捜隊、略して科特隊のメンバーたちは、そのアンテナを立てて互いに交信するのだ。

それが子供心にとてもかっこよかったのを田嶋も覚えている。ウルトラマンを放送していた時代には玩具屋《おもちゃや》で売っていたそうだが、田嶋の時代にはすでになかった。

菊池が胸につけていたのは、まさにあの流星バッジだった。

菊池から流星バッジを受け取った兄弟は、そのアンテナに向かって何やら話している。

「前にあげた流星バッジはどうしたの？」

「なくしちゃった」

「しょうがないなあ。じゃあ、それあげるよ。大事にするんだよ」

子供たちは歓声をあげて公園内の小山を駆け上がって消えた。

訝《いぶか》る田嶋の様子を察して、菊池が答えた。

「震災直後、須賀川には地元の被災者はもちろん、津波と原発被害のあった浜通りから多くの被災者が避難してきました。避難所で不安な毎日を過ごす彼らを、少しでも元気づけることはできないかと、私たちは考えました。そこで思いついたのが、ウルトラマンの科学特捜隊でした。あのバッジをつけて、避難所を回ろう。俺たちは『須賀川科学特捜隊』だ。今から考えれば気恥ずかしいのですが、その当時は必死でした」

菊池は笑う。

「避難所の人たちは私たちの予想以上に喜んでくれました。四十代から六十代ぐらいまでの世代は、あのバッジが科特隊の流星バッジであることがすぐにわかるんです。なつかしいなあ、と、声をかけてくれる。それが彼らとの会話のきっかけになりました。あの怪獣が好きだった、あのときのウルトラマンがかっこ良かった、でも科特隊は、いつもあんまり頼りにならなかったなあって。須賀川はウルトラマンの故郷なんです、そう言うと、遠くから来た人たちはとても喜んでくれました。なんだか勇気が湧《わ》いて来るよと言ってくれる人もいました。さすがに子供たちは流星バッジは知りませんが、ウルトラマンはわかるんです。円谷プロから特別に流星バッジを購入して、欲しい子に配りました。あっという間になくなりましたよ。緊急の避難所が閉鎖されて被災者が仮設住宅に移っても、私たちは流星バッジをつけて仮設住宅を訪れました。それでいつしか仮設の子供たちから『カトクタイのおじさん』と呼ばれるようになったんです」

円谷英二は、今もこの町に生きている。

彼の生んだ「まぼろし」が、この町で、現実と溶け合っている。

子供たちが駆け抜けた広場の小山の頂上には、仮設住宅を見下ろすように少女のブロンズ像が立っていた。

少女はまっすぐに宙を見つめている。

その目には瞳がない。

つま先立ちで両手を広げ、風の音に耳を澄ましている。

ブロンズ像の裏には、見落としそうなほど小さなプレートがついていた。


「一九八五年　円谷良夫　作」


いつの間にか大粒の雨が降ってきた。

雨粒は少女の顔を濡らした。

それはか細い筋となって頬《ほお》を伝った。

やがて肩を濡らし、小さな乳房を濡らした。そして全身を這い、濁流となって少女の起伏を洗い流した。

像の傍らにふたりの男がいた。
墨染の着物に身を包み、雨に濡れながらその少女像をじっと見つめていた。

血と涙

田嶋は取材を終えると大東屋に駆け込んで須賀川影沼公園仮設住宅の記事をまとめた。

流星バッジと、仮設住宅を見つめていた少女像のことを書いた。

どうしても書いておきたい記事だった。

帰社するまでに時間の余裕があった。寄りたい場所があった。

マスターに教えてもらった須賀川高校にあるという、円谷幸吉像を見ておきたかった。

影沼公園で、偶然円谷良夫の「少女像」を見たからだ。

彼の彫刻にはどこか人の心を衝《つ》くところがある。

そんな彼が親友であったという円谷幸吉をどう表現しているのか。ぜひとも見たかった。

「今からマスターが教えてくれた、良夫さんの幸吉像を見てきます」

「じゃあ、帰りにメモリアルホールにも寄ってみればいいですよ」

「メモリアルホール?」

「田嶋さんがさっきまでいた影沼公園の、すぐ近くにあるんですよ。円谷幸吉の記念館が」

ブロンズの円谷幸吉は校門を入ってすぐの正面玄関右手に立っていた。大きく左足を前に踏み出し、両腕を振り、前を見据えていた。彼は止まった時間の中で走っていた。

一メートルほどの台座の上に乗っているので、見上げる形になる。雨空にうかぶ円谷幸吉の顔に悲壮感は微塵《みじん》もない。

そのやわらかな表情に、田嶋は多少の違和感を覚えた。自分が本で得た円谷幸吉のイメージと、相容《あいい》れないものを感じたのだ。

田嶋はその足でマスターに教えてもらったメモリアルホールに向かった。タクシーで正面の駐車場に着くと、少女がホールの出口から駆け出した。鳶色《とびいろ》がかった瞳。

CDショップで出会った少女だ。

彼女も円谷幸吉に興味があるのだろうか。

やあ、と声をかけたが、彼女は気づかずに雨の中を走り去った。

ホールの展示資料は、記者としての目から見ても工夫が凝らしてあり、興味深かった。血染めの遺書の横には川端康成が文芸誌に書いた随筆が添えられ、幸吉の遺書の哀切極まる美しさを讃《たた》えていた。壁には幸吉がこれまで胸につけたゼッケンが貼り付けてある。銅メダルを取った翌日の地元新聞も、記者の田嶋にとっては興味深いものだった。幸吉の人生を短くまとめた映像もよくできていた。

㊙と判を押された、幸吉が陸連に提出したという調書の最初のページと次のページが開示されていた。続きを読みたかったが、ガラスケースの中に入っているため叶《かな》わなかった。

とりわけ印象に残ったのは、いままで観たことのなかった幸吉の素顔をとらえた写真の数々だ。幸吉の豊かな表情があふれていた。千言万言に匹敵する雄弁さが一枚の写真にはある。それは意外にも彼の明るさである。あの円谷良夫が彫像に残した幸吉の表情も、あながち実像を歪曲《わいきょく》したものではないと思えた。

しかし、と田嶋は訝る。ここには、ふたりの円谷幸吉がいる。

写真は彼の明るさを雄弁に語っている。しかし、パネル等で彼の人生を解説した文言は、どれもがあの「忍耐」という言葉に裏打ちされた「厳格な父の教え」「決して後ろを振り返らない」といった、これまでの「神話」に忠実な円谷幸吉だ。どちらがほんとうの幸吉なのか。どちらもほんとうの幸吉なのだ。人間とはそういう二面性を持ったものだ。そういう見方もあるだろう。しかし田嶋は、そこに埋めきれない何かがあるように思えた。

来る途中に書店があったことを思い出した。田嶋は同じ道を歩いて引き返した。書店の文庫の棚を探した。再読したい本があった。

有名なノンフィクション作家が書いたルポ「長距離ランナーの遺書」だ。

さほど大きいとはいえない本屋だったが、その文庫は棚にあった。田嶋が高校時代に読んだ本だが、出版されたのはもっと前だ。いまだに文庫の書棚に並んでいるというのは相当に読まれている本に違いなかった。田嶋自身が、この本で円谷幸吉のことを知ったのだ。田嶋のこれまでの円谷幸吉像は、ほぼこの本に拠《よ》っている。多くの日本人もおそらくそうだろう。

このルポの白眉は、円谷幸吉に婚約者がいたことを突き止めた点だろう。もちろん周囲の人間は誰もが知っていたが、公には知られていなかったようだ。しかしこの本が発表されて以来、いまや公然の事実となっている。メモリアルホールの解説でも、この婚約者との結婚を当時の自衛隊の体育学校長に反対され破談となったことが自殺の要因のひとつとして明記されている。

田嶋は本のページを繰った。それは五十ページほどの短いルポだ。読むと、高校時代に読んだ時には気づかなかったことがいくつも眼《め》についた。

まず冒頭の幸吉の故郷である須賀川についての書き方だ。

〈ただ美しい牡丹園があることで近隣の町村にいくらか知られている以外は、誇るものとてない東北のあたりまえの町である〉

田嶋は須賀川に来るまではここに書かれてある牡丹園《ぼたんえん》すら知らなかった。多くの日本人にとっては確かにそうだろう。しかし、取材で実際に足を運べば、この須賀川という町が「東北のあたりまえの町」でないことはすぐに判るはずだ。筆者は、おそらく、ごくあたりまえの町に生まれた、東北の農村のある種の典型といった人物像を作りたかった。そのため意図的に眼をそむけている。田嶋はそう感じた。

気になるのは「誇るものとてない」という書き方だ。「見るものとてない」ならまだわかる。それは、外から来て見る側の感性の問題だからだ。しかし、誇るものとてない、は、そこに生きている側の物言いだ。須賀川の人たちは自分の町に強い誇りを持っている。誇るものがないのが、東北のあたりまえの町というレトリックにも、田嶋はひっかかるものがあった。

良い悪いではない。自分なら、こうは書かない、ということだ。

ルポは序盤、農民であるがゆえの父親の厳格な性格に触れ、幸吉はその教えを愚直なほどに従順に守ったがゆえに、あの国立競技場では決して振り返らずにヒートリーの存在を知ることができなかった、というエピソードを紹介していた。幸吉を語る時には必ず出るエピソードであり、メモリアルホールでもまったく同じ視点で幸吉を解説していた。筆者はその行動を駆け引きが命のマラソンランナーとしては異常なことである、と断じていた。

そこから円谷幸吉という男の「自主性のなさ」「融通の利かなさ」「暗さ」を強調するエピソードを列挙していく。

田嶋は幸吉の身近にいた人物から一度も話を聞いたことはないし、ここはなんとも言えない。しかし、田嶋が最も強烈な違和感を覚えたのは、次の箇所だ。

「興味深い写真が一枚残されている」として、ニュージーランド遠征の際の選手とコーチたちの集合写真のことを書いている。

〈(全員が)くつろいでいるのだが、円谷ひとりシャツを着て両手をピンとし、背筋を伸ばしているのだ。その生真面目な様子が、彼の影を妙に薄くしている〉

メモリアルホールにあった、そしてそれ以前は自宅の記念館に飾られていたであろう幸吉の素顔の写真の数々を、筆者は一枚も見なかったのだろうか。その中には、他の選手とコーチたちとの集合写真もたくさんあった。どの集合写真でも、幸吉は誰よりも無邪気な笑顔を見せていた。生真面目な表情の写真を見つけるほうがむずかしいのではないかと思えるほどだ。

「笑顔」の幸吉が、このルポからは抹殺されている。人は、書きたい物語を書きたいように書く。それが良いか悪いかを断じる資格は今の田嶋にない。

田嶋にできること。それは、結局はごくありきたりのことでしかなかった。足を運んで、直接話を聞くことだった。

田嶋は大東屋に戻った。マスターから幸吉の兄、喜久造さんが今も幸吉の生家に住んでいると聞き、連絡を取ってもらった。

話をするのは全くかまわないが、実家に来てもらっても今はもう何もない。会うのならメモリアルホールで、というのが電話での喜久造さんの返事だった。

　喜久造さんは軽トラックに乗ってメモリアルホールに現れた。

　一瞬、奇妙な錯覚にとらわれた。年老いた幸吉がそこに現れたと思ったのだ。柔和な目尻、やや横に張った頰、面影が円谷幸吉とそっくりだった。もし幸吉が現在も生きていれば、このような好々爺《こうこうや》になっていたに違いない。

　田嶋はホールのソファで自分が先ほど読み返した本の違和感を率直に伝えた。喜久造さんは黙って聞いていた。ひととおり話を終え、ぜひ、身内の方に幸吉さんのことを訊きたいと乞うた。喜久造さんが立ち上がった。

「うちで、ゆっくりお話ししましょうか」

　円谷幸吉が生まれ育った実家は、馬ノ背の南、二股に分かれたくだり坂が、ちょうど再び合流する手前にあった。つまりは二つの坂道に囲まれた、中州のような土地に建っていた。平屋建ての、小さな家だった。

「ここはもともと、父親の幸七が隠居していた離れでしてね。今はわたしら夫婦ふたり、こっちでのんびり暮らしてるんです」

　通された居間には遺影が飾られていた。

　自衛隊の正装に身を包んだ円谷幸吉は、やはり笑っていた。

「幸吉さんは、もし生きておられたら……」

「生きておれば七十三です。私は五番目の子で今、八十。幸吉は七番目の末っ子です」

奥さんがお茶を出してくれた。

窓からよく手入れされた庭が見える。

名も知らぬ橙色《だいだいいろ》の花が雨に濡れて美しかった。

「あの橙色の花、きれいですね」

「ノウゼンカズラの花です。ちょうど今ぐらいに花をつけるんです。毎年ですよ」

花が咲く庭の向こうに天を突くほどの大きな樹があった。

「あれは大きな樹ですね」

「ヒバの樹かな。ずっと、昔からあります。この辺はね、昔から何にも変わってないんです。家の前の川が、護岸工事したぐらいでね。そういえば、幸吉は子供の頃、魚釣りが得意でね。エビを捕るのも上手かったな」

幸吉の名前が自然と出て来る。家族が幸吉の死後、自宅の一角を開放して、記念館にする。訪れる人たちのために親切心で始めたのだろうが、なかなかできることではないはずだ。つい七年前まで、それを続けていた。家族たちの幸吉に対する愛情の深さゆえだろう。

「喜久造さんが軽トラックから降りてこられた時には驚きました。年を取った幸吉さんかと思いました」

奥さんが大笑いする。「ほんと！　そっくりなのよ！　歩き方から、話し方から、性格までね。ほんと、幸吉さんと似てるんだよ」

喜久造さんも笑う。その笑い顔が遺影の中の幸吉とそっくりだ。

「幸吉さんは、笑顔がとても素敵な人ですね」

「そうなのよ」奥さんが膝《ひざ》を乗り出す。

「坂本九に、ちょっと似てるんだよね」

坂本九か。確かに笑うと似ている。

「本人も、九ちゃんが好きだったみたいだよ」

彼女も幸吉が大好きだったに違いない。

「とにかく、からっとした子だったねえ。湿っぽいところが、全然なかった。うれしかったら、うれしい。かなしかったら、かなしい。それがはっきり顔に出る。幸吉さんは、気持ちに、裏表がないんだよ」奥さんが懐かしそうに続ける。

「高校出てから、自衛隊の郡山の駐屯地に入ったんだけど、あの子は毎週、休みの日になると、駐屯地からこの実家まで、走って帰ってくんだよ。片道二十キロはあんだよ。まあ、トレーニングだと思うけど、実際はお母さんの料理を食べるのを、楽しみに帰ってきてたんじゃないかなあ。帰ってくると、練習着は汗でびしょびしょでしょ。ある日、私んとこに来て、『姉さん、洗濯終わった？』って、上目使いに訊くんだよ。あんた、びしょびしょじゃない、洗濯するもんあんなら、持ってきなって声かけると、姉さん、お願いします！　って、無邪気な笑顔でね、びしょびしょの服を差し出すんだ。私は一応、義理の姉の身だからね、最初は少し洗濯するのに遠慮もあったんだけど、あの子があんまりからっと頼みに来るもんだから、それから私があの子の練習着を洗濯する役目になってね。幸吉さんはね、そんな子でしたよ」

幸吉の遺書の一節を思い出した。

喜久造兄　姉上様　ブドウ液、養命酒美味しうございました。
又いつも洗濯ありがとうございました。

「かわいげのある子だったねえ」喜久造さんが続ける。

「そもそも幸吉がマラソンを始めたのは……最初、私が町の仲間と駅伝のチームを作って練習しておるのを、うらやましそうに見てたんです。幸吉が高校二年の時だったな。あんまりうらやましそうに見てるもんだから、幸吉、お前も走るかって声をかけたのが、きっかけです。そしたら、うれしそうな顔して、一番後ろから、ついて来てね」

ふたりがまっさきに語った幸吉の思い出は、「忍耐」といつも色紙に書いていたという、あの「生真面目」な青年のイメージとはかけはなれたものだった。

「メモリアルホールに、『忍耐』っていう、幸吉さんが書いた書が額縁に入れて飾ってありましたね」

喜久造さんが、声を低めて言った。

「あれはねえ、書かされたんですよ」

「書かされた？」

「ええ。自衛隊の体育学校に入学した時に、上官にね。本人があれは書かされたんだって言ってたから間違いないです」

たまたま上官に書かされた「忍耐」という言葉が、以後、幸吉のキャッチフレーズとなってしまった。そういうことだろうか。

もうひとつ、ひっかかっていたことを率直に訊いてみた。

「お父様は、男なら、一度走り出した以上は、どんなことがあっても後ろを振り返るなって小さい頃から厳しく教えてらっしゃったそうですね」

「いや。親父《おやじ》が幸吉にそんなことを言ったことはありませんでした」

喜久造さんはきっぱりと言い切った。

「一度走り出した以上、とか、どんなことがあっても、とか、後から誰かが足した言葉です。親父は、何回も繰り返して振り返るのは、めぐさい（かっこう悪い）って言っただけなんです。途中で振り返ること自体を戒めたわけではないんです。小学校の徒競走で、そんな子がいたんですね。別の子のことを言った言葉です。第一、子供の頃は、幸吉はそんなに足は速くなかったですから。振り返ろうにも、自分の後ろを走ってる子なんかいなかったんです」

「では、あの東京オリンピックの国立競技場では、幸吉さんはなぜ振り返らなかったんでしょうか」

　これは私の考えですが、とことわって、喜久造さんは答えた。

「あの時、振り返ったとして、どうなりますか？　振り返っても、何にもならないんです。幸吉にはそれがわかっていたと思います。いや、どっちにしろ、余裕はもうなかったんです。最後の二・一九五キロに八分三十六秒もかかっています。キロ四分。遅すぎる。つまり、もう限界ぎりぎりだったんだ。マラソンは駆け引きのスポーツだ、なのにその駆け引きを放棄してなんで振り返らなかったんだ、って言う人がいますが、マラソンの駆け引きっていうのは、余裕のある選手だけができるもんなんですよ。あの予想以上のハイペースの過酷なレースで、駆け引きするだけの余裕があったのはアベベだけです。たとえ幸吉以外の選手であっても、あの状況なら誰もあそこで振り返らなかった、いや、振り返れなかったと思います」

　そうかもしれない。自らもランナーだった喜久造さんの考えは説得力があった。

「私はあの時、国立競技場の第二コーナーのスタンドにいたんです。ヒートリーに抜かれた後の、あの一瞬の追い上げを見た瞬間、心の中で叫んだよ。幸吉、もう充分にやった。あとは、ただ、ゴールしろ！　それでいい、って。あのレースではね、幸吉は自分の中から湧き出る力をぜんぶ出し切って走った。ぜんぶです。振り返るような余った力なんか、どこにも残ってなかった。それぐらい、ぜんぶ出し切ったんだよ。それを、みんな、あの時、振り返らなかったのは、親父の言いつけのせいだったたって解釈するけどね。違うんだよ」

　喜久造さんは小さな溜《た》め息をひとつついてから続けた。

「親父はね、ものすごく厳しい人だったように言われたり書かれたりしてますが、ただ厳しいだけの人じゃなかった。どこの親でも子に言うような、当然のことを教えただけです。それに、幸吉にはほとんど怒らなかった。末っ子だからね、かわいくて仕方なかったんだ。幸吉は上の兄弟たちと違って、自分を殺すことがなかった。あんなに明るく育ったのは、そういうこともあるんです」

　自分を殺すことがなかった……。数々の写真と兄夫婦の話はそれを証明しているように思える。幸吉自身の言葉を聞いてみたかった。もちろんそれは叶わぬことだった。田嶋はメモリアルホールのガラスケースの中にあった陸連に提出した報告書のことを思い出した。そのことを喜久造さんに訊いてみた。喜久造さんは引き出しを探り出した。

これは、あまり人にお見せすることはないんですが、と取り出したのは、コピーされた数枚の書類だった。

「幸吉が日本陸連に提出した調書の、全文です」

　田嶋は手に取って夢中で読んだ。

　前半は円谷幸吉のマラソンに対する姿勢が短い言葉で具体的に綴《つづ》られている。それも興味深いものだったが、とりわけ田嶋の心をとらえたのは調書の終盤の幸吉の回答である。

　こんな質問があった。

〈役員の態度または競技会運営について〉

幸吉はこう書いている。

〈役員のための選手であるか？　というような錯覚を起させる時がたまにある〉

かなり率直な意見だ。

そして調書の一番最後の〈その他〉の項目。

ここは自分の意見を自由に、何を書いてもいいところだ。そこに彼はこう記している。

〈全ての大会においても選手がゆったりした気分で走れる様な役員の配慮が必要と思われる。せかされること多く、余りにも枠にはまり過ぎている傾向あり〉

驚いた。

円谷幸吉という人自身が、誰よりも「枠にはまり過ぎている傾向」というイメージで見られていたからだ。

「従順」「愚直」それが円谷幸吉のイメージだ。

いつも語られる「振り返らなかったのは父の言いつけを愚直なまでに守ったからだ」というエピソードも、もとはといえばそのイメージから来ている。例のルポには「微塵も自己主張が透けてこない」とまで書かれている。

彼のこの言葉は、そのイメージと百八十度違う。

何を書いてもいいこの欄には、いくらでも優等生的なコメントを書けたはずだ。

しかし、彼はそうしなかった。日本陸連という組織に厳しい批判を浴びせている。

「幸吉は、率直な人間でした。何に対してもね」喜久造さんがつぶやいた。

愚直と、率直。

似ているが、全然違う。

そこに「自分」があるかないかの違いだと、田嶋は思う。

「愚直」だと思われている円谷幸吉には、確固とした「自分」があった。

あの遺書からは見えない、円谷幸吉のもうひとつの顔が、ここにある。

率直だったという幸吉が、あのレースに関しては、どう考えていたのだろう。

「あの日のレースのことを、幸吉さんと喜久造さんは、あとで話し合ったりしましたか」

「いいや。おれは『よくやったな』とひと言言っただけ。幸吉も、語らなかったな」

「なんで幸吉さんは語らなかったんでしょうか」

「語るべき言葉は、もう必要なかったんじゃないかな。もちろん、マスコミにはいろいろ訊いてくるから答えてたけど、ほんとうはもう、あのレースがすべてなんだよ。あのレースに、口で足すことなんか、何もないんだよ」

喜久造さんは言葉を絞り出す。

「幸吉は、十七歳から陸上を始めて七年で、オリンピックの檜舞台《ひのきぶたい》に立った。七年という短期間で、幸吉は、持てる力のピークに達した。それぐらい、あのレースでは、完全燃焼したんだと思う。陸上選手としての頂点があの日だった。だからこそ」

一息、切ってから、言葉を継いだ。

「もう、次は、なかった。それを、周りの者が、気づいてやらないと、いけなかったんだ。誰かが、気づいていれば。気づいている人間がそばにいれば、そして、本人に、それを伝えてやれば、あるいは……」

喜久造さんは遺影を見上げる。

もうお前に、次はない。いったい誰が彼にそう言えたのだろう。

自分が言うべきだった。一番最初に、マラソンの世界に引き入れた、自分が……。喜久造さんの顔には、その後悔の色がにじんでいるように見えた。

田嶋は質問を変えた。

「幸吉さんは、須賀川が好きだったんでしょうか」

今まで黙って聞いていた奥さんが、口を開いた。

「それはもちろんだよ。あの遺書に、お父様とお母様のそばで暮らしたかった、って書いてあったでしょう？　それはね、須賀川で暮らしたかった、ってことじゃないですか」

喜久造さんは、簞笥の一番上の引き出しから箱を取り出した。

箱の中に入っていたのは、あの遺書の原本だった。

「この遺書でも、皆さんが誤解していることがあります」

喜久造さんが視線を落とす。「便箋に、茶色い染みがついてますね」

田嶋の脳裏にも強く印象に残っている。家族にあてた遺書の便箋に飛び散った、血の雫のことだ。あのノンフィクション作家の本でも、この血には触れていた。


〈便箋の上の一枚には、濃く血が染み込んでいた〉


「これは、血じゃないんです」

喜久造さんが首を振る。

「幸吉のこの遺書は、丁寧に封筒に入れて、机の引き出しの中にしまってあったんです。便箋に血がつくわけがないんです」

たしかに言われてみればその通りだった。机の中にある封筒に入れた便箋に、血の雫が落ちるのは不自然だ。

「これは、血じゃない。最初に遺書を読んだ長男の敏雄が落とした、涙なんです」

涙の雫……。

「敏雄は父と共に、最初に駐屯地の幸吉の部屋にかけつけました。現場で見つかった遺書に自分の名前が書かれているのを見て、ぼろぼろ泣いたんだ。その雫が……」

父上様母上様　三日とろろ美味しうございました。
干し柿　もちも美味しうございました。
敏雄兄　姉上様　おすし美味しうございました。

雫は、その文面の上に落ちていた。
「ほら、この便箋の上の部分、字の書かれてないところが、水に濡れてるでしょう」
確かに便箋の上の部分全体に、水に濡れた跡がある。
「これは、敏雄が、落ちた涙を拭った跡なんです。手で拭ってしまったんで、便箋の上が濡れてるんです。これは敏雄本人がそう言っていましたから、確かです」

血と、涙。

語らぬ「死者」は、生き残った者たちの憶測の中で、ひとり歩きする。
そしてやがて「神話」となる。涙が、よりわかりやすい物語として、血に塗り替えられるように。

そろそろ潮時だった。

「ありがとうございました。こんな貴重なものまで、見せていただいて」

田嶋は立ち上がった。

「少しだけ縁側から、庭を見せてもらっていいですか」

「どうぞ」

縁側から見える庭にはいろんな花が植えられていた。喜久造さんが言った。

「あの花、変わってるでしょう。ランの一種でね。ねじり花って言うんです」

たしかに不思議な花だった。一本の茎の周りを、桃色の花が螺旋《らせん》状にねじれるように咲いている。

「雑草みたいな花でね。鉢植えじゃ、絶対に育たない。野生でしか咲かないんです。どういうわけか、うちの庭には、うまく根付いてくれてね」

庭に臨む縁側には、古びた机が置いてあった。

「この机は？」

「幸吉が高校の時から使っていた机ですよ。オリンピックに出た後も、帰ってきた時にはたまにこの机に座っていたね」

天板は茶色い合板で、大きな引き出しがひとつ、右側に四つ縦に引き出しが並んでいる。

何の変哲もない机だった。

「座らせてもらってもいいですか」

「どうぞ」

座ってみる。不思議だった。とてもしっくりとくる。初めて座った感じがしなかった。

少し迷って、喜久造さんに訊いた。

「引き出しを開けてもいいですか」

「かまいませんよ、見られて悪いもんはなんにもないですから。どうぞ」

引き出しは、思った以上に重かった。

川原で拾ってきたような石の塊が何個かあった。引き出しの重みはこの石のせいだろう。

かなり古い型のカメラの取扱説明書があった。直角三角形の定規があり、画鋲《がびょう》があり、
習字で使うような半紙の束があり、文鎮があった。

昭和三十九年発行の英和辞典があった。東京オリンピックで使ったのだろうか。

半紙の下に、赤茶けたハガキが見えた。年賀状だった。差出人は、円谷幸吉。

年賀状の礼と、昨年お世話になった御礼と、今年の所信が短く記されていた。

宛先の住所は、四国の香川県だった。宛名は、途中までで切れていた。どうやら書き損
じの年賀状のようだった。田嶋はその日付に釘付《くぎづ》けになった。

昭和四十三年　元旦。

正月に帰郷した故郷の須賀川を後にし、自衛隊の朝霞駐屯地の自室で彼が自殺したのは、
昭和四十三年一月八日。

幸吉は、自殺する数日前まで、この机で年賀状を書いていたのだ。

幸吉が生きていた時間が、この引き出しの中に閉じ込められている。そんな気がした。

その下に、便箋の表紙が見えた。今も文房具店でよく見かけるコクヨの便箋だった。

表紙を開く。

真っ白な便箋の一行目だけに、文字があった。

智恵子

と書かれたその便箋の、あとは余白である。

幸吉が、便箋に女性の名前をしたためている。

今はもうこの世にいない円谷幸吉という人間が、突然現実感を伴って田嶋の前に立ち現れた。開けてはならない引き出しを開けてしまったのかもしれない。

黙ってこのまま机を閉めようか。田嶋は迷った。それでもやはり訊かずにはおれなかった。

「喜久造さん、こんなものが」

喜久造さんは便箋を手に取る。

「幸吉さんの字ですか」

「幸吉の字に間違いないが……」

「智恵子さん、とは、どなたのことでしょう」

「……わかりません。親類にはいないし、幸吉にはご存知の通り婚約者がいたんですが、彼女の名前でもありません。智恵子……わからないな」

首をかしげながら、明らかに当惑しているようだった。

書き損じの年賀状。机の中にしまわれた便箋。綴られた女性の名前。

便箋を閉じ、静かに引き出しを閉めた。

喜久造さんと奥さんに礼をいい、田嶋は円谷宅を辞した。

あの便箋の真っ白い余白だけが、田嶋の脳裏から消えなかった。

東京の空

二〇一三年　八月十六日

注文して届いたばかりのDVDを、ひとみはさっそくデッキに入れた。

今から四十九年前に市川崑《こん》という人が作った、東京オリンピックの記録映画だ。

マラソンのチャプターは二十五分程度にまとめてある。二時間以上のレースだからもちろん全貌《ぜんぼう》を知るには短すぎるが、メモリアルホールで観たものよりはだいぶ長い。

映像は空撮から始まる。

続いてスタートラインに居並ぶ選手たちの表情が映る。

日本人選手の顔も見えるが、円谷幸吉選手は映らない。どこにいるのかさえわからない。

号砲が鳴る。

実況のアナウンサーが代表的な選手の名前を挙げる。

「スタートから、相当なスピードであります。世界から集まった強豪、一流選手、ヒートリー、キルビー、エデレン、君原、ジュリアン、クラーク、アベベ、ミルズ……」

何人も名前が読み上げられるが、そこにも幸吉の名前はない。レース前、彼はそれほど注目される選手ではなかったのだろう。

選手たちはトラックからゲートをくぐって外に出る。

ゼッケン77がゲートをくぐる姿がはっきりと映っている。円谷幸吉のゼッケンだ。

しかし実況はまだ彼の存在に触れない。どんよりとしたくもり空のことを言っている。

中央線のガードが見える。

どんどんどんどん、どんどんどんどん、と、ティンパニーか何かの効果音を入れているとひとみは思った。しかしそれはよく聴けば楽器の音でなく、ガードの上を走る電車の音だった。

大きなカーブを左に曲がる。

新宿の駅前だろうか。ランナーたちが高架道路の上を走っているのを俯瞰《ふかん》カメラがとらえる。ゼッケン77、円谷幸吉の背中が駆け抜け、大写しになる。

きれいな形の耳をしている。そんなどうでもいいことをひとみは思う。

画面が切り替わる。

白バイに先導された十人ほどの先頭集団。一瞬カメラのフォーカスがぼやけ、再びピントが合う。初めて77番が正面からとらえられる。77番は画面の前を走り過ぎ、群衆の中に搔《か》き消える。

ここでナレーションが入る。先頭を走るのはオーストラリアのクラークとアイルランドのホーガン。三人目に読み上げられた名は、アベベ、エチオピア。続いて、ビーバチェフ、ヒル、アンブ、シュトー、バッグ、ウォルメ。

そして円谷幸吉、日本。順位通りとすれば、彼は十位。

この時だ。

幸吉は左に首を傾け、一瞬、空を見上げて、微笑する。

メモリアルホールでも観た映像だ。

幸吉はいったい、何を見上げて微笑んでいるのだろう？

ひとみは一時停止ボタンを押し、もう一度巻き戻す。

見上げている先は映っていない。

何度も見直すが、やはりわからない。

スタートボタンを押す。画面は沿道の据置きカメラに替わる。

出光のガソリンスタンドの前を幸吉が駆け抜ける。

カメラは再び先頭に切り替わる。

アベベがクラークとホーガンに並んだ。表情に余裕があるのは、あきらかにアベベだ。

折り返し地点。アベベが右に踵《きびす》をかえす。五メートルほど後ろにホーガンが粘っている。

第二集団が映る。そこに幸吉がいる。

幸吉は五位に上がっている。アベベとの差は六百メートルと実況は告げる。

その直後にふたりの選手が張り付いている。選手たちは続々と折り返し地点を巻く。

画面は給水所に切り替わる。

アベベが自分のドリンクをかっさらって走り去る。一瞬、左の掌《てのひら》で顔の汗をふく。

幸吉も素早くドリンクを手に取る。ヒートリーは素通りする。

三十五キロ地点。

二位のホーガンが突然歩き出した。走ろうとするが、すぐにまた歩いてしまう。

ここでナレーションは唐突に、画面に映ったクラークの職業を紹介する。

メルボルンの印刷会社の会計係。ニュージーランドのパケットは大工。プエルトリコのフォルネスは機械工。職業を知ることで、その人物の何を知ることができるのだろう。

これまで彼はどう生きて来たか。その人生の一端がかいま見られる？

それならただひとり、アベベを果敢に追走し、ついには歩き出したホーガンの職業は何だったのだろう？　ひとみはそれが知りたかったが、実況は何も言わなかった。

沿道に倒れ込み、担架に乗せられて救急車で運ばれる選手が映し出される。

苛酷《かこく》なレースだったのだろう。多くの選手たちが歩き出し、立ち止まる。

アベベが独走する。もはや追いかける者は誰もいない。映像はひたすらエチオピアの英雄の姿だけを映していた。彼だけのための時間が流れていた。

突然カメラが切り替わる。

坂を駆け上がる77番だ。

「円谷が見えました。円谷第二位。円谷第二位。三十八キロ地点。新宿南口であります。すぐ後ろにはハンガリーのシュトーが来ます。そして、イギリスのヒートリー、キルビーが来ます」

幸吉は頭をやや左に傾けながら走っている。苦しそうだ。

再びアベベ。その視線の先に国立競技場の聖火が見えた。大歓声の国立競技場スタンド。

「今、見えた！　アベベ、今、七万五千の観衆の前に、その姿を現しました。オリンピック史上初のマラソン二連覇の偉業は、いまや、目前であります。超人、アベベ」

アベベはトラック競技ランナーのようなストライドでゴールラインをまたいだ。二時間十二分十一秒。世界最高記録。係員が差し出したタオル一枚受け取ることもなく、まったく疲れを見せずにトラックの芝生で柔軟体操を始める。

そして77番の背中が競技場のゲートをくぐる。

「日本の円谷が来た、日本の円谷が来ました、円谷第二位、円谷第二位、その後ろには、イギリスのヒートリー、その差、十メーター……円谷がんばれ……」

実況はそこから大歓声に掻き消えてほとんど聞こえない。観客が総立ちになる。

「……円谷……なんとしても二位を確保してもらいたい、あと百二十メーター、円谷健闘……」

突然ヒートリーがスパートをかける。カメラは右斜め背後の俯瞰からふたりをとらえる。画面の右端に幸吉。左端にヒートリー。ふたりの間の空間が一気に縮まる。

あっというまに空間はなくなり、8番の背中が見える。幸吉は追う。しかし差は広がる。

第四コーナーのカーブを曲がる。実況はあいかわらず何を言っているのか聞こえない。

直線コース。カメラはゴール正面の据置きに替わる。

幸吉は左右に首を振る。ただ歯をくいしばっている。

ヒートリーがゴールイン。

そして、幸吉。

ゴールした瞬間、恍惚《こうこつ》の表情を見せた。

しかしその表情はすぐに消え、差し出された毛布の中に身を倒した。

目をつむりながら数歩走って立ち止まり、腰をかがめて芝生に頭をつけた。

ネパールかどこかの、巡礼者の祈りの姿と同じに見えた。

巡礼者たちが輪廻《りんね》転生を祈っているとすれば、彼は「いま」何を祈ったのだろう。

幸吉はくるっと一回転して、仰向《あおむ》けになる。

「東京の空」が、彼の瞳に映っているはずだった。

その空を、ひとみは見たかった。

二〇一三年　八月十七日

千駄ケ谷という駅を降りると、国立競技場までは歩いてすぐのはずだった。

ひとみはもう一度地図を確認する。駅を出て左に曲がればいい。

タクシーが側道で昼寝している。須賀川とは違う種類のセミが鳴いている。

外苑橋という陸橋を渡ると「北一門」と記された門が開かれていた。これは競技場の敷地に入る門だ。

競技場の中には入れるだろうか。入れなければ外だけでも回って帰るつもりだった。

しかしひとみの望みはあっけないほど簡単に叶えられた。

競技場へと続く階段のゲートは開け放たれ、そこに小さな立て札があった。

『スタンドからの見学ご希望の方は博物館で許可証を受け取り、首から提げてください』

「秩父宮《ちちぶのみや》記念　スポーツ博物館」と記された扉がスタンドへの階段脇にあった。

ここは多分いろんなスポーツの歴史がわかったりする博物館だ。しかしひとみの興味はそこにはなかった。「すみません。競技場を見学したいんですが」

「高校生ですか」

「はい」百円を払うと、博物館のチケットと許可証をくれた。

「まずは展示をご覧になってから、スタンドをご見学ください」

「スポーツ博物館」の展示室フロアは二階にあった。

夏休みとあって子供連れが多かった。過去のオリンピック日本選手の記念品などがたくさん飾られていた。

ひとみには、随分昔の体操競技のユニフォームがウール製だったことに驚いた以外は、さほど興味の湧くものはなかった。マラソンでは円谷幸吉の足形をかたどったブロンズ盤が飾られていた。東京オリンピックで実際に使われた表彰台もあった。

3と記された台の上に乗ってみた。

底が抜けるのではないかと思うほど、足下の板の感覚は薄っぺらくて頼りなかった。かつて幸吉が乗ったはずの台だったが、不思議と感慨は湧かなかった。

メダリスト以外の人間にとって、それは単なる高さ三十センチほどの台にすぎなかった。この博物館に、昨日観たあの市川崑の映画以外のマラソンの映像は残っていないだろうか。ふと思いついて、フロアの片隅に座る女性の係員に訊いてみた。

「東京オリンピックの男子マラソンの映像はありますか」

ちょっと確認します、と係員は受話器を上げた。どこかに問い合わせているようだった。

電話の返事を待っている間、ひとみは「マラソンの歴史」と書かれた年表を読んでいた。

「一九八四年のロサンゼルスオリンピックから女子マラソンが正式種目に採用される」とあった。東京オリンピックの時には、まだ女子マラソンはなかったのだ。

さっき係員に「東京オリンピックの男子マラソン」と言ったことが恥ずかしくなった。

係員が受話器を置いた。

「東京オリンピックの男子マラソンですが」彼女も間違っていた。いや、それとも間違った自分に合わせてくれたのだろうか。だとしたらこの人はきっといい人だ。「当時の記録員が、研究のために撮影した映像が資料室にありました。それでよろしかったらご覧になりますか？」

映像が残っている。しかもそれを観せてもらえる。ひとみは小躍りしたい気持ちだった。

係員が博物館の奥の扉を開けると、そこは競技場のバックヤードだった。

この通路の向こうに資料室のようなところがあるらしい。

「ロンドンのマラソンは観た？」

係員はバックヤードに入ったとたん、タメ口になった。その口調にひとみは少しもいやな気分にはならなかった。やっぱりこの人はいい人なのだ。「はい。男子も女子も」

資料室にはモニターを置いた机があった。

「このスマートシステムで観られるからね。メニューの『ロード編』というのをクリックして。わからないことがあったら、隣の部屋にいるので声をかけてね」

スマートシステムは早送りと巻き戻しの操作が判りにくくてちっともスマートではなかった。それでもひとみはその映像に釘付けになった。

市川崑の映画と大きく違うところがあった。

まず、白黒である。それに、効果音がついていない。カメラワークも淡々としている。その分、リアリティがあった。だいたい、ランナーが走っている時に、あんな映画みたいなドラマチックな音楽は流れていないのだ。

カメラはハンガリーの長身の選手と円谷のデッドヒートを執拗《しつよう》に追っていた。

市川崑の映画では、ほとんど取り上げられていなかったシーンだ。

無音の中のデッドヒートは見応えがあった。

円谷を追うハンガリーの選手の名は、シュトーといった。

長身で、長い腕をチョウの羽根のように優雅に振って走るフォームが独特だった。

円谷幸吉と同じで、市川崑の映画のレース冒頭ではシュトーの名前は読み上げられなかった。彼も無名の選手に違いなかった。

ひとみは幸吉の背後にぴったりと食らいついているこの選手のことが気になった。

途中で映像を止め、もう一度最初から映像を見る。

シュトーが画面で最初に幸吉の背後に姿を現すのは折り返し地点。彼は他の二人の選手と共に幸吉の直後についている。その差は一メートルとない。

二十五キロ。幸吉を追う影はやがてひとつ消え、ふたつ消え、シュトーだけになる。

短軀《たんく》の77番と長身の29番。カメラはあらゆる角度からふたりを淡々ととらえ続ける。

背後の風景がめまぐるしく変わる。しかしふたりの距離はまったく変わることがない。

新宿駅前。高架道路の下り坂。ゴールの国立競技場までは、あと三キロほどのはずだ。

それでもふたりの差はまったく変わらない。

シュトーはレース中盤から終盤まで、距離にしておよそ二十キロ、時間にしておよそ一時間、終始幸吉の背中に食らいついたのだ。

ひとみは思った。こんなにぴったりマークされたんじゃ、自分なら、絶対に耐えられない。小学生の時も、中学生の時も、レースではいつもそうだった。背後に誰か他の選手が近づいてくる気配を感じた途端、ひとみは慌てふためいた。絶対に抜かれる。結果は頭で思い浮かべたとおりになった。それが自分の一番の欠点であることはよくわかっていたが、どうすることもできなかった。

いろんな疑問が、いっぺんに頭に浮かんだ。

なぜ幸吉は、シュトーとのデッドヒートに耐えられたのだろう。

このときシュトーの目に、ゼッケン77はどう映っていたのだろう。

三位と五位。ふたりの運命を分けたのは、何だったのだろう。

何をやっても粘りがないひとみの欠点を克服するカギが、もしかしたらそこに隠されているかもしれない。

それはひとみにとって、ゴール前でなぜ幸吉がヒートリーに抜かれたかという、世間でよく取り上げられる疑問より、ずっと切実で魅力的な疑問だった。

再び画面に集中する。

競技場の直前で、シュトーは後退し、ヒートリーが上がってくる。

競技場に入ってからは、ひとみにとってはすでに熟知している展開だった。

むしろひとみの興味を惹いたのは、ゴールした後の映像だ。

ゴールした直後の円谷幸吉の、消耗しきって歪んだ表情を、この記録映画はずいぶん長く使っている。市川崑の映画では、ここはあっさりしていて、むしろ走りきったあとの充実感を感じさせていた。

しかし、実際には違っていた。

あの苦しく歪んだ表情。もうこれ以上何もしたくない、という表情。完全に燃え尽きた表情。あれが円谷幸吉が走り終えたあとの、「ほんとう」の姿だ。

マラソンランナーの美しさって何だろう。

走り終えたあとの、屈託のないさわやかな笑顔？

完全に燃えかすになってしまい、廃人のように呆けた表情？

同じレースのふたつの映像で、マラソンランナーのふたつの表情を、彼は見せていた。


資料室を出て、再び博物館の入り口に向かう。

「スタンドへは、階段を上がって、26番ゲートから入ってください」

26番ゲートをくぐると、鮮やかな青とオレンジのスタンドが目に飛び込んだ。

そこは電光掲示板のすぐ脇で、右がメインスタンド、左がバックスタンドだ。

あの映画で観た国立競技場とは随分印象が違う。あれから改修されているのだろう。

それでも美しい楕円《だえん》を描く煉瓦色《れんがいろ》のトラックを眼下にのぞむと、ひとみの心は躍った。

四十九年前、このトラックの第一レーンをあの円谷幸吉が走ったのだ。

幸吉がヒートリーに抜かれたカーブが、今、ひとみの目の前にある。

スタンドの一番上までのぼってみた。

すぐ近くに新宿の高層ビル群のてっぺんの部分だけが見えた。幸吉が競技場を出て目指したのはあの方角だ。もちろんあの頃、今見えている高層ビルはひとつもなかったはずだ。

今度は一番下まで降りてみる。

炎天下のトラックではランナーがジョギングしていた。

最初はどこかの選手だと思ったが、ひとみのいるスタンドに近づいてくると、ランナーは白髪まじりでおなかの出た男性だった。どうみても趣味で走っている市民ランナーだ。

ひとみはすぐに博物館へ引き返した。

「競技場のトラックを走れるんですか」

「ええ。毎日ではありませんが、今日は開放日なので走れます。受付は隣の入り口です」

ラッキーだった。

いらっしゃい、とさわやかすぎる笑顔で迎えてくれた受付の男性は、どこかの体育大学の学生アルバイトのようだった。

「トラックを走ってみたいんですけど」

「一日利用のビジター券は千二百円です。ウエアとシューズはお持ちですか」

いいえ、と答えたひとみの顔がよほど哀しそうに見えたのだろう。

係員はひとみの足下を覗《のぞ》き込んだ。「それ、ジョギングシューズですよね。それでOKです。ウエアは、こちらで販売していますが……」

ハンガーにTシャツとパンツがかけられていた。

値札を見る。財布の中身をチェックする。
須賀川まで帰る電車賃を差し引いても、なんとか買える額だった。

更衣室を出て右に曲がると、透明の自動ドアだ。
ドアが開く。
ひとみの目線と同じ高さに、煉瓦色のトラックが飛び込んでくる。
そこはトラックから一段低いダッグアウトだ。
五、六段ほどの階段を上がる。
突然視界が開ける。
国立競技場。
かつてここでオリンピックが開かれた。
今、そのトラックに自分が立っている。
大きく息を吸い込む。なんだか現実感がない。息を吐く。
今、自分がここにいることが不思議に思える。
ゆっくりと歩く。
見上げた国立競技場のスタンドは、意外に小さく見えた。
なぜだろう。ひとみはそれを不思議に思う。
八つのレーンがまっすぐに延びる。メインスタンド前のスタートラインに立つ。

目をつむる。静寂。

遠くでセミの鳴き声。いつしか鳴き声は歓声に変わる。

あの日の午後一時。幸吉の耳に、スタンドからの歓声は聞こえただろうか。

六十八人のランナーたちの声が交錯する。

「やるぞ」「スタートダッシュで飛び出す」「一番で帰ってくる」「腹の調子が悪い」「なんて蒸し暑さだ」「彼女はどこで見ている」「万事順調」「必ず祖国の旗を揚げる」「この日のために」

どれが幸吉の声かは判らない。

頭の中でピストルの音が鳴る。一歩を踏み出す。ひとみはゆっくりと走り出す。

直線コースの先にゲートがあった。

四十二キロ近くを走ったゼッケン77がゼッケン17に次いでくぐった「南門」だ。

ここから四十二・一九五キロのゴールまで、あとトラック一周分。

ゲートの入り口から真正面のスタンドの上に聖火台が見えた。

77番の目にまっさきに飛び込んできたのは、あの聖火台のはずだ。

第一レーンに入る。第二コーナーを回って直線コース。

超満員のバックスタンド。歓声はうねりとなって幸吉の背中を押しただろう。

ひとみの耳にその歓声が聞こえる。

直線コースからは時計表示のある電光掲示板がはっきり見える。

表示されたタイムが、自己ベストより二分も早いことを彼は知ったはずだ。

ゴールはまだ見えない。そして第三コーナー。ここで初めて左目の隅にゴールが見える。

あのラインまで走ればゴールだ。

そのときひとみの走る外側のレーンに風が吹いた。

風はひとみを追い抜いた。

第四コーナーを回る。ひとみは風を追いかける。

幸吉の苦しそうな表情がフラッシュバックする。

ゴールは遠い。足が重い。それでも走る。

そしてゴール。

ひとみは芝生の脇に寝転んだ。

空を見上げた。

貼り絵のようにくっきりとした夏の空だ。

空以外に、何も見えない。

はじめてトラックに足を踏み入れた時、スタンドが小さく見えた理由がわかった。

スタンドが小さいのではない。

空があまりに広いのだ。

スタンドの上やダッグアウトからは、この空の広さは絶対に感じられない。

トラックを走り、フィールドに寝転んだ者だけが知る、空の広さ。

ここはほんとうに東京だろうか。

今、ひとみの頭上にあるのは、幸吉がごろんと前転した後に見上げた、あの東京の空に違いなかった。

目を閉じる。歓声がセミの鳴き声に変わる。

それに混じってかすかにごうと聞こえるのは、近くの首都高速を走る車の音だ。

いや、違う。

スタンドを巻く、風の音だった。

炎天下の国立競技場に、風が舞うのだ。

目を開ける。そのときだ。

白い綿毛をつけた植物の種がふわりと風に舞い、青い空を横切った。

綿帽子は風に乗ってメインスタンドを駆け上がり、空の彼方に消えた。

そうだ。幸吉は、国立競技場を走り抜けた直後、一瞬空を見上げて微笑んだ。

彼があのとき見上げたのは、この綿帽子かもしれない。

とほうもない考えが、ひとみの頭に浮かんだ。

いつかもう一度ここに来たい。オリンピックの、ランナーとして。

無謀だろうか。

円谷幸吉がマラソンを始めたのは、十七歳の時だ。
そう、自分と同じ、十七歳。
幸吉は、七年でピークまで駆け上がった。
二〇二〇年のオリンピックまで、あと七年。
そのとき、綿帽子が消えた空から声が聞こえた。
ユカの声だった。
「ひとみ、やりなよ」

迷路の街で

一九七四年　五月二十一日

シュトー・ヨーゼフは迷路の中で迷っていた。

ジャン・ジャック・ルソーの生家まで。

乗客が告げた行き先は、ジュネーブを訪れた観光客がタクシーで目指す場所としては、さほど珍しくはないはずだった。

しかし、シュトーは、その場所がわからなかった。

ジュネーブの旧市街は迷路のように複雑だ。とりわけルソーの生家があるはずのサン・ピエール寺院周辺は。

故国ハンガリーのブダペストの街も相当に複雑だが、その比ではない。しかもここは彼が一度も住んだことのない街なのだ。

乗客が告げる番地をもとに、地図を頼りに同じ場所を何度も回り、行き止まりに出くわしては車を戻し、再び迷路の中を彷徨《さまよ》う。

ハンドルを握る手が汗で濡《ぬ》れる。フロントミラーで乗客の顔色をうかがう。

あきらかに苛立《いらだ》っている。

挙句の果てに「もういいよ」とドアを開けて降りてしまった。

「エクスキュゼモア」

覚えたてのフランス語で謝り、シュトーは大きな溜《た》め息をついた。

国境を越えてやってきた、異国でのタクシー運転手。今日が初めての業務だった。

いったい俺の人生は、これからどうなるのだ……。


深夜十一時。業務の終わったタクシーを車庫に入れ、速度計の裏から取り出したタコグラフの記録用紙を事務所に提出する。

円形の用紙には一日の走行距離、時間ごとの走行距離、スピード、走行時間、停車時間がすべて記録されている。シュトーは苦笑する。

まるでマラソン選手の練習記録じゃないか。

毎日のランニングの走行距離と時間を手帳にメモする。六八年のメキシコ五輪を最後に陸上選手を引退してからも、シュトーはその習慣を一日たりとも欠かしたことがなかった。走らない日はなかった。しかし、引退から六年経《た》った今夜、その日課が初めて途絶えた。

今、自分が手にした一日の運転記録は、長い労働の対価として日々の生活の糧を得るための、味気ない時間の羅列に過ぎなかった。
疲れた身体《からだ》で事務所のドアノブに手をかけたシュトーを営業所長が呼び止めた。
「シュトー。このタコグラフは持って帰れ。お前の記念すべき新しい人生の証《あかし》だろ」
シュトーは記録用紙を無造作にポケットに入れた。途中で道に捨てるつもりだった。
事務所の階段を下りて深夜のジュネーブの街に出る。
駅裏の古びたレストランバーの扉を押して、バーリンカを注文する。
アルコール度数五十度の、ハンガリーの蒸留酒。
一気に喉《のど》に流し込む。かっと胸が熱くなる。
夜の窓に映る自分の顔を覗《のぞ》き込む。
ブルーグレイの瞳《ひとみ》が昏《くら》く沈んでいる。
三十七歳の男の顔には見えなかった。
一日で十年も年を取ったみたいにやつれていた。
シュトーは小さく呟《つぶや》いた。
いったい、お前は、誰なのだ。
窓に映る男は黙ってこちらを見つめている。その口が開く。ゆっくりと。
シュトー・ヨーゼフ。長距離走者。ハンガリー人。
そう呟いた。
シュトー・ヨーゼフ。長距離走者。ハンガリー人。

何度も呟いた。

そうしなければ、すべてが消えてしまいそうな夜だった。

窓に雨粒が落ちてきた。

シュトーは故郷の村に咲くレンギョウの花を思い出した。

春の訪れと共に一斉に花を咲かせる、目が覚めるような鮮やかな黄色。

たわわに枝垂《しだ》れて咲くレンギョウの花を、ハンガリーの人々は「黄金の雨」と呼ぶ。

豊かな収穫のために大地を潤してくれる雨のように、その花は見えるからだ。

しかし今、シュトーの顔を映した窓を打つ雨は彼の心をいっそう冷たくするだけだった。


シュトーは一九三七年、ハンガリー南部の小さな村で生まれた。

一番近くの駅まで八キロも離れたその村には何もなかった。あるのは見渡す限りの平原とタマネギ畑と、すばらしく青い空だけだった。少年は平原を駆けるのが好きだった。

十四歳の時、ブダペストで行われた陸上大会の八〇〇メートルで一位になった。

体育の先生が目を見張った。「シュトー、陸上クラブに入れ」

学校を卒業するとブダペストの国営自動車解体工場の工員になった。工場の労働者ばかりが集まった陸上クラブに籍を置いた。全国から優秀なランナーが集まっていた。

しかし選手といえども労働は免除されなかった。彼の仕事は西側諸国から調達したバスを解体して、使われている部品をハンガリーの車に合うように作り直すことだった。

走る時間は勤務時間前後の早朝と夕方だった。彼は朝夕のトレーニングを絶対に欠かさなかった。何よりも走ることが好きだった。五〇〇〇メートルと一〇〇〇〇メートルの選手だった。成績はハンガリー国内ではまずまずだったが、世界で戦うレベルには遠かった。

オリンピックは夢のまた夢だった。

シュトーの憧《あこが》れは同じハンガリー人のイハロシュだった。

一九五六年の七月に、イハロシュはそれまでチェコのザトペックが七年間も保持していた一〇〇〇〇メートルの世界記録を十二秒も更新したのだ。

シュトーはわがことのように喜んだ。十九歳だった。

しかしイハロシュの世界記録はわずか二ヶ月後の九月、ソ連の選手によって破られる。

あとから振り返れば、それがあの悲劇の予兆だったのかもしれない。

ハンガリーは激動の瞬間を迎えようとしていた。

ハンガリー人ならば決して忘れることができない十月二十三日。

スターリンの死後も続くソ連の圧政に抵抗するハンガリーの民衆が「自由」を求めて蜂《ほう》起《き》した。街は自由を叫ぶ民衆であふれ、「革命」は成就するかに見えた。しかし十二日後、ソ連軍の戦車がブダペストに侵攻し、ハンガリーの夢は蹂躙《じゅうりん》された。二万人の市民の命が奪われ、抵抗した者は牢《ろう》に閉じ込められ、二十万人の難民が国外に逃れた。巨大な亡霊が、祖国を呑《の》み込んだ。

その直後に行われたメルボルンオリンピックで、イハロシュは祖国の悲劇のショックから立ち直れず、競技を棄権した。その後、陸上の表舞台から姿を消した。

彼のチームメイトとコーチの何人かは大会直後にオーストリアやアメリカに亡命した。

以後、ハンガリー人にとって、この「動乱」を口にすることはタブー中のタブーだった。

批判することはおろか、考えてはならなかった。

シュトーも口をつぐんだ。誰もがそうせざるを得なかった。

ただ走ることだけが、彼の迷いを吹き飛ばした。

六〇年のローマオリンピックもシュトーには無縁だった。

アベベの優勝の瞬間を、シュトーは工場のラジオで聴いていた。

転機は一九六二年にやってきた。すでに二十五歳になっていた。

当時のハンガリーの陸上界は苛酷《かこく》なインターバル・トレーニングが全盛だった。

競技用トラックを二〇メートルから三〇メートル、時には直線二〇〇メートルをひたすら全力疾走するという練習法だった。そしてトラックを一日に七十周も八十周も回るのだ。

苛酷な練習にはいくらでも耐えた。コーチが与えた練習メニューをこなすのは選手として当たり前だった。しかしシュトーの悩みは、その苛酷なトレーニングをいくら重ねても、記録がいっこうに伸びないことだった。

何よりシュトーが耐えられなかったのは、練習で同じトラックを毎日何周も走ることだった。同じ風景に飽き飽きして、身体よりも頭がくらくらと疲れてくるのだった。

この年ベオグラードで行われた国際大会で、シュトーは一〇〇〇〇メートルに出場した。

結果は最下位から数えて二番目だった。

今のままの練習を続けていても、これ以上記録が伸びるとは思えなかった。

シュトーは朝の練習を始める前、あるいは夕方の練習をこなした後、クラブのトラックを離れて、ブダペストのブダ地区にあるアヌーシュ山まで七キロの山道を走ってみた。上り坂を駆け上がるのは体力的には苛酷だったが、森の中を走るのは気持ちがよかった。カエデの葉を風が揺らす音が聞こえた。少年時代、起伏のある故郷の平原を走っていた頃を思い出した。走るということの喜びはこういうことだと思い出した。生きているということの実感があった。身体に力が湧《わ》き上がってくるのをはっきりと感じた。

ある日決心してクラブのコーチにかけあった。

練習方法を変えたい。トラックではなく、外を走らせてほしい。

当時のコーチはインターバル・トレーニングに絶対の自信を持っていた。申し入れはコーチが自分から離れることを意味していた。

「そこまで言うならお前の好きにしろ。そのかわり、二ヶ月後、記録が伸びなかったら、俺にシャンパン付きの夕食をおごれ。記録が伸びたら、俺がお前におごってやろう」

そんなことはあり得ないが、という表情がコーチの顔にありありと浮かんでいた。

シュトーは新しいコーチと自分の信じるトレーニングに励んだ。

二ヶ月後、五〇〇〇メートルで十四分三秒を出した。自分のそれまでの記録を二十二秒も縮めたのだ。シュトーは前任のコーチからシャンパン付きの夕食をせしめた。

翌年、オリンピックの選考会を兼ねたマラソン競技大会に、シュトーは初めて出場した。結果は一位だった。記録は二時間二十三分。当時のハンガリー記録を抜いていた。マラソンのハンガリー代表として、東京オリンピックへの切符を手にした。二十六歳にしてようやくつかんだ夢だった。

シュトーは二杯目のバーリンカを胃袋に流し込む。

あれから、十年が過ぎた。

かつての仲間たちと同じように、国境を越える決心をした。生きるためだった。ハンガリーの隣国ユーゴスラビアに入り、厳しい検問の目をかいくぐってイタリアとの国境を抜け、アルプスを越えてジュネーブにやってきた。

この街で自分のことを知っている人間は誰もいない。

いったい、俺はなぜこんなにも疲れているのか。

祖国を離れ、見知らぬ街で丸一日、慣れない道を自分の意思とは関係なく、客の言いなりのままハンドルを握っていたからか。選手時代の味気ないトラック練習と同じように、同じ道を、何度も数えきれないほど運転したからか。

移民の街ジュネーブに、仕事を選ぶ余裕などない。

そんなことはもとより覚悟していたことだ。

働くことが辛《つら》いのではない。

何よりも、走れなくなったことが辛いのだ。

自分の人生の中に、走る時間を得ることができない。それが何より辛いのだった。


窓ガラスの向こうを見る。

男の顔があった。

見覚えのある顔だった。

ツブラヤコウキチ……。

男は微笑《ほほえ》んでいた。

シュトーは男に呟く。

ツブラヤ。

東京を覚えているか。俺たちが、ふたりでうまく一緒に走れたことを覚えているか。より良い成績を残すために、スピードを合わせて、二十キロから三十八キロ過ぎまで、十八キロ以上も一緒に走ったことを覚えているか。うねりを巻く大歓声の海の中を、ふたりで、ただまっすぐ前を向いて走ったことを覚えているか。イギリスのヒートリーとキルビーはペアを組んで一緒に走ろうとレース前から作戦を立てていた。結果、二位と四位だ。しかしツブラヤ、俺たちは違う。レース前、俺はお前のことを知らなかった。お前も俺のことを知らなかった。俺たちふたりは、レースの中で偶然出会って、自然にペアを組んだ。二十キロで初めてお前と並んだ時、俺は一瞬でわかった。77番。お前は、俺と同じだ。同じリズムだ。同じ波長だ。同じ空気を吸って生きて来た。このハイペースの苛酷なレースを、できるだけ長く、一緒に走って行こうじゃないか。そう。できるだけ長く。

ツブラヤ。俺はひたすらお前の背中を追いかけた。

あの大歓声の中でも、俺にはお前の息づかいが、ずっと聞こえていた。

俺の息づかいが、お前にも聞こえていただろう。

あの三十八キロを過ぎた、長いくだり坂の途中までは。

不意にスピードを上げたお前に、俺はついていけなかった。

お前の背中が遠のいた。

その後、ヒートリーに抜かれ、キルビーにも抜かれ、正直、俺はもう一歩も走りたくない気分だった。

しかしツブラヤ。俺は見たんだ。

疲れきって俺が国立競技場に入った時、お前は、俺以上にふらふらになりながら、最後の直線コースに入っていた。そしてお前がゴールした瞬間をはっきりと見た。

俺はふたたび走る力が湧いて来た。最後の四〇〇メートルを、俺はやっぱりお前の、もう見えなくなった背中を追いかけて走った。

お前の背中が、俺をゴールまで導いた。

ツブラヤ。東京を覚えているか。あのレースを覚えているか。

ふたりで、一緒に走ったことを、覚えているか。

ツブラヤ。
お前はなぜ、走るのを、やめたんだ。
霧のような雨がジュネーブの夜を濡らしていた。
何もかもが辛くて逃げ出したくなりそうな、こんな夜。
俺は今でも、もう届かなくなった、お前の見えない背中を追いかけたい気分になる。
走るのをやめるためじゃない。ずっと走り続けるために。
シュトーはポケットの中に手を入れた。
くしゃくしゃになった紙は、今日一日のタコグラフだった。
シュトーはその紙をカウンターの上に置いて見つめる。
手で丁寧にシワを伸ばし、ポケットにしまう。
もう一度、窓の外を見る。
雨の向こうに、白い背中が見えた。
77番。
ツブラヤ。俺のレースは、まだ終わっていない。
硬貨を置いて、店を出た。
瞳の奥に残るその白い背中に向かって、シュトーは雨の中を歩き出した。

夜空と陸の隙間

一九六五年　六月十九日

いくつ大きな川を渡っただろうか。

荒川。笹目川《ささめ》。芝川。綾瀬川《あやせ》。目の前に現れた川は元荒川だ。

大きな川の橋の上にさしかかるたび、円谷幸吉は走るのをやめ、足を止める。

川面を見下ろし、空を眺める。

川を渡る風は汗に濡れた幸吉のランニングシャツと額を乾かした。

早朝、自衛隊の朝霞駐屯地を出て、もうすでに三十キロは走っている。

スピードを気にしないロングジョグで数十キロを走ることは、普段のトレーニングでもさほど珍しいことではない。しかし今回はそれとは違う。

幸吉は三年後のメキシコオリンピックのためではなく、なつかしい「故郷」に帰るために走るのだった。

いや、走っているというのは正確ではない。幸吉は半分以上を歩いていた。走らなくともよい。気が向けば、歩き、立ち止まり、景色を眺め、寝転びさえした。自分に課したのは、ただひとつ「故郷を目指す」ということだけだ。

勤務先である東京の陸上自衛隊朝霞駐屯地から、故郷の須賀川までのおよそ二百五十キロを四日かけて走って帰る。なぜ、そんな酔狂なことを思いついたのだろう。

自分でも説明がつかない。ほとんど衝動的な行動だった。

あの東京オリンピックの熱狂から八ヶ月が経過していた。

幸吉を取り巻く状況はめまぐるしく動いた。全国各地での激励会や講演会。競技会への招待。テレビやラジオ出演。いまや日本で円谷幸吉を知らない者は誰もいなかった。

しかし大きなアクシデントが襲った。

幸吉は陸上自衛隊の朝霞駐屯地勤務の社会人であると同時に、中央大学の夜間の学生でもあった。将来、陸上選手の指導者になる夢を実現するためだった。

幸吉はもともと陸上自衛隊の実業団選手として陸連に登録していたが、中央大学の学生選手としても陸連に登録していた。ある時、これが二重登録だと指摘された。単純なミスといえるものだった。しかしこの問題は思わぬ波紋を広げた。学生陸連が大きく問題視したのだ。

社会人の円谷幸吉が越境して、学生選手の可能性をつぶそうとしている……。

一部からそんな声があがった。幸吉は処遇が決まるまで一切のレースに出ることができなくなった。ひと月前のことである。処遇はひと月たっても、何も決まらなかった。

さらに追い打ちをかけるように、もともと調子の悪かった腰が悪化してきた。治療をしても良くならない。

日本陸連と学生陸連の不毛な意地の張り合いの間で宙づりとなったオリンピックのメダリストは、地に足がつかずただもがくしかなかった。

今、幸吉には、すべてを放擲《ほうてき》して自分を空にする時間が必要だった。

それが、誰にも告げず実家までの二百五十キロを走って帰る、という行動だった。

自衛隊へ出した一週間の休暇届は受理された。目的は帰郷とのみ記した。

故郷へ向けて日光街道をひた走る円谷幸吉に、誰も気づかなかった。

今、自分は陸上自衛隊の円谷幸吉ではない。東京オリンピック銅メダリストの円谷幸吉でもない。ただのひとりの走る男に過ぎなかった。

それが心地よかった。

利根川を渡って茨城県に入ったところで一日目は暮れた。

川を渡った日光街道沿いには神社や寺がたくさんあった。古河《こが》という町だ。どこか故郷の須賀川に似た町だった。

今日のうちにもう少し距離を稼ぐこともできた。しかし幸吉はこの町が気に入った。

町を流れる渡良瀬川という川の近くに虚空蔵堂《こくうぞうどう》というお堂があった。

お堂の周りは草むらだった。幸吉はそこに寝転んだ。

六月の生暖かい空気が草むらの匂《にお》いを幸吉の鼻孔に運んだ。

夜空と陸が今夜の寝床だった。幸吉はその隙間《すきま》に身体を潜り込ませて眠った。

生まれて初めての野宿だった。

二日目は茨城県から栃木県に入り、田川を渡る。

日光街道は宇都宮で奥州街道と分岐する。鬼怒川を渡ると川沿いに牧場が広がっていた。

牧場の傍らでこの日もやはり野宿した。

三日目は箒《ほうき》川。蛇尾《さび》川。那珂《なか》川を渡った。

北へ走るにつれて川の名前が美しくなる。幸吉はそう感じた。

陸奥《むつ》の入り口とされる白河まではあと二十キロばかりのはずだ。

雨が降って来た。雨は嫌いではないが、那珂川を渡ったところで、幸吉の疲労はピークに達した。

急に日が暮れる。もう一歩も歩めない気分になった。ゆっくりと風呂に入って身体を休めたかった。三日目の夜は旅館に泊まることにした。名も知らぬ町だった。

最初に目についた宿に飛び込んだ。

庭に堂々とした枝振りの合歓《ねむ》の木があった。

薄紅色の花が雨に濡れていた。

「すみません。もしお部屋が空いていましたら、一泊お願いいたします」

幸吉は名乗らなかった。

宿の従業員が疑うような目でランニングシャツとパンツ姿の幸吉の姿を見た。

「お支払いできるだけのお金はあります」

「申し訳ありません。本日はあいにく満室でして」

「そうですか」踵《きびす》を返そうとしたところへ、宿の主人が現れた。

「貴方《あなた》。もしかしたら、円谷幸吉さんじゃないですか」

幸吉は微笑むしかなかった。

「どうぞ、お泊まりください」

質素だが清潔な部屋を用意してくれた。主人は事情を一切訊きにこなかった。

「いってらっしゃいませ。お気をつけて」

朝、主人はそれだけ言って、幸吉を見送った。

昨年のオリンピックのレースのことも、なぜ今、こんなところを走っているのかも、どこへ向かっているのかも、身体の調子も、三年後のメキシコオリンピックのことも、主人は何も訊かなかった。いつも求められる「忍耐」と書いた色紙も、所望されなかった。

幸吉は主人の気遣いがうれしかった。

いつも言っていることを思わず口にしてしまった。

「メキシコでは、がんばります」

主人は言った。

「いいんですよ。あなたは、もうじゅうぶんに、走ったじゃないですか」

走りながら、涙がこぼれてきた。

そんなことを言われたのは、初めてだった。

余笹《よささ》川を越え、目の前の黒川を渡ると、そこは福島県だ。須賀川まではあと三十キロ。この次に現れる大きな川は、故郷の阿武隈川のはずだった。

幸吉は胸が躍った。もう走らずに、ゆっくりと歩こう。歩いて、故郷を目指すのだ。

それでも、三十キロなら六時間もあれば着くだろう。

はるか先に阿武隈山地が見えてきた。ひときわ高くそびえるのは宇津峰山だ。なつかしい稜線《りようせん》だった。

実家には、走って帰ることを告げていない。帰郷することさえ告げていないのだ。

父の幸七、母のナツ。敏雄兄さんや喜久造兄さんは、きっとびっくりするだろう。

父は怒るだろうか。いや、きっと怒らない。マラソンをやめる、と告げれば、どうだろうか。父は、落胆はするだろう。そしてやはり怒るだろう。しかし今までも、結局、大事なことは、すべて自分の意志で決めてきた。マラソンを始めたことも、自衛隊に入隊したことも、マラソンのオリンピック選考レースに出場することも。父はすべて追認した。マラソンをやめる時も、自分の意志でやめるのだ。

しかしそれは一時の感傷だった。幸吉が今、背負っている大きなものは、父がどうこう、という水準をはるかに超えていた。やめることは許されなかった。

幸吉は、再び走り出した。

阿武隈川を渡る。田園地帯が開けてきた。

「影沼」だ。

ずっと昔、この沼に身投げしたお姫様の鏡がまぼろしを映し出すと聞いたことがある。

幸吉は空を見上げた。何も見えなかった。

ここから旧街道に入り馬ノ背を上れば、もう家は近い。しかし幸吉はもう少し走りたかった。

見たい風景があった。

そのまま奥州街道を北に走り、国道一一八号を左折する。

釈迦堂川だ。影沼橋を渡る。

幸吉は橋の上で立ち止まった。

西に那須連峰、北に磐梯山《ばんだいさん》と安達太良山《あだたらやま》、そして東に阿武隈山地が眼前に広がる。

ふるさとに、帰ってきたのだ。

高校生の頃、いつも家から馬ノ背の入り口のすかがわ橋を渡って三つ西のこの橋まで走った。この橋が折り返し地点だった。走るのは兄貴たちの仕事が終わる夕方で、冬はもう真っ暗で何も景色は見えなかったが、夏場に影沼橋から見る夕陽《ゆうひ》は格別だった。

あの日々と変わらない夕陽が空を染め上げていた。幸吉は川の土手をゆっくりと歩いた。

薄桃色、橙、青、灰色、黒……パレットの上に気まぐれに絵の具を乗せ、水で滲ませたような空の色が川面に映っていた。

気がつくと、すかがわ橋だった。橋をもう一度渡り、馬ノ背に続く坂を上る。

ふと腕時計を見る。

秒針が止まっていた。

今まで一度も故障したことのない時計なのだ。

その時だった。

幸吉の耳に「声」が聞こえた。女の声だった。

声はずっと遠くの方から聞こえる。

どこか遠くにいる行商の物売りの声が、風に乗って聞こえてくるのだろうか。のんきになにかを歌っているようにも聞こえた。くぐもって何を言っているのか聴き取れない。かすかな女の声なのだ。

声は東に外れた路地の奥から聞こえている。そこには銭湯の煙突が立っている。

煙突と並ぶように、二本の大きなケヤキの樹がある。

いつもトレーニングで走っていた時に見ていた馴染みの風景だった。

銭湯の裏に二本のケヤキの樹があり、樹齢はおよそ六百年で、今もその根元から清水が湧いている。そう聞いたことがある。

幸吉の実家には釜焚《かまだ》きの風呂があり、銭湯には滅多に行ったことがない。

声はその方向から聞こえてくるのだ。幸吉は一度も通ったことのない路地を入った。

銭湯の裏の細い階段を降りるとお不動さんがあり、そのたもとにあの樹があった。

一本の樹の根元には大きな洞《うろ》が口を開けている。

声はその洞の中から聞こえている。間違いない。

耳を澄ますと、女の声はひとつではなかった。やはり何人かで何かを歌っているようだ。

幸吉は、洞の中に足を踏み入れた。

闇が幸吉の身体を包む。ふっと、意識が遠のいた。

★

気がつくと、幸吉の目の前に、ふたりの男が座っていた。

ふたりは僧侶《そうりょ》のような古ぼけた墨染の着物を着ている。

ヒゲをはやしている方はずいぶん小柄で老人に見える。しかし目の輝きは老人のそれでない。奇妙な風体が年より老けて見せているのかもしれない。

もうひとりはつるつるの坊主頭で、こちらはまったく年齢のとらえどころがなかった。顔の艶《つや》と恰幅《かっぷく》はヒゲの男よりはるかに良い。だが顔の皺《しわ》が傍らの男よりも年輪を感じさせた。

幸吉は事情が飲み込めない。どうやら今まで眠っていたようだ。

仰向《あおむ》けの姿勢のまま辺りを眺め回す。あばら屋のような質素な設《しつら》えだった。

「ここは……」

「お気づきになりましたか」

「どこなのですか」

「須賀川ですよ」

ああ、と幸吉はつぶやいた。

「銭湯の裏のケヤキの樹を観に行ったら、急に意識がなくなって……貧血だと思います」

幸吉は上体を起こした。「助けてくださったんですね。ありがとうございます」

「まあ、もうしばらく身体を休めていきなさい。茶を入れましょう」

「われわれも子細あってあのケヤキの樹のたもとにおりましたら、あなたが倒れておりました。旅の行き倒れかと察し、拙宅にお連れした次第です」

幸吉はもう一度部屋の中を見回した。

つっかい棒を噛《か》ませた粗末で小さな窓の外に、栗の木が見えた。

ヒゲの男が訊く。

「なぜまた、あのケヤキのたもとに？」

「女の声が聞こえたんです。声というか、何人かが集まって歌っているような……」

幸吉は聞こえたままの節を口ずさんでみた。

「それはこの地の早乙女たちの田植え歌ですな」

「田植え歌？」

「私も白河の関で、そしてここ須賀川でも同じ歌を聴きました。風流なものですな」

田植え歌。幸吉の家も農家だったが、そんな歌は聴いたことがなかった。

「旅のお方ですか」

「いえ、須賀川の者ですが、実は東京から駆けてきて、今日須賀川についたところです」

「東京？」

「江戸のことです」坊主頭が注釈する。

「江戸から須賀川まで？　出立は、幾日前ですか」

「三日前です。今日で四日目です」

「三日前？」ヒゲの男が目を丸くした。

「江戸から須賀川までは、およそ六十里。四日とは、ずいぶんと早駆けですな。道中、どちらを巡りましたか」

「日光街道から、奥州街道に入りました。地名はよく覚えていません。ただ、川の名前ならいくつか覚えています。荒川。笹目川。芝川。綾瀬川。元荒川。利根川。田川。鬼怒川。箒川。蛇尾川。那珂川」

「どうして川の名前を？」

「好きなのです。川が」

ヒゲの男は幸吉が挙げた川の名を繰り返す。

「鬼怒川。箒川。蛇尾川。私も日光からの道中、渡りました。いずれも良い川です。ところで、道中の宿はどうされました？」

「野宿でしたが、昨夜だけは疲れていたので宿に泊まりました。名前は覚えていませんが、那珂川を渡ってすぐの町でした」

「奥州街道から那珂川を渡ってすぐ、といえば、高久《たかく》ですな。高久ならば、私も二泊しました。先を急ぐつもりでしたが、急に雨にやり込められ高久の知人宅で二泊したのです。庭に小振りの合歓の木がありましたな」

合歓の木……。確かに自分も合歓の木を見た。

「美しいものですな。夕刻の雨に濡れる合歓の花は。眠りについた美女の面影のようです」

そうだ。あの夜も急に雨が降ってきた。

「ところであなたは、なぜ江戸から須賀川まで駆けようと思い立ったのですか」

ヒゲの男の質問に、幸吉はすぐに答えを見つけることができなかった。

「なぜでしょうか。よくわかりません。強いて言えば……心が、ざわついたのです。そうとしか言いようがありません」

「心が、ざわついた……」

ヒゲの男は小声で幸吉の言葉を繰り返し、諳《そら》んじるようにつぶやいた。

「そぞろ神の物につきて心をくるわせ、道祖神のまねきにあいて取るもの手につかず」

「何ですか」

「いえ。なんでもありません。私もあなたと同じ心境で、旅を始めたと言いたかったのです。走ることが、お好きなのですね」

「ええ。走っていると、生きている、という喜びを、つぶさに実感できます」

いつも思っていることを口にした。

それにしても、今、目の前にいるこの男たちは誰だ。

幸吉はあらためて自分の居場所が気になった。

「ここは、須賀川のどこなのですか」

「どうやら事情が少々込み入っておるようです」

庵《いおり》の主《あるじ》らしい坊主男が答える。

「私のわかる範囲でご説明いたしましょう。さあ、まずは茶をお呑みなさい」

坊主男が出した茶を幸吉は口に運んだ。

「ここは、たしかに須賀川に間違いございません。しかし、あなたが生きている時代の須賀川とは、違うようでございます」

「生きている時代と違う？　どういうことですか」

「ざっと三百年ほど時を遡《さかのぼ》った、須賀川でございます」

幸吉は自分を納得させた。夢を見ているのだ。夢にしてはあまりにリアルすぎるのだが。

しかし幸吉は、そんな不思議な肌触りの夢をこれまでも見たことがある。

いや、今でもあれが夢かどうかは、判然としないのだ。

幸吉は五歳だった。夕方、家で飼っている秋田犬のテルを散歩に連れて行くのが幸吉の日課だった。小さな身体の幸吉はいつもテルに引っ張られる。テルが走り出すと、幸吉は転んで引きずられそうになる。それでも我慢して懸命に走る。

夏のある日だ。突然走り出したテルに引っ張られ、幸吉は石につまずいて地面に転ぶ。その時、手綱を放してしまう。テルは一目散に走る。家の前を流れる川の橋の上からテルの姿が消えた。幸吉は土手を駆け下りた。テルは仰向けになったまま動かない。口から血を流している。

幸吉は冷たくなったテルを抱いてわんわん泣く。

「テル、ごめん！　手綱を放してごめん！　生き返って！　ぼくが死んでもいいから生き返って！」

現実にはテルは幸吉が二十歳になるまで長生きした。

父に雷を落とされたことをはっきりと覚えている。

「お前がテルの散歩の途中で橋から落ちたところを近所の人が見つけてくれたんだ。幸吉、お前にはもうテルの散歩はだめだ」

テルではなく、自分が橋から落ちたことになっている。

その時にできたという傷が、幸吉の足には残っている。

記憶にはないのだが、どうやら、自分が橋から落ちたのは、事実らしいのだ。

とすれば、テルが橋から落ちて死んだ、というあの記憶は、やはり「夢」ということになる。

しかし幸吉には「夢」の中の記憶の方がリアルだった。

「夢」か「現実」か、判然としない。

幸吉はしばらく、その境に身を委《ゆだ》ねることにした。

「川がお好き、ということでしたな」

ヒゲの男が話しかける。

よく見ると男の眼は冬空の月のように澄んでいる。

「ええ。子供の頃はよく近所の川で魚釣りをして遊びました。それと、橋の上から、川を眺めるのが好きなんです」

「それはなぜでしょう」

「なぜでしょうか。うまく言えませんが……橋の上に立って川の流れをじっと眺めていると、一瞬、自分というものが、消えるような気がするんです。それが心地よいんです」

「おもしろいですな。それは、見るものと、ひとつになる、ということです。そのためには、己はあってはならないのです。己を消してこそ、風雅と一体になれる。あなたのおっしゃっていることも、同じではないですか」

「……よく、わかりません」

「世阿弥《ぜあみ》はその境地を、もう一歩進めて、『離見《りけん》の見《けん》』という言葉であらわしています。能を演じるものは、まず演じる役になりきる必要がある。が、同時にその演じている自分を観察している『心眼』を持たねばならない。役に没入している自分と、同時に自分の背後に影のように寄り添って観察する自分との、両方が要る、というのです」

「それは、少し、わかるような気がします。私は走っていて苦しい時には、もうひとりの自分の眼で走っている自分を見るんです。もうひとりの自分は空の上から、自分が走っている姿を見ているんです。その眼で自分を見ると、すうっと気分が楽になるんです」

「まさに、『離見の見』ですな。これは『俳諧』にも欠かす事のできぬ境地です」

「ハイカイ？」

「私が歩んでいる道です。一時は仕官して生計を立てられることを羨《うらや》み、又或《あ》る時は仏門を叩《たた》こうかと思うたこともありましたが、結局は道筋の知れない風雲に身を責め、花鳥風月に情けを傾けて生きております。それが生活の計りごととなり、とうとう無能無才のまま、俳諧の道、一本を歩んでいるのです」

「カチョウフウゲツ？」

「花。鳥。風。月。そのほか自然の中にある、美しい風物のすべてです」

「それなら、私も意識しています。自然を味方につけるんですよ。風の匂いや雲の流れ、道ばたに咲いている花。時には雨が降る空でさえ、走りながら眺めるんです。すると呼吸が楽になる。ゆっくりと、深くなるんです」

「走りながら、咲いている花が見えますか」

「見えますよ。空を飛ぶ、花の種さえ見えることがあります。むしろ、歩いている時には気づかない。走っているからこそ見える風景があるんです」

「おもしろいですな。もしや、あなたの『走ること』と私の『俳諧』は、同じかもしれません。たとえば、私の目指す信条に『不易流行』というものがございます」

「フエキリュウコウ?」

「俳諧の世界は過去のならわしに安住しておれば、たちまち腐ってしまいます。そこで、いつまでも変化しない本質を忘れぬ中にも、絶えず新しく変化を重ねることが肝要なのです。それが私の信条とする『不易流行』です。俳諧は毎日の生活、いや、生きることそのものなのです。あなたの『走り』もおそらくそういったものでしょう。あなたはもう、それを実践していますね。今、あなたが故郷を目指して走っておられるという行為そのものが、まさにそのようなものではないですか」

　ヒゲの男が話を続けた。

「走る、とは、不思議な行為ですな。私の旅は、まるで殻を抜け出した蝸牛《かたつむり》のような緩い歩みです。しかし、ある意味では、私も走っていると言えるかもしれません。いや、私が走るのではなく、私の夢が、駆け巡っておると申した方が正しいでしょう」

「夢が、駆け巡る?」

「そう。枯れ野を吹き抜ける風のように。ときどき私は思うのです。私という存在は、夢というものが住まう、かりそめの庵ではないか。私たちが夢を見ているのではない。夢が私を夢みている、そんなうたたねほどのはかないものが、私という存在ではないか。だからこそ私は知りたいのです。時を経ても、いつまでも変わらぬ本質を」

「いったい、あなたたちは、誰なのですか」

「時の旅人、とでも申しておきましょう」

坊主頭が話を引き取る。

「いささか話が難しくなってきたようですな。正直に申し上げましょう。実は私どもも、あなたのいた『世界』を二日ほど旅してまいったばかりです。いや、正確に言うと、あなたがいた時代から、もうすこし時を経た世界でした。いろんなものが変わっておりました。影沼は今はなく、カセツジュウタクという仮の庵が建っておりました。大きな災いがあったのです。しかし変わらぬものもございました。長松院のイチョウの樹はそのままありました。釈迦堂川の水の流れもまた同じでした」

「そして、この町の、空もまた」

ヒゲの男がつけくわえた。

「空？」

「さようです。三百余年の時の流れの中、すべてが変わってしまったかに見えて、変わらぬものは、空でした。私があの仮の庵で見たものは、雨に打たれながらも空を仰ぐ少女の姿でした。私には泣いているように見えました。それでも彼女は、百年、五百年、千年と、須賀川の変わらぬ空を仰ぎ続けるのでしょう。この地で命を継いで生きて行く人たちと共に。私が見上げた空。あなたが見上げた空。未来の人々が見上げる空。みんな、同じひとつの空を見上げているのです。我々は皆、同じひとつの空の下を往く永遠の旅人なのです」

いったいどういうことだ。この男たちは、自分がいた世界を見たというのか。この人たちは、未来がわかるというのか。

幸吉は思い出した。

そうだ、これは、「夢」なのだ。

夢ならば、訊いておこうではないか。

「では伺いたい。私の未来は、どうなりますか」

「聞かない方が良い場合もございます」坊主頭が答えた。「しかし、知りたいというのであれば、お教えしましょう。運命それ自体を変えることはできませんが、知ることによってより良い方向を選択することはできるでしょう」

「教えてください。私の夢は、ふたつあります。ひとつは、三年後のメキシコオリンピックで金メダルを獲ること。そして、私の経験と知識を伝えて若いランナーを育てること。このふたつです。このふたつの夢は、叶《かな》いますか?」

坊主頭の男は、じっと幸吉の顔を見つめた。

「あなたの未来ですが」

ゆっくりと切り出す。

「おっしゃったふたつの夢のうち、ひとつは叶えられません。なぜならメキシコオリンピックには、あなたの寿命は間に合わない」

「……どういうことですか。じゃあ、私は今、何のために生きているんですか。この努力に、意味がないじゃないか」

「意味のあるものにする方法が、ひとつあります」

「なんですか」

「残る、もうひとつの夢を叶えることです」

「もうひとつの夢を？」

二人の顔の輪郭が、急にぼやけた。

すっと、意識が遠のいた。

ステキなタイミング

二〇一三年　八月二十四日

アクシデント続きの花火大会だった。

十八時四十五分から打ち上がるはずの最初の花火は、なかなか上がらなかった。

十八時三十分に福島空港へ着陸予定の飛行機の到着が遅れているのだ。

航空法上、飛行機の着陸が済むまで花火は打ち上げられない。会場のアナウンスが繰り返しそう告げている。

福島空港は須賀川市の東の外れの狸森《むじなもり》という丘にある。花火会場である釈迦堂川の川縁《かわべり》からは、十キロほどの距離だ。航路の関係上か、花火の光が飛行機の着陸に何らかの影響を与えるのだろう。

それにしても、もう着陸の予定時刻から三十分が経過している。遅れている理由は何も告げられない。

すでに花火会場に集まっている観衆の苛立ちが募る。最初はごくわずかだった苛立ちの波が、徐々に大きくなる。なぜ遅れている理由が告げられないのだろう。

不安がひととみの心に広がる。

いつか父から聞いた、あの夏の話を思い出した。


八月は、死者とめぐりあう季節だ。

お盆があるという世間一般の普通の意味でそうであり、もうひとつ、ひととみの家だけの特別な意味がある。

それは、八月十二日。

坂本九の命日だ。

坂本九といってもひとみの同級生は誰も知らない。

「上を向いて歩こう」を一番最初に歌った人、といえば、せいぜい友達の何人かが、ああ、とごく薄い反応を示す。忌野《いまわの》清志郎が時々歌っていたし、一昨年の東日本大震災の時には「復興ソング」として、多くの有名アーティストが歌うCMが繰り返しテレビに流れていたから、若い世代も曲自体はよく知っている。日本人は何か大きなことがあると、この曲を思い出すらしい。

ひとみの父親と母親は、そんな一般的な日本人よりはずっと深くこの曲を愛していたし、坂本九を愛していた。

何しろ高校生の頃からファンなのだ。今もまったく変わりなく。

しかし今年四十五歳の父と母が坂本九のファンであるのは、少しおかしなことだった。

二人が生まれたのは一九六八年。六〇年代は坂本九の全盛時代ではあるが、調べてみれば両親がもっとも音楽に多感な青春時代を過ごしたはずの八〇年代、すでに坂本九は歌手としてはトップスターの位置から退いていた。新曲はほとんど発表していない。

坂本九の歌と自分の青春時代が重なるのは、あと一世代上の、祖父の世代のはずなのだ。

もちろん坂本九には有名な曲がたくさんある。父は実家がレコード店だったから、普通の人よりは音楽には詳しい。それにしても、両親の年齢で坂本九にそこまで肩入れしているというのは、やはり一般的ではなかった。

そのことを、父に訊いてみたことがある。父の答えはこうだった。

「ひとみ。それはなあ。タイミングなんだよ」

そして決まって父はすっとんきょうな裏声で底抜けに陽気に歌うのだ。坂本九の、一番好きなあの歌を。

オー　ユー　ニード　タイミング
アー　ティカ　ティカ　ティカ　グッドタイミング
トカ　トカ　トカ　トカ　この世で一番かんじんなのは
ステキなタイミング……

坂本九がデビュー当時に歌って大ヒットした「ステキなタイミング」。洋楽のカバー曲らしい。

父は日頃から、何かラッキーなことが偶然起こるたびにこの歌を歌った。

ひとみは坂本九の有名な歌を何曲か知っていたが、この曲は他の坂本九の歌とはだいぶイメージが違っていた。「上を向いて歩こう」にしろ「見上げてごらん夜の星を」にしろ「幸せなら手をたたこう」にしろ、坂本九の歌はどこか優等生っぽい、いい子のイメージがあった。ところがこの歌の中では、テストでカンニングはしまくるわ、恋人の眼を盗んで浮気はしまくるわ、と、やりたい放題の「不良の兄ちゃん」なのだ。

ティカ　ティカ　ティカ　とか　トカ　トカ　トカ　という意味不明の歌詞が、ひとみにはどこか遠い国の魔術師が使う呪文めいて聞こえた。たしかにこの歌を歌うと、なんだか良いタイミングで良いことが起こりそうな気がした。そんな不思議な力を持ったメロディと歌詞だった。

「お父さん、だからタイミングって、何よ？」

父は、自分が十七歳の時の思い出話をしてくれた。

六月のある日のことだったという。

父は今のひとみと同じで高校生の頃から時々実家のレコード店を手伝っていた。

その日、父とは別の高校に通う女子高生が店にやってきた。彼女が父に訊いた。

「坂本九の『心の瞳』っていうレコード、ありますか」

珍しい客だった。チェッカーズや安全地帯、C－C－B、中森明菜と松田聖子全盛の時代に坂本九のレコードを買いに来る女子高生は、まずいない。

父は坂本九の名前は知っていたが、その曲は知らなかった。

「さ」の欄のレコード棚を探す。CD時代はまだ到来していなかった。

坂本九のレコードは何枚かあったが、その曲はない。

もう一度探す。やはりない。三度目に見直した時、ようやく見つけた。

「ああ、ありました。B面の曲なんですね。『懐しきlove-song』という歌の」

「昨日観たテレビ番組のバックで流れていたんです。とってもいい歌詞と曲だなって思って」

「かけてみますか」

店内に曲が流れる。

素朴なメロディのバラードだった。歌詞も心にしみる。いい曲だな、と父も思った。

「東芝からファンハウスっていう会社に移籍後の第一弾シングル。久々の新曲ですって」

レコードを買って帰った彼女は、翌日、また同じ時刻にやってきた。

「昨日買った坂本九の曲なんですけど、楽譜は、売ってないでしょうか」

「楽譜ですか。それは、レコード会社に問い合わせてみないと。それに問い合わせても、あるかどうかは……」

「学校の合唱部で混声合唱曲にして歌いたいんです」

「とにかく一度、訊いてみます」

そんなものをレコード会社が送ってくれるかどうかわからなかったが、趣旨を伝えるとファンハウスは親切にも楽譜を送ってくれた。彼女に連絡を取ると、喜んでまた店にやってきた。それが六月のことだ。

あの日航機墜落事故が起こったのは、それからわずか二ヶ月後のことだった。

一九八五年　八月十二日。

事故は夜のことで、翌日の朝からテレビは悲惨な事故の詳報を繰り返し伝えていた。乗客名簿に坂本九の名前があった。死亡はまだ確認されていないが、絶望的だった。四十三歳だという。印象よりも随分若かった。

夕方になって彼女は店にやってきた。

お盆の法事で祖父母は忙しく、店番をしていたのはやはり高校生の父だった。

「坂本九の歌を聴きたくて……」

店に『九ちゃんのベスト・ヒット・パレード』という古いベストアルバムがあった。ターンテーブルに乗せ、ふたりで一曲目から順に聴いた。

最初の曲は「レットキス」という明るいフォークソング曲だった。

坂本九と言えばバラード、というイメージがあったが、ベストアルバムを聴くと意外に明るい曲が多かった。

B面の一番最後に入っていたとびきり明るい曲が終わると、彼女は初めて静かに泣いた。

それが「ステキなタイミング」という曲だった。

父は二十七歳で結婚した。

ひとみの母は、あの日坂本九のレコードを買いに来た女子高生だ。

二人が出会うきっかけとなった、そして坂本九がこの世に最後に残した曲「心の瞳」。

それが、ひとみの名前の由来だ。

毎年八月十二日、両親は、今も店で坂本九をかける。

ターンテーブルに乗るのは、『九ちゃんのベスト・ヒット・パレード』。そして「心の瞳」。

八月は死者とめぐりあう季節。

毎年八月十二日に、ひとみの店に坂本九が帰ってくる。


結局、数万の観衆をやきもきさせたあと、飛行機は無事に着陸できたらしく、四十分遅れで最初の花火が打ち上がった。

ひとみが見上げている場所は、釈迦堂川と阿武隈川が合流する「未来大橋」のたもとにある斎場の駐車場広場だった。

花火は美しかった。ひとみは花火そのものよりも、花火が打ち上がった直後の、闇の中に立ち上る煙と、じゅうと空が溶けて雫がしたたるような音が好きだった。

それはまるで雨の音のようだった。

間近で見る二尺玉の迫力にはやはり圧倒された。新潟の長岡の花火師が援軍に駆けつけて上げてくれたのだという。

花火大会は途中にもう一度、アクシデントがあった。

それは震災の復興を願う花火だった。地元の中学校の合唱部の生徒たちがあらかじめ合唱した歌を録音してスピーカーで流し、その歌声に合わせながら打ち上げるという凝った趣向だった。歌はゆずの「栄光の架橋」という歌だった。

なつかしい歌だ。

アテネオリンピックのテーマソングとしてＮＨＫが使っていた曲だ。

ユカもひとみも小さい頃からこの歌が大好きで、五年前のあの雨の日も、女子マラソンの生中継を観た後、ふたりでこの歌を口ずさみながら走ったのだ。

スピーカーから曲のイントロが流れ、録音された中学生たちの歌声が流れた。

歌声のタイミングに合わせるかのように、花火が打ち上がる。見事なタイミングだった。

花火は曲の流れに合わせて次々に打ち上がる。

しかし、中学生たちの歌声が、突然止まった。機材トラブルのようだ。

歌声はなく、花火だけが空《むな》しく打ち上がった。

すると、その場にいた中学生や高校生たちが、口々に「栄光の架橋」を歌いだした。

まばらな歌声はやがて大合唱となって、夜空にうかぶ花火と溶け合った。

ひとみも歌った。歌いながら、いまここにいないユカと、ユカの家族のことを想った。

この夜、須賀川のみんなと「栄光の架橋」を歌いながら観た花火を、ひとみは一生忘れないだろう。

花火はプログラムの半ばを過ぎていた。もう十分に満足だった。

ひとみは夜店の立ち並ぶ鎌足《かまたり》神社の前を抜けてすかがわ橋に向かった。

そのまま家に帰るつもりだった。

そのとき、なぜかふとあの場所を思い出した。

清水湯の裏の路地をすり抜けた、お不動さんのある、秘密の抜け道だ。

ユカとひとみの、ふたりだけの秘密の場所。

それはほんの気まぐれだった。

誰も知らないあの場所で、たったひとりで花火を観ようと思った。

その夜、何万人という花火の見物客が須賀川の旧市街の道という道、広場という広場にあふれているというのに、やはり、そこには誰もいなかった。

苔むした石段に座り、ひとみは花火を見上げた。

切り立った崖の向こうに、視界を遮るものは何もない。こんなとっておきの場所を誰も知らないのは不思議であり、幸運だった。その夜この秘密の場所で花火を観ているのは、お不動さんの石像と、二本の大きなケヤキの樹だけだった。

花火の光で一瞬闇の中に照らし出されたのは、いくつかの墓石だった。

崖の傍らは墓地になっているのだった。墓石もまた花火を見上げているようだった。

小学生の頃、この墓石や読めない文字が書き連ねられた板碑が薄気味悪くて、ユカと手をつないで一目散に駆け抜けた。

明るい朝でもあれほど怖かった場所に、今ひとみは、夜、たったひとりでいる。

不思議なほど怖いという感情は湧かなかった。むしろ心が安らいだ。

須賀川の花火は、死者の魂を鎮めるためのものなんだよ。

いつか、誰かから聞いたそんな言葉を思い出した。

須賀川の夏は短い。

毎年八月盆明けの花火の日は、昼間はうだるように暑くても、夜はぐっと冷える。

花火が終わると夏は忘れ物を思い出したかのように急ぎ足でどこかに去ってゆくのだ。

しかし、今夜は違う。花火が夜空を焦がしても、まだ真夏の昼並みに暑い。

死者たちが、去りがたい思いでとどまっているのだろうか。

グランドフィナーレを告げるスターマインが打ち上がった。

花火はあと数発で終わるはずだった。

ひとみは小さな声でもう一度、「栄光の架橋」を歌った。

最後の二尺玉が上がり、夜空をひときわ明るく照らした後、闇《やみ》がひとみを包んだ。

花火が終わってしまえば、漆黒の闇を消し去る文明の光は、そこにはなかった。

人々のざわめきも町の喧噪《けんそう》も、うそのように搔《か》き消えた。

ひとみは座ったまま目が闇に慣れるのを待った。

徐々にぼんやりと風景の輪郭が見えてきた。

大きなケヤキの樹の一本にぽっかりと空いた洞《うろ》の中が、ぼうと光っているように見えた。

掻き消えそうなほどかすかだったが、そこから誰かの喋《しゃべ》る声が聞こえてきた。

ラジオが鳴っているようだ。声はくぐもって、何を喋っているのか聴き取れない。

どうしてこんなところにラジオが？　やがて声は音楽に変わった。

ひとみは洞に耳を近づけた。

かすかな歌声は、父がいつも歌っていた、あの歌だった。

オー　ユー　ニード　タイミング
アー　ティカ　ティカ　ティカ　グッドタイミング
トカ　トカ　トカ　トカ　この世で一番かんじんなのは
ステキなタイミング……

鳥が鳴いている。

少しずつ焦点が合う意識の片隅で、ひとみはその鳴き声を聴いた。

眼を開ける。あたりはすっかり明るくなっていた。朝のようだった。

自分がどこにいるかわからない。

清水湯の裏のケヤキの洞の中に身を横たえているのに気づくまでに、どれほどの時間が経っただろうか。

洞の外に這い出す。

煙突が見える。「清水湯」の煙突だ。

気を失ったのか。こんなところで一夜を明かしたなんて……家では、昨夜自分が帰ってこなくて、大変な騒ぎになっているだろう。警察に連絡しているかもしれない。連絡を取ろうとポケットの携帯電話を取り出す。電池切れなのか、まったく作動しなかった。

とにかく一刻も早く帰らなければならない。ひとみは急いで細い路地を抜ける。

松明通りに出た。

足がすくんだ。

知らない町が、そこにあった。

自分は、あの清水湯の裏の秘密の抜け道で一夜を明かしたのではなかったのか。しかし今ひとみの目の前にある町並みは、あの清水湯の路地の入り口の風景とまるで違う。

清水湯につながる路地の入り口は、平屋建ての普通の家と、二階建ての学習塾にはさまれているはずだった。しかし、学習塾はどこにもなかった。

そこにあるのは、大きなガラス窓がはめ込まれた時計店だ。

ガラス窓を縁取る木枠はずいぶん細い。古い映画に出てきそうな店構えだ。軒に「伊藤時計店」と記された木の看板が架かっている。

ガラス窓の向こうには置き時計や腕時計が並んでいる。デジタルや液晶式はひとつもない。すべて古めかしい機械式だ。その脇にはガラス板を天板にした机がある。ガラス板の上には分解された細かな時計の部品やらピンセットやらアルコールランプやらが載っている。時計修理の仕事場だろう。

ひとみは思い出した。小さい頃、家の風呂が壊れたのか、父に連れられて清水湯に行ったことがある。脱衣場に大きな古時計があった。幼稚園で時計の歌を習ったばかりだったのでひとみは叫んだ。「おじいちゃんの古時計だ！」

その時、番台のおじいちゃんが笑いながら教えてくれた。

「もう百年も前に、この路地の入り口にあった時計屋さんから買ったんだよ」

しかしおかしい。ひとみが幼稚園の頃、路地の入り口にはすでに時計店はなく、学習塾だったのだ。

店の主人らしき老人が表に出てきて大きな伸びをひとつした。老人がひとみに気づいた。

「おはよう」

思わずこちらの背筋が伸びるような爽《さわ》やかなあいさつだった。釣られてひとみもあいさつを返す。

「おはようございます」

「ひと仕事、済んだところさ。時計の修理には、朝の光が一番いいんだ。今はちょっとばかり、休憩だ」老人は遠くを眺めながら、職人らしいよく通る声で言った。

「細かい仕事で眼を酷使しとるからな。こうして時々、遠くの那須連峰や宇津峰山を眺めると、眼が休まるんだよ」

屈託のない老人の言葉に、ひとみはどう応《こた》えていいのかわからなかった。

「あんたは……」

思い出したように答えた。

「宮先町の、CDショップの娘です」

「え？　シー、なんだって？」

「あ、いえ、レコード屋です」

「ああ。ラジオ屋ね」

老人は納得したようだった。ラジオ屋という言い方が気になったが、少なくとも老人はうちの店のことを知っている。二本のケヤキと、清水湯の煙突……。ここは、やはり、須賀川のはずだった。いったん納得した老人が怪訝そうな顔に戻った。

「あそこには若いあんちゃんはいたが、あんたのような娘さん、いたかな」

若いあんちゃん？　ひとみは一人娘だ。誰だろう。

ひとみは遠回しにさぐりを入れることにした。

「このお店、いつからここにあるんですか」

「明治八年からだよ。もうちょうど九十年だ」

明治のはじめ頃から続く時計店。それにもかなり驚いたが、ひとみが不思議に思ったのは「ちょうど九十年」の方だった。ほんとうに明治八年からあるのだとすると、「ちょうど九十年」じゃとてもきかない。明治八年はたしか一八七五年だから、百四十年近く経っているはずだった。

「あそこに見える、煙突は？」

「清水湯の煙突だろ」

やはりここは、清水湯の路地の入り口だ。間違いない。

「清水湯も古いんだ。うちには負けるが、もう六十年ばかり経つだろ」

やはり計算が合わない。父から聞いたことがある。あの清水湯は、明治時代からあるんだぞ。百年も前からあるんだぞ。六十年どころじゃない。老人の計算が狂っているのか。

それとも……。

きっとバカみたいに聞こえるだろうが、おそるおそる、訊いてみた。

「あの、今年は、何年ですか？」

「何年？」

老人は一瞬、意味をとらえかねているようだったが、すぐに納得して平然と答えた。

「ショウワヨンジュウネンだ」

ショウワヨンジュウネン……。ショウワヨンジュウネン……。

それが、「昭和四十年」を意味するのだと理解するのに、かなりかかった。そしてようやく理解して、慄然とした。

今、自分がいる「場所」は、昭和四十年……。気がおかしくなってしまったのだろうか。それとも夢を見ているのだろうか。

その時だった。

「おはようございます」

ランニングシャツを着た二十代半ばぐらいの男が老人にあいさつした。

「ああ、良夫さん。おはよう。帰ってたのかね」

「須賀川の空気が吸いたくなってね。東京の空気ばっか吸ってると、息が詰まっちまう」

「そうかい。ゆっくりしていきな。彫刻の仕事は進んでるのかい」

「なんとかね。そうだ。帰ってきたといえば、偶然だけど、コーキも帰ってきてるんだ」

「幸吉さん？」

「ああ。休暇を取って昨日、須賀川に帰ってきたんだ。突然だからびっくりしたよ。それがすごいんだ。朝霞の駐屯地から、須賀川まで走って帰ってきたんだ」

「走って？」

「あいつらしいよ。そういえば、コーキ、帰って来る途中で時計が壊れたって言ってたな。あと何日か須賀川にいるらしいから、親父さんのところへ持ってくように言っとくよ」

「銅メダリストの時計を直せるとは、光栄だね」

「オリンピックの時にもはめてた時計だよ」

「仕事柄っていうのかな、テレビで幸吉さんのレース見てても、こっちははめている時計ばかり気になってね。けど幸吉さん、結局、レースの間、自分の腕時計は一度も見なかったね。あれじゃ、はめてる意味がないじゃないか」

「同じこと、俺もコーキに訊いたことあるよ。しかもあの時計、けっこう大きくて重そうだろ。レース中は、負担を減らすために少しでも身軽な方がいいんじゃないか。ほかの選手も多分それが理由でほとんど時計なんかしてないし。そう言ったら、幸吉はこう答えたよ。『走る時は、時計をつけてるのが自然体なんだ。本番のレースはラップは関係ないから時計は見ないんだけど、練習中にははめてんだから、そのままはめて走る方が、いつもの自然体で走れるんだ』って」

「へえ。そんなもんかねえ」

「あいつは、たしかに昔から自然体なんだ。そこがいいとこなんだよ」

ランニング姿の男はいたずらっぽく笑い、じゃあ、幸吉に時計持ってくように言っときます、と言い残して踵を返した。

目の前の坂を上る男の白い背中を見送りながら、ひとみが老人に訊いた。

「今の話に出て来た幸吉さんって、もしかして、東京オリンピックに出た、円谷幸吉さんですか?」

「そうだよ。郷土の英雄だ」

「あの、もう一度、訊きますけど、今は」

「昭和四十年。六月二十三日。午前十時二十三分。時計屋が言うんだから信用しなきゃだめだよ」

「じゃあ、あのランニングシャツの人は？」

「円谷良夫さん。東京で彫刻家やってんだ。幸吉さんとは同じ高校で駅伝仲間。仲がいいんだ。良夫さんもずいぶん速かったねえ。須賀川は優秀なランナーが育つんだな」

「ありがとうございました」

ひとみは男の背中を追いかけた。

あのひとは幸吉の親友だ。ついていけば、幸吉に会えるかもしれない……。

そんなことをまじめに考えている自分が不思議だった。

今、自分が対処しなければならないことは、もっと他にありそうな気がした。いや、そうではない。対処の仕方など、何も思いつかない。今のひとみにとっては、幸吉の親友という人の背中を追いかけるということだけが、この崩れ落ちそうな精神の「恐怖」から逃れる、唯一の脱出口であるとしか思えなかった。

「ちょっとお嬢さん」

老人が走りかけたひとみを呼び止める。じっとひとみの顔を見ている。

「あんた……慣れない町で慌てると、あぶないよ。気をつけなさい」

ひとみは深く一礼して男の背中を追いかけた。

男の背中は、どこにも見あたらなかった。見失ってしまった……。

まるで自分の記憶と違う須賀川の町を、ひとみは彷徨った。

北町にある馬ノ背では一番高い十二階建てのマンションも、松明通りに唯一面したコンビニのミニストップも、何もない。目に見える一番高い建物はずいぶん古びた感じの公立岩瀬病院だ。病院の近くのすかがわ橋のたもとには提灯をつるした食堂がある。「君の名は」という変わった屋号が提灯に染め抜かれている。釣具屋やらミシン店やら燃料屋やら、見たことのない店ばかりが並んでいる。

風景全体が妙に白っぽく見える。白壁の店や蔵が多いからだろう。須賀川は白い町だった。おじいちゃんも言っていた。円谷幸吉の走る影が、土蔵の白い壁に映っているのを見た、と。この白い町のどこかに、幸吉がいるはずだった。

そうだ。この北町を過ぎると、宮先町だ。

そこに、自分の家が、あるはずだ。

宮先町の入り口は佐藤スポーツ店で、その隣がひとみの店だった。

佐藤スポーツ店はどこにもなかった。そこは大きな青果市場だった。

胸がどきどきする。

青果市場を通り過ぎる。

あった。

「ラジオとレコードの店　圓谷」看板にはそう書かれていた。

木の引き戸の入り口でビクターの犬が首をかしげている。

おそるおそる引き戸を開ける。
「いらっしゃいませ」
あいさつをしたのは右手のレジに立っている若い男だ。
父かと思った。しかしひとみの知っている父よりも年齢はだいぶ若い。
もう一度、頭を切り替える。今は、昭和四十年。父はまだ生まれていないのだ。
とすれば、「今」、目の前にいるのは、若い頃のおじいちゃん……。
おじいちゃんは昭和十六年生まれ。
今がほんとうに昭和四十年なら二十四歳のおじいちゃんだ。
おじいちゃんは二年後におばあちゃんと結婚して、その翌年に父が生まれるのだ。
おじいちゃんと目があった。ひとみの顔を見て微笑んだ。
「なにか、お探しですか」
「いえ……」
私は、あなたの孫なんです。
子供もまだ生まれていない祖父にそう伝えて、信じてもらえるだろうか。
絶対に信じてはくれないだろう。
店内を見回す。
壁の両側がレコードの陳列棚。奥にラジオやプレーヤーが置いてある。
右側が洋楽の棚。左側が日本の音楽のようだった。

洋楽の棚には「フランス歌謡」と「イタリア歌謡」と銘打たれたシングルレコードがずらりと並んでいた。韓国のK・POPが店の三分の一ぐらいのスペースを占める「今」の店と同じように、この時代、日本のレコード店で幅をきかしている外国のレコードはアメリカでもなく、イギリスでもなく、フランスとイタリアのようだ。

もちろんひとみはそこに並んでいる歌手の名前を誰も知らない。かろうじてシルヴィ・バルタンという女性歌手の名前は聞いたことがある。それもバルタンという名前がウルトラマンのバルタン星人と同じだから記憶に残っているだけだった。

「ベンチャーズ」という名前のレコードも目についた。壁には「来日記念アルバム!」と書かれたポスターが貼ってある。「ジャニーズも出演!」「日米リズム競演!」「エレキが炸裂《さくれつ》する!」という文字が踊る。ジャニーズというのは、あのSMAPや嵐のいるジャニーズのことだろうか。だとすればジャニーズはすごい。今、日本のレコード店の棚でK・POPと対抗できる日本のアーティストはAKBとジャニーズだけだ。この五十年近く、ずっと日本のレコード店をジャニーズは席巻《せっけん》し続けているのだ。

ジャニーズはともかく、とにかくベンチャーズというグループはものすごく売れているようだった。

ひとみは同世代の高校生よりは古い洋楽事情にずっと詳しかった。特にビートルズが好きでかなり聴き込んでいる。実家の商売が商売だし、何より昔の洋楽が好きだった。それでもベンチャーズというグループは名前を聞いたことがある程度だ。

昭和四十年、一九六五年といえば、ビートルズが『ヘルプ！（四人はアイドル）』と『ラバー・ソウル』を発表した年だ。人気絶頂の年、といってもいいはずだ。

ところがビートルズのレコード棚のスペースはベンチャーズよりもずっと薄かった。レコード棚を繰ってみる。『ヘルプ！』も『ラバー・ソウル』も置いていない。知っているので一番新しいのは『ビートルズ・フォー・セール』だ。

しかしこれは『ヘルプ！』の前で一九六四年のレコードのはずだ。なのにレコードには『新発売！　ビートルズ'65』という大きな日本語のタイトルがついている。

ようやく事情がのみ込めた。

当時、ビートルズのレコードは、日本に遅れて入ってきたのだ。それも、半年か一年ほども遅れて。ひとみは、レジに立っている二十四歳のおじいちゃんに訊いてみた。

「ビートルズは、これだけですか」

「あんまり出ないからね。ビートルズのレコード買うのは、ほら、ちょっと変わり者だから。売れるのはベンチャーズの十分の一ぐらいかなあ。でもね、このシングルはいいよ」

おじいちゃんが引っ張りだしてきたのは、「ロック・アンド・ロール・ミュージック」という曲のドーナツ盤だ。レコードをターンテーブルに乗せる。ジョンのシャウトが聞こえてきた。

「この声と演奏は、イカしてるね。もしかしたら、これは売れるかもね」

世界に遅ればせながらも、ブレイク前夜。それが日本のビートルズの一九六五年だった。

来日して日本中が大騒ぎになるのは、「来年」なのだ。

そうだ。一九六五年なら、あのボブ・ディランが全盛期のはずだ。

雑誌で読んだことがある。フォークシンガーのイメージのあったディランが、突然エレキギターを持って「ライク・ア・ローリング・ストーン」を歌い、大事件になった、というのが、たしか一九六五年だ。すでに「風に吹かれて」などの大ヒット曲で、洋楽ファンの間では神様扱いされるほどの絶大な人気を誇っていたはずだ。

ひとみはボブ・ディランのレコードを探した。シングルもLPも、一枚も見当たらない。

また二十四歳のおじいちゃんに訊いてみた。

「ボブ・ディランの、レコードって……」

「何ディラン？」

「ボブ・ディラン」

「どんな曲歌ってるの？」

「風に吹かれて、とか」

ああ、と言っておじいちゃんは、奥の方の棚から一枚のLPを取り出した。

『フォークソングのすべて』というタイトルのオムニバスのLPだった。

おじいちゃんがジャケットを裏返して、指差した。「この人？」

知らない歌手の名前がずらっと並んだ一番最後の、B面の六曲目。

「風に吹かれて」ボブ・ダイランと記されていた。

「他には、ないんですか」

「ボブ・ダイランが入ってるレコードは、ピーター・ポール&マリーの歌を歌ってる、これだけですねえ」

逆だよ、おじいちゃん。ピーター・ポール&マリーが、ディランの歌をカバーしているんだ。

ひとみは理解した。自分が知っている、頭の中の洋楽の「歴史」は、あくまでアメリカやイギリスでの歴史なのだ。日本の洋楽の「歴史」は、それとはだいぶずれている。

イギリスとアメリカで圧倒的な人気を誇っていた一九六五年のビートルズは、日本では「フランス歌謡」や「イタリア歌謡」ほどの人気にも及ばない、ようやくちょっとは認められてきた風変わりなバンドにすぎなかった。

同じく英米では神様とまで呼ばれていたボブ・ディランは、日本ではボブ・ダイランと呼ばれ、自分だけのレコードは一枚も発売されない、ほとんど無名の歌手だった。

ひとみが後追いで本やネットで仕入れた「英米」の洋楽の「公式的」な歴史の知識は、リアルな日本の実情にはまったく当てはまらず、あまりにも大きくかけ離れていた。

要領よく短くまとめられた「歴史」からこぼれ落ちているもの。それは、きっとほかにもたくさんあるのだろう。

それはたぶん、その時代の「空気」だ。

歴史の教科書や過去のことを書いた本の一行の記述の背後で、いったいどれほどの「空気」がこぼれ落ちているのだろう。

それは、もう死んでしまった人物に対する「イメージ」にもあてはまるだろう。

たとえば「今」から十五年後に、ニューヨークでファンに射殺されるジョン・レノン。

「未来」の私たちが持っているジョンのイメージは、どれほどほんとうのジョンに近いのだろうか。

「今」から二十年後に飛行機事故で死んでしまう坂本九。

「未来」の私たちが持っている坂本九のイメージは、どれほどほんとうの坂本九に近いのだろうか。

そして、「今」から二年半後に死んでしまう、円谷幸吉は……。

ひとみは少しでもほんとうの「円谷幸吉」を知りたかった。

ほんとう、というのがおこがましければ、一九六五年の空気の中に生きている、円谷幸吉を知りたかった。

今、ひとみは、普通なら絶対に吸うことのできない、その「空気」の中にいた。

いったい誰が、この「空気」の中に導いてくれたのだろうか。

「風に吹かれて」が流れてきた。

おじいちゃんが気を利かせてかけてくれたのだ。

ひとみの不安がほんの少しだけ、和らいだ。

店を出る前に、おじいちゃんに声をかけた。

「ビートルズがこれから出すレコード、いっぱい仕入れて大丈夫ですよ。ベンチャーズより、絶対売れるから。特に『イエスタデイ』はね。ありがとう。ずっとお元気で！」

表に飛び出した。空気を胸いっぱい吸い込んだ。

耳には、おじいちゃんがかけてくれた、あの独特のしゃがれた声がまだ残っている。

六月の風の中で、ボブ・ダイランが歌っていた。

たくさんの人が歩いている。

ひとみが生きていた「未来」から四十八年前の「今」が、目の前に、在る。

バス停でアイスキャンディーをなめているあの、二、三歳ぐらいの子供は、ひとみのいた「未来」には、五十歳。

郵便局のポストの前で、一瞬ためらいながら手紙を投函して走り去った、自分と同じ年齢ぐらいのあの女子高生は、ひとみのいた「未来」には、六十五歳。

履物屋の店先で五十歳ぐらいのどこかの主人同士が将棋を差している。ごま塩頭が勝ったようで、はちまきをした坊主頭が悔しがっている。勝った方も負けた方も、ひとみのいた「未来」には、もう多分、死んでいる。

カメラ屋の前では知らない女優が「私にも写せます」と笑いながら八ミリカメラを持っていた。化粧品屋の前には資生堂でもカネボウでもなく、「ロゼット洗顔パスタ」が山積みされている。黒子さん白子さんと書かれた見たことのないイラストが何か変だった。洋品店の前に貼ってあるレナウンのポスターの中で、さっきおじいちゃんのレコード屋で見たシルヴィ・バルタンが笑っていた。

須賀川で一番大きい旅館の虎屋は同じ場所にそのままあった。建物がずいぶん古めかしい。その横は須賀川信用金庫だ。四十六年後、ここは震災でつぶれて空き地になる。ずっと未来に空き地になるその信用金庫の隣に、大勢の人が集まっていた。

映画館だ。

こんなところに映画館があったのだ。タイル造りのファサードに「中央館」と刻まれている。巨大な看板が架けられていた。おどろおどろしい宣伝文句が踊る。

宇宙超怪獣キングギドラ、地球を大襲撃!

ゴジラ・ラドン・モスラと世紀の怪獣戦争!

入り口には大変な行列ができていた。よほど人気のある映画なのだろう。

看板に、知っている名前があった。

特技監督　円谷英二

須賀川が生んだ特撮の神様。彼の映画が、ふるさとの映画館で上映されているのだ。

いわば凱旋《がいせん》上映だ。行列ができて当然だった。

そのとき、後ろから声が聞こえた。

「並ばなくても入れるよ」

時計屋の前で出会った若い男だった。

「君、さっき伊藤の時計屋の前にいた娘だね。じっと看板見つめてるけど、そんなに観たいの。もし観たいんだったら、これ、あげるよ。並ばなくても入れる株主優待券」

男が白い歯を見せた。気持ちのいい笑顔だった。

男はひとみに優待券を一枚握らせ、大通りに戻った。

ここでこの人と別れてはだめだ。

「すみません」

呼び止めた男が立ち止まって振り返る。

「あの、もしよろしかったら一緒に観てくださいませんか。学校の規則で、ひとりで映画館に入っちゃいけないことになってるんです」

「お安い御用だ。実は俺も観たかったんだ」

男はみんなが並んでいる入り口を通り越し、別の扉を開けて入る。

女性従業員が、あら、良夫さん、こんにちは、と声をかけた。

「東京で観そびれちゃったんでね。けどひどいよな。この映画が東京で上映されたのは去年の十二月だよ。なんで映画作った英二の故郷の人たちが、半年も待ちぼうけして観ないといけないの」

「半年でも早い方なんじゃないの。最初のゴジラなんか、一年以上待ったんだから。英二さんもだいぶ有名になったんで、これでも融通きかせてくれてんだよ」

この時代、映画が「全国同時上映」なんてことはありえなかったのだ。まず東京で上映され、その後にフィルムが全国を巡回していくシステムだったのだろう。

ロビーから扉を開け、客席を見て驚いた。

座席が急な下りのスロープになっていて、映画が上映されるスクリーンが、ずっと底にあるのだ。まるで地下二階か地下三階建ての建物に入ったような感覚だ。

「この映画館はね、坂の傾斜の上に建っているんだよ。入り口は馬ノ背の上で、スクリーンは、馬ノ背の底だ。須賀川らしいだろ。須賀川東映、大映の須賀川座、洋画のピオニ座、そして中央館と、須賀川には映画館が四つあるけど、俺はこの映画館が一番好きだ」

坂の斜面に建つ映画館。たしかに須賀川らしい。

ひとみのいた「未来」には、もう須賀川の町に映画館は一軒も残っていなかった。

この町に昔は映画館が四軒もあったということにも驚いた。

館内が暗くなり、映画が始まった。

スクリーンに東宝のマークが映し出される。続いて監督の名前。その次に技術スタッフ、そして俳優の名前。たくさんの名前が延々出た後、一拍置いて、

特技監督　円谷英二

その名前が出た瞬間、びっくりするほどの割れるような拍手が起こった。

有名な俳優たちの誰よりも、この須賀川の映画館では故郷が生んだ「円谷英二」が、観客たちのヒーローなのだ。

ひとみはゴジラの映画を生まれて初めて観た。

スクリーンの中のゴジラはひとみが持っていたイメージとはかなり違っていた。街を破壊し尽くす恐ろしい怪獣、というのではなく、ゴジラは、宇宙からやってきたキングギドラという三つの頭を持つ怪獣から人類を救うために、他の怪獣たちと協力して戦うのだった。

そんな優しいキャラのゴジラには肩すかしをくったが、一時間半ほどの映画は退屈することなくじゅうぶんに面白かった。

併映はクレイジーキャッツというコミックバンドが主演の映画だった。

「出るけど、どうする?」男が訊いた。

「私も出ます」

満足顔で映画館を出る人の波に乗って大通りまで出た。

「ありがとうございました。面白かったです」

「じゃあ」

このままこの人と別れたのでは何もならない。

「あの……良夫さんは、円谷幸吉さんと、お友達なんですね」

「ああ。同じ高校で駅伝仲間だ」

「幸吉さんと、会わせてもらえませんか」

男が片眉を上げた。

「すみません。ぶしつけなのはよくわかってます。ごあいさつが遅れましたが、私、円谷ひとみと申します。あの宮先町のレコード店の……親戚です」

そこだけ、ウソをついた。

「なんで幸吉に会いたいの？」声には疑念と拒絶の色が含まれている。

「ひさしぶりに故郷に帰ってきたあいつを、あんまり疲れさせたくないんだ」

どう言おうか。この人にどう言ったら、幸吉さんに会わせてもらえるだろうか。

突然、あの言葉が口をついて出た。

「野生的な実力は、野生の中に生まれる」

「なんだって？」

「幸吉さんの言葉です。野生的な実力は、野生の中に生まれる。いい言葉だと思いませんか」

「どうして、君は、その言葉を？」

ほんとうのことは言えない。

「陸上競技マガジンか何かのインタビューで、そう言っているのを読みました」

とっさのウソだった。

「君は、陸上をやってるの」

「はい。それで、幸吉さんに、いろいろと訊きたいことがあって」

「どんなこと？」

ひとつだけ、言うことにした。

「空のことです」

「空のこと？」

「東京オリンピックのあのレースで、幸吉さんは国立競技場を出た後、一瞬、空を見上げるんです。あの大事なレースの最中に、幸吉さんは何を見上げたのか。あの空に何があったのか。それを私は知りたいんです」

良夫はしばらくひとみの顔を見つめて考えていた。

「君、ちょっと変わってるね。コーキと話が合うかもしれないな。ついてきな」

コーキ。それが円谷幸吉のニックネームのようだった。

映画を観終わった客が口々に感想を言い合っている。

「やっぱり、円谷英二さんは、すごいねえ」

そこで初めて良夫が言った。

「英二さんは俺の従兄弟なんだ。親父の姉の息子さん」

そうだったのだ。

「学生の頃は、世田谷の英二さんの家に居候してたんだ」

私も、遠い親戚です。それは言わないでおくことにした。

良夫は先を歩きながら鼻歌を口ずさんだ。

坂本九の「ステキなタイミング」だった。

「坂本九さん、お好きなんですか」

良夫は振り返ってひとみに言った。

「俺じゃないよ。コーキが好きなんだ」

瞳のない顔

小さな喫茶店の名前は「大東屋」だった。

ひとみは一度も入ったことはないが、この店の前は何度も通ったことがある。といってもそれは四十八年後の「未来」の話だ。「大東屋」は円谷英二の親戚がやっていると父から聞いたことがある。

良夫がドアを開ける。後ろについてひとみも中に入る。

カウンターの中に三十歳前後の女性がひとり。テーブルは三つあるが、客はカウンターに二十代半ばぐらいの男がひとりだけだった。男はミックスジュースを飲んでいた。

「いらっしゃい。……なんだ、良夫なの」

「英二さんの映画、観て来たよ」

「どうだった？」男が訊く。

「笑ったよ。三つ頭の、龍の怪獣みたいのが出てくるんだけど、あの怪獣の頭、ありゃ、須賀川の稲荷町にある朝日稲荷神社の狛犬《こまいぬ》の顔だ。英二さん、あの怪獣は絶対あの狛犬イメージして作ったね」

良夫が言う朝日稲荷神社の狛犬はひとみも知っていた。奥州街道沿いにあるこの神社は須賀川ではずいぶん有名で、春に咲く桜が見事だった。ひとみも家族や友達と何度か行ったことがある。メモリアルホールで観た少年時代の幸吉の映像もこの神社で撮られていた。朝日稲荷神社は東日本大震災で最も大きな被害を受けた神社のひとつでもあった。

夏休み前にたまたま通りがかったが、お堂は崩れたままで放置され、立ち入り禁止のテープで囲われたままだ。鳥居も崩れ、良夫の言う狛犬も、震災から二年半近く経っても無惨に地面に転がったままだった。

「ゴジラはどうだった？　迫力あった？　怖かった？」

カウンターの女性が訊いた。

「それだよ。なんだかなあ。もともとゴジラってのは、水爆実験の結果現れた怪獣だろ。人類にとってはとんでもない鬼っ子なんだよ。それが今回は、人類の平和のために戦うんだ。俺は、そんなゴジラは、はっきり言ってヤだな、最近やたら宣伝されてる『原子力の平和利用』みたいでな。東京電力が浜通りに福島第一原子力発電所を作るのはもう時間の問題だろ。用地の買収は終わってるし、おそらく今年中には正式に決まって、来年から建設が始まるだろう」

「原子力発電所ができれば、大熊町や双葉町は仙台みたいに発展するって」

「しないよ。東電はなんでこんなへんぴなところに作るんだ。事故の心配があるからだよ。事故になったら、それこそゴジラ登場どころの騒ぎじゃないよ。ゴジラは海に帰ってくれたけど、事故の被害はずっと未来まで居座るんだ。『ゴジラ』が人類の味方、だなんて、気持ち悪い。まやかしだよ」

「今回はずいぶん英二さんの作ったものに厳しいんだね」

「俺は英二さんの作る映画は大好きなんだ。だから、ゴジラは、あのゴジラのままでいてほしかったんだ。姉さん、あとはやっとくから奥で休んでなよ」

「なんでよ。私だってひさしぶりに、ゆっくり話したいのよ。さっきまでね、初めてこのお店に来た時、座った途端に椅子を壊した話をして、二人で大笑いしてたところよ」

「その話はもう勘弁してよ！」

カウンターに座っていた男がすっとんきょうな声をあげた。

人懐っこい表情で笑う。

短く刈り込んだ頭。そしてきれいな耳……。

円谷幸吉だった。

メモリアルホールで見た、コアラを抱いて大笑いしている写真と同じ笑顔だった。

その笑顔に良夫の表情も途端にほころんだ。

「あれはすごかったよな！　コーキが座った途端、椅子が、ドカ〜ンって！」

「まるでテレビのお笑いよ。ほら、クレイジーの……」

「シャボン玉ホリデー」

「それ！」

「誰も気づいてないけど、コーキはコメディアンの才能あるよ。あのときの情けない表情は、そこらのコメディアンより、よっぽど笑えたぜ。コーキ、自衛隊やめて、コメディアンになれよ。走れるコメディアンだよ。いいねえ！」

「でも、俺はどっちかというと、ホントは歌手がいいんだ」

「じゃあ、歌って走れるコメディアンを目指せ。おまえ、九ちゃん大好きだろ」

「似てるってよく言われるんだよなあ」

「ほんと、幸吉さん、九ちゃんとそっくりよ」

「いっそ九ちゃんとコンビ組めよ。九ちゃん、コーちゃん」

「デュエットでレコード出したらどう？」

「上を向いて走ろう」

「それはあぶないって」

三人は大笑いする。

ひとしきり笑った後、良夫のお姉さんがようやくひとみがいることに気づいてくれた。

「ごめんなさいね、こっちばかりで盛り上がっちゃって。何、飲む？」

「アイスコーヒーをいただきます」

ずっと笑い続けている「コーキ」と目があった。

不思議だった。

円谷幸吉が生きていた時間、ひとみはまだ生まれていない。

ひとみが生きている時間、円谷幸吉は、すでに死んだ人だった。

こうして一緒にいることは、あり得ない。

人は「あり得ないこと」を「夢みたい」と言う。しかしひとみは初めて知った。

「あり得ないこと」は、全然「夢」に似ていない。

たしかすぎるほどの質感で、今、ひとみは喫茶「大東屋」の椅子に座り、ざわめく町の音を耳で聴き、あの円谷幸吉と視線を交わしている。

「そうだ、この子、宮先町のレコード屋さんの親戚の娘さん」

「ああ、あそこも円谷《つぶらや》さんでしょ。きっと私たちと遠い親戚よ」

「そうだ。おい、コーキ。お前のお客さんだ。この娘《こ》が、お前と話したいんだって。彼女も、陸上やってるんだ」

幸吉は急にあらたまって立ち上がり、丁寧に深々と頭を下げた。

「はじめまして。陸上自衛隊三尉の円谷幸吉と申します」

「円谷ひとみです」反射的に頭を下げた。

立ち上がった幸吉を見て、ひとみは驚いた。

想像していたよりも、ずっと身長が低い。ひとみと、十センチほどしか違わない。

おそらく百六十五センチないはずだ。

「コーキ、固い挨拶は抜きだ。テレビや講演会じゃないんだから。いつものコーキでいいんだよ。まあ、座れよ」

それじゃあ、お言葉に甘えて、と幸吉は座り直し、

「ひとみって、とてもいい名前だね。いつから陸上やってるの？」

ぐっとくだけた感じで訊いてきた。ひとみにはその方がずっとありがたかった。

その声はやわらかく、初めて聴いたはずなのにどこか懐かしい感じがする。緊張していたひとみの心が、さっとほぐれた。

「小学生から始めて、中学を卒業した時に一度、やめました。今、高校二年なんですけど、二学期から、また始めようと思っています。少し遅いと思うんですが……」

「大丈夫だよ。ぼくも陸上始めたのは、高校二年の二学期からだ。ぼくと同じじゃないか」

「高校二年の二学期までは、何をやってたんですか？」

「剣道やったり、珠算やったり、速記やったり。ほんとに、いったい、何をやりたいのか、自分でも全然わからなかった。高校二年の十七歳まではね」

ひとみは驚いた。あのオリンピック選手の円谷幸吉が、今のひとみとまるで同じだった。

「ほんと、なんにも続かなかったなあ」良夫が笑う。

「そんな時、喜久造兄さんに誘われたんだよ。走ってみるかって」

「いいタイミングだったんですね」

「そう。まさにタイミングだよ。ひとみさんは、どうして、またもう一度陸上始めようと思ったの？　そのタイミングは、何？」

ひと言で答えるのは難しかった。ひとみの背中を押した大きなタイミングがあった。ほんとうのことをすべて言いたかった。この人には、全部話さなければならない。そんな気がした。ただ、どこから話し始めていいのか、わからなかった。

いろいろ考えたあげく、あの夏の日のことを言うことにした。

「円谷幸吉さんの東京オリンピックのレースを観た後、国立競技場に行ってみたんです。その時、はっきりと思ったんです。私もここで走りたい。オリンピック選手として」

「オリンピック選手として？」

「はい。本気でそう思ったんです。笑われるかもしれませんが」

「笑わないよ。ぼくも同じだったんだから」

「幸吉さんも？」

「あれは、昭和三十六年六月の日本選手権だった。ぼくは生まれて初めて、国立競技場のトラックに立ったんだ。東京オリンピックの三年前だね。もちろん東京でオリンピックが開催されることはもう決まってた。その日は五〇〇〇メートルに出場したよ。決勝は夕方でね。照明灯に灯が入ると、緑の芝生と煉瓦色のアンツーカーが映えて、なんてきれいなんだと思いながら走ったな。レースはぎりぎりなんとか六位入賞だった。そのときの気持ちを、はっきりと覚えてる。三年後、自分はこのトラックにもう一度立ちたい。オリンピックの選手として、この美しい競技場に立ちたいって。自分が初めてオリンピック選手になりたいって本気で思ったのは、あの日だったな。びっくりしたよ、ひとみさんも同じなんだな」

びっくりしたのはひとみの方だった。幸吉にそう言われ、飛び上がりたいほどうれしかった。

「で、ひとみさんの目指す種目は何？」

「幸吉さんと同じ、マラソンです」マラソン？　トラック競技じゃなく？　答えた自分でも驚いた。

「マラソンは男子の競技だよ」幸吉が笑った。

「えっと……次の次のオリンピックから、女子マラソンが正式種目になる動きがあります」

口からでまかせだった。女子マラソンが正式種目になるのは八四年のロス五輪からだ。

「最近の女は強いから、あり得ない話じゃない」良夫さんが援護してくれた。

「マラソンを走ったことあるの？」

「いいえ。中学の時まで八〇〇メートルの選手でした」

「ぼくもトラックからマラソンに転向したんだよ。これからはスピードのあるトラック選手の方がマラソンには有望だと強くぼくを推してくれる人がいたんだ。今後はますますそんな時代になるよ。ただ、君はまだ高校生だろ？　まずは、五〇〇〇メートルでいいタイムを出すように努力した方がいい。五〇〇〇メートルでいいタイムを持っていれば、マラソンは五〇〇〇メートルのタイムプラス九十秒で、それをつなげていけば走れる。それができれば、オリンピックに出られる選手になるよ」

「本当ですか」

アドバイスは具体的だった。しかもアドバイスをしてくれているのは、あの円谷幸吉なのだ。ひとみはそう思うだけで大きな力が身体から湧き上がるのを感じた。

あの日見上げた東京の空がよみがえった。

そうだった。訊きたいのは、「空」のことだった。

「さっき、皆さんで冗談で、『上を向いて走ろう』って、おっしゃってましたよね。でも幸吉さんは冗談じゃなく、あの東京オリンピックのレースで、国立競技場を出た後、空を見上げて、走っていましたよね」

「そんなことあったの」良夫が訊く。

「私が観たのは、オリンピックの記録映画です。幸吉さんは、確かに空を見上げながら、走っていました。そして、微笑んでいました。幸吉さん、あの時、走りながら、何を見上げていたんですか。あの空には、何があったんですか」

幸吉の驚きがはっきりとわかった。

しばらくの沈黙の後、彼は静かに口を開いた。

「今まで、東京オリンピックのあのレースのことは、数えきれないほど訊かれてきたよ。そのほとんどは、あのヒートリーとのことだった。ヒートリーの足音は聞こえていませんでしたか。なぜあの時振り返らなかったのですか。大観衆の『抜かれるな』の声は聞こえませんでしたか。その後は、決まってメキシコオリンピックのこと。メキシコで銅以上のメダルを獲る自信はありますか。体調はどうですか……。ひとみさんのような質問をされたのは、初めてだよ」

「つまらんこと訊きそうな娘なら、俺が連れてこないよ」良夫が言った。

「ひとみさん」

ひとみの眼をまっすぐに見つめて、幸吉が訊く。決して厳しい眼ではない。

「その答え、どうしても知りたい？」

「はい」

「ぼくは明後日の朝まで須賀川にいるけど、ひとみさんは、いつまで須賀川にいるの？」

訊かれて初めて気がついた。自分はいつまで、この「世界」にいるのだろう。いや、そもそも、もといた世界に「帰る」ことができるのだろうか。帰れる、という保証はどこにもなかった。すべては不確実だった。ただ、確実なことがひとつあった。目の前の幸吉は、あと二年半後に、自ら命を絶ってしまう。

「どうかした？」

「いえ、なんでもありません」咄嗟に答えた。「私も、明日まではいます」

自分は、こうして幸吉さんに会うために、きっとこの世界にやってきたのだ。でなければ、こんな不思議なことが、起こるもんか。ひとみは考えた。私がこの世界にやってきた理由は、円谷幸吉と会うため？　だとすれば、自分はもしかしたら、幸吉の自殺を止めることができるかもしれない。そんなことができるのだろうか。もしできるとしたら、世界は、未来は、どう変わるのだろうか。

「よし。じゃあ、ひとみさん。ぼくが日本の女子マラソン選手第一号のひとみさんをコーチしてあげよう。明日、ぼくと一緒に走ろう。さっきの答えがわかるか、わからないかは、走ってからだ。どう？　走る？」

「お願いします！」

「うちの家、知ってる？」

「わかります。大町の坂を下りた二股の辻……」幸吉の生家は須賀川では有名だった。

「じゃあ、明日、朝、五時。二股の辻で」

「はい。必ず伺います」

「そうと決まれば」幸吉は立ち上がった。その背中に良夫が声をかける。

「コーキ。時計を直してもらえよ。伊藤のじいさんのところだ」

「ああ、そうだった。寄ってみるよ」

★

これから顔を出さないといけないところがたくさんある、と幸吉は言い残して店を出た。

考えてみれば当たり前のことだった。いくら休暇で故郷に帰ってきたといっても、今や円谷幸吉はオリンピックの銅メダリストだ。みんなが幸吉に会いたがっている。

そんな幸吉が、自分のために時間を割いて走ってくれるという。なにもかもお膳立てしてくれたのは、良夫さんだ。

「良夫さん、ありがとうございました。幸吉さんと一緒に走れるなんて」

「コーキに気に入られてよかったな。実はちょっと心配してたんだ。コーキは見てのとおり陽気なヤツなんだが、こと公の場所や女性の前に出た途端、おとなしくなるんでね」

幸吉のいなくなった喫茶店で、ひとみはようやく気持ちに余裕ができた。

ゆっくりと店の中を見渡した。

よく見れば、喫茶「大東屋」はなかなか落ち着いたいい店だ。

壁に、不思議な絵がピンで留めてあった。異様に細長い、女性の顔の絵だった。

これとよく似た絵を、ひとみは中学の美術の教科書で見たことがある。

その名前を、うまく思い出せなかった。良夫がひとみの頭の中を見透かすように答えた。

「モディリアーニだよ」

そうだ。たしか、そんな名前だった。

モディリアーニという画家が描く女性の顔に、ひとみもどこか惹かれるものがあった。

「この顔、なんだと思う？」

何を訊かれているのか、わからなかった。

良夫は傍らにあったモディリアーニの画集を取り出し、ひとみに手渡した。

そしてまた別の質問をしてきた。

「モディリアーニの描く女性の顔には、瞳が描かれてないだろう？　なぜだと思う？」

確かに画集の中の女性には、どの女性にも瞳がない。

細長い顔。瞳のない顔。ひとみには答えがわからなかった。

「それはね。モディリアーニが、野生に憧れていたからなんだ」

「野生？」

「この顔はね、アフリカの仮面なんだよ」

「アフリカの、仮面？」

「彼の野生に憧れる心をとらえたのが、アフリカの原始美術の、仮面だったんだよ」

良夫はコーヒーを一口啜ってから続ける。

「モディリアーニは、アフリカの仮面に原始的な美しさを見いだしたんだ。仮面には、瞳がないだろ？　それこそが、原始の美。野生の美、なんだよ。だから彼の描く女性には瞳がない。ぼくも、瞳のない顔に、たまらなく惹かれるものがあるんだ。なぜならね。瞳のない顔は、外の世界を見ていない。その人の、内面を見つめているからなんだよ。文明人は、世界の『外』を見ることしかできない。でも、ほんとうに大切なことは、きっと外からは見えないこころの『中』にあるんだ」

そういって、良夫はスケッチブックを見せてくれた。

「これがぼくのイメージする野生の美、瞳のない顔だよ」

不思議な顔がいくつも描かれていた。細長い顔があり、円い顔があった。

円い顔は、どこかで見たことのある絵だった。

思い出した。

あの万博の「太陽の塔」の顔だ。

あの大きな顔にも、たしかに瞳はない。

しかし、奇妙だ。

太陽の塔がシンボルとなった万博はたしか、一九七〇年。今は一九六五年だ。

良夫が太陽の塔を知っているはずがなかった。

しかも、太陽の塔のデザインは、岡本太郎という人じゃなかったっけ。

「ひとみさん、君にお願いがあるんだ。ぼくの絵のモデルになってもらえないか」

「絵のモデル？」

「ひとみさんの鳶色《とびいろ》の瞳を見ていると、瞳のある女性を描いてみたくなったんだ」

良夫さんには恩がある。あの円谷幸吉さんを紹介してくれたのだ。

「いいですよ。喜んで」

「じゃあ、そこに座って」

良夫はクレヨンの箱を取り出した。

★

いったい何時間ぐらい、良夫のモデルを務めていたのだろう。

気がつくと、六月の長い陽がすでに翳《かげ》りを見せていた。

「ずいぶん引き止めちゃったね。ありがとう。いつか君をモデルに、彫刻も作ってみるよ。タイトルは、『瞳』にしよう」

「ありがとうございます。でもタイトルはもしよかったら、心の瞳、でお願いします」

「心の瞳か。まさにモディリアーニだな。わかった。そうするよ」

「あの、コーヒー代」

「そんなの、いいよ」

「映画も観せてもらったのに」

「せいぜい映画が面白かったと宣伝してくれ。英二さんのために」

この円谷良夫という人にまた会うことはあるだろうか。ぜひ伝えておきたいことがあった。

「良夫さん、さっきのデザイン」

「え？」

「さっき見せてもらった、太陽の塔……じゃなくて、なんかちょっと原始的で奇妙な顔のデザインです。私、あの顔、大好きです。なんていうか、野生っぽくて」

「ああ、ありがとう」良夫は笑った。

「そのデザイン、絶対ウケると思います」

「そうかな」

「いつか、日本人なら誰もが知ってる顔になりますよ」

「まさか」良夫が笑う。やはりこの人の笑顔は気持ちがいい。

「ただ……」良夫から笑みが消え、ふと真顔になった。

「文明は、きっと近い未来に、大きなしっぺ返しを食らうよ。その時だろうな。日本人が、人類が、見えないものを見るための『心の瞳』を必要とするのは」

別れ際に良夫が言ったその言葉が、ひとみの心にいつまでも残った。


「大東屋」を出たひとみには帰るところがなかった。レコード店の祖父のところに行く訳にもいかない。孫だ、といっても、気味悪がられるだけだ。

その時、朝に出会った、あの老人のことを思い出した。

走って行こうとするひとみをわざわざ呼び止めて、老人は声をかけてくれた。

「慣れない町で慌てると、あぶないよ。気をつけなさい」

自分は宮先町のレコード屋の娘だと名乗ったのにもかかわらず、老人はひとみにとってこの町が「慣れない町」であることを知っていた。

まるでひとみが、この「ねじれた時空」の中に迷い込んだことを知っていたみたいだ。

考え過ぎだろうか？　しかし、今大事なことはその答えを詮索《せんさく》することではなかった。

釈迦堂川の向こうの西の空はまだわずかに明るさを留《とど》めていたが、すでに時計店の灯は落ちていた。

「すみません、朝、お店の前で出会った円谷と申します」

店の灯が点《つ》いて、格子の戸が開いた。

「やっぱり戻ってきたか」

「あの……」

「話はあとにしよう。腹、減ったろう。晩飯の用意ができてるよ。食ったら、風呂に入りなさい」

何の事情も訊かず、老人はひとみを招き入れた。

生まれて初めて入る釜のお風呂は熱くて心地よかった。これが「五右衛門《ごえもん》風呂」というお風呂なんだ。洗面所には着替えの浴衣まで用意されていた。

「すみません。何から何までお世話になって」

「いいんだよ」

「おじいさん、ご家族は」

「一人暮らしだ。女房は十年ほど前に逝ってね。二人の娘は随分前に嫁いでったよ。時計の修理をしてりゃ、ひとりぐらいはなんとかなるさ。まあ俺が死んだらこの店は終わりだ」

「九十年続いているって、すごいですね」

「九十年というのは、時計屋を始めてから、の話だな。うちの先祖の伊藤家はもともと須賀川城主二階堂家と同じく、安積《あさか》郡、今の郡山の一部を任された一族でな。天正十七年、一五八九年に伊達政宗に敗れて、農民になった。それからおよそ百年後、天和《てんな》二年、一六八二年だから、今から二百八十三年前だな。須賀川に出て、薬種商になったんだ」

「ヤクシュショウ？」

「薬草を扱う薬屋だ。さらに三代くだった伊藤祐倫《ゆうりん》の代に、牡丹の根を薬用にすることを思いついて、苗木を摂津の国山本村、今の宝塚から持ち運んだんだ」

「宝塚から？」

「そうだ。八百キロも離れた摂津の国に中国から入った牡丹があることを祐倫は誰かから聞きつけ、往復千六百キロの旅に出たんだ。当時としては、大変な旅だったと思うよ。これが、須賀川のあの有名な牡丹園の始まりだよ。明和三年、一七六六年だ。そこからまた百年余りして、時計屋に鞍替えしたのが明治八年だ。その三年前に、須賀川に郵便取扱所ができた。祖父は用もないのにわざわざ見に行ったそうだ。郵便は決まった時間に集配をしなければならないということで、取扱所には外国製の八角時計が架けられていた。当時、時計なんか庶民は誰も見たことがなかった時代だ。祖父は、これからは誰もが否も応も無く『時計』と暮らす時代が来る、と直感して、時計屋を始めたんだ。つまり、伊藤家は、おおよそ百年刻みで、武士、農民、薬種商、時計屋、と世の移り変わりとともに渡り歩いてきたというわけだ」

ひとみが一番印象に残ったのは牡丹の話だった。

「須賀川の牡丹園の牡丹は、宝塚から運ばれたんですね。宝塚には、親友が住んでいます。須賀川とはそんなゆかりがあったんですね」

「ところであんたは、どこからやって来たんだ」

「私は、あの、宮先町の……」

「いや、いつの時代から、という意味だよ」

「いつの時代？」

「ごくたまに、あの路地からあんたのような人が迷い出て来るんだ。『今は、いつですか』ってね」

やっぱりこの人は、全部知っていたんだ。

「二〇一三年からです」

「四十八年後、か。およそ半世紀だな。須賀川も、ずいぶん変わってるだろうな。この店は、もうないだろう」

一瞬、どう答えようか迷ったが、正直に答えることにした。

「はい。でも、清水湯は、まだあります」

「そうか。あそこは、卓造《たくぞう》という息子がいるからな」

「私、あの清水湯の裏の、大きなケヤキの洞《うろ》の中で気を失って……」

「ケヤキ、か」

老人は、箪笥《たんす》の引き出しから古い写真を取り出した。

あのケヤキのたもとに、つるつるの坊主頭の男が立っていた。

「親父だよ。腕のいい時計職人だった。あのケヤキが好きでね。仕事に根を詰めて、眼が疲れたら、ケヤキの葉を見上げに行ってたよ。ある日の朝、樹を見に行ってくると言ったきり、帰ってこなかった。今頃は、どこを彷徨っているのか。親父が戻ってきた時のために、この時計屋は続けておきたかったが、どうやら、その日は来ないようだな」

老人はさびしそうに笑った。

「私はね、突然、家から姿を消した親父の気持ちが、今になってふっと解《わか》るような気がする時があるんだ。毎日毎日、時計をいじくってるとね、時々、おかしな気分になるんだよ。この、時、というのは、いったい何だ。そんな考えなくてもいいことを考えるんだ。ルーペでのぞいてみれば、それはただ、小さな部品が連動して規則正しく動いているだけのことじゃないか。しかし、それはただそう見えるだけで、実体は、何もない。砂時計があるからといって、時に砂のような実体があるわけじゃない。それと同じだ。この、時、という得体のしれない、眼に見えない鎖にしばられている人生って、いったい何なんだ。その鎖から自由になりたい。そんな詮無き衝動に駆られる時があるんだよ」

柱時計の鐘が鳴った。八つ打って、鐘は止まった。

鐘が鳴り終わると、静けさは、いっそう濃くなった。

「そういえば、今日の夕方、幸吉さんが、時計を修理してほしいと置いていったよ」

「あれから良夫さんに幸吉さんを紹介してもらいました。明日、一緒にランニングしてくれることになってるんです。私も、円谷、という姓なんです」

「円谷というのは、不思議な名前だな」

「そうですか。全国的には珍しいですけど、須賀川には、よくある名前ですよね」

「時計の文字盤が円いのはどうしてだかわかるかね」

「わかりません」

「時、というのは、まっすぐに進むんじゃない。円環のように、ぐるぐると同じところを回っているんだ。われわれ人間は、その円環から、決して逃れることはできない。円環の牢獄の中にいるんだよ。けれど、人生の一瞬、ふっと、その円環から、自由になれる気がすることがあるんだ。きっと親父は、その一瞬のタイミングを捉えたんだな」

「タイミング？」

ひとみはユカに貸してもらったあの本を思い出した。

『失われた時を求めて』。

紅茶に浸したマドレーヌを口にした瞬間、それまで閉じ込めていた幼い頃の記憶が一気によみがえる、あの一連の文章の中に、うろおぼえだが、こんな一節があった。

失われた時を思い浮かべようとしても無駄だ。「それ」は思いもよらない場所に隠れている。「それ」にわれわれが死ぬ前に出会えるか出会えないかは、結局のところ、タイミング次第なのだ。

「人は、過去に戻ることができるものですか」

「『戻る』という言い方が、ほんとうに正しいかどうかわからない。ただ、私は思うんだ。過去というのは、すべて今の中にある。その証拠が、星空だ」

「星空？」

「星の光だ。星から届く光は、『今』の光じゃない。今からずっと昔、その星から地球に光が届くまでの年数。たとえば、光が届くまでに七年かかれば、その星を光らせているのは、七年前の光だ。これが百年かかれば、百年前の光。五百年なら、五百年前の光だ。円谷さん、あんたはいくつだ？」

「十七歳です」

「十七光年のかなたにある星の光。あんたが生まれた『時』が、今、この宇宙に存在している。同じように、過去のすべての時間が、今、この宇宙に在るんだよ。そしてタイミングを捉えれば、人は時の円環から自由になれる。過去はすべて『今』の中にあるんだから」

「そのタイミングというのは、『偶然』ということですか」

「『偶然』ではないんだ。『必然』なんだ。宇宙には宇宙の法則がある。それは不変の法則だ。生死の運命もまた、宇宙の法則だ。変えることはできないんだ。この時空にも歪みはあるんだが、きっとその歪みも、抗《あらが》いようのない宇宙の法則に則《のっと》っているんだ。あんたがこの昭和四十年に来たのなら、それは宇宙の法則による、なんらかの理由があるんだよ。決して抗うことはできないんだ」

ひとみの理解の範囲を超えていた。

「明日の朝は早いんだろう」

「はい。五時に、二股の辻に」

「もう寝た方がいい。私は二階で寝るから、あんたはこの居間で寝なさい。布団は縁側の押し入れの中に入ってる。少々柱時計の音がうるさいかもしれないが、それは我慢してくれ。それから、ひとつ約束してくれるかね。明日の朝、挨拶はいらない。裏の木戸を開けておくから、そっと出て行ってくれたらいい」

「どうしてですか」

「私も父の後を追いかけてみるつもりだ。円環の鎖から離れて永遠の旅に出かけるんだ」

「永遠の旅？　過去への旅ですか」

「いいや。見たいのは過去じゃない。未来だ。須賀川の、福島の未来だ。決して今のままではあり得ないだろう。大きな苦難が待ち受けているかもしれない。その時どのような姿で、このふるさとがたくましく生きながらえているか。それを知りたい。かつて伊藤家が、百年ごとの時代の困難を乗り越えて、図太く生きて来たようにね」

朝に来た人

目が覚めた瞬間、ひとみは自分がどこにいるのかわからなかった。

うすぼんやりとした意識の中で、どこか暗い部屋の中にいることだけがわかった。

自分は、今、自分の人生の中のいつ、どこの部屋にいるのだろう。

まるでユカから借りた『失われた時を求めて』の、冒頭の主人公と同じ気持ちだった。

柱時計の打つ音が聞こえた。四つ。それで了解した。

昭和四十年の、伊藤時計店の、居間。

いつ眠ったのだろう。柱時計が一時を打ち、二時を打ったのを覚えている。つまりは二時までまったく眠れず、まんじりともせず布団の中に身を横たえていた。三時の鐘の音だけが記憶になかった。

老人は二階で寝ているのだろうか。起きているのだろうか。

それとも、ほんとうに、円環の外に旅立ったのだろうか。

ひとみは老人との約束どおり、何も声をかけず伊藤時計店の裏の木戸を開けて表に出た。

表に出ると、すでに東の空が明るみを増していた。

約束は、午前五時。

ここから馬ノ背をゆっくり歩いていったとしても、二十分もあれば二股の辻に着くだろう。

ひとみは馬ノ背を長禄寺の見える西に下り、奥州街道を通って旭ヶ丘公園の中にある朝日稲荷神社を回ってから幸吉宅に向かうことにした。昨日映画館で観《み》た、あの三つ頭の怪獣のモデルだと良夫さんが言った狛犬《こまいぬ》を見たかった。

日の出前の奥州街道に、ほとんど人通りはなかった。朝日稲荷神社の赤い鳥居が見えた。

朝もやの中で、鳥居の下の狛犬は台座の上に乗って吠《ほ》えていた。

あらためてみればあのキングギドラに似ていないこともなかった。

幼い頃の円谷英二が、この狛犬を眼《め》に焼き付け、あの怪獣としてよみがえらせたのか。

「今」は、ウルトラマンがまだ地球上にいない昭和四十年。

翌年、英二はあのウルトラマンを世に生み出すのだ。

神社の本殿の脇には古びた瓦葺《かわらぶ》きの能楽堂がある。

ふと見上げると、高い屋根の上に狐《きつね》がいた。

狐は逆立ちしている。よくみるとそれは瓦と同じ素材で作られた飾りものだった。

きっと昔の瓦職人の遊び心だろう。ひとみは妙にリアルで愛嬌《あいきょう》のあるその姿に微笑《ほほえ》んだ。

その瞬間、狐が、揺れた。

地震だった。

揺れはすぐに収まった。

ひとみは狛犬が倒れていないか確認した。狛犬は無事だった。それから二股の辻に急いだ。

二股の辻が見えてきた。ランニング姿の男が、坂をゆっくりと上ってきた。

円谷幸吉だった。

「おはようございます」

「おはよう。ひとみさん」

ランニングウエアに着替えた幸吉は、普段着の昨日とは明らかに違う空気を帯びていた。はっきりとわかる。それはメダリストの空気だ。世界中で、多くの人がそれを目指すが、ほとんどの人が届かない、見ることのできない世界を見ることができた人だけが放つ空気。

メダリストは宇宙飛行士に似ているとひとみは思う。この人は、走る、ということで、どんな「宇宙」を見てきたのだろう。可能ならばその「視界」を自分のものにしたかった。

「さあ、さっそく走りましょうか」

「幸吉さん、敬語はやめてください。今日は私のコーチなんですから、さんもいりません。ひとみと呼んでください」

「よし！　じゃあ、ひとみ！　ひとっ駆け、するか！」

「はい！　お願いします！」

「狸森《むじなもり》まで走るぞ」

狸森。それは須賀川の東のはずれの森だった。二股の辻からだとおよそ八キロの道のりだ。

狸森の広大な森の大部分は、ひとみが生まれた未来にはすでにない。

狢《むじな》を追い払い、木を伐り、山を崩し、崩した山頂を台地状にしてその上に滑走路を引き、森は「福島空港」に生まれ変わった。

ひとみが生まれる三年前、一九九三年のことだ。

幸吉が大地を蹴《け》って駆け出した。ひとみも蹴った。後を追った。

幸吉のスピードは速い。ひとみは必死でついてゆく。なだらかなアップダウンが続く。坂を一つ越えるごとに、朝の光は力を増した。複雑な色合いの空はやがてくっきりとした夏の青に染め上げられてゆく。坂道の両側には果樹園が延々と続く。ここはひとみが幼い頃から知っている風景と同じだ。何も変わっていない。ただ果樹園を貫く路面だけが違っていた。今、ひとみが踏みしめる道は舗装道路でなく、でこぼこの砂利道か完全な土の道だった。車の轍《わだち》も判然とせず、雑草が生えている。ところどころに大きな穴が口を開けている。雨が降ったのだろう、穴は大きな水たまりになっていた。

幸吉は水たまりを飛び越える。ひとみもその後を飛び越える。水たまりには空が映る。

ふたりは空を飛び越える。

おばけが手招きするような葉桜の樹《き》を左に曲がると、見上げるほど大きな松並木が見えてきた。牡丹園《ぼたんえん》だ。あの伊藤時計店の先祖が宝塚から運んだ一握りの牡丹の苗が、今や全国にその名を馳《は》せる大きな牡丹園になっているのだ。

ひゅーひゅーと音が聞こえる。松並木を渡る風の音だ。

牡丹園の脇を通り抜け、雑木林に覆われた坂を下る。ふたりは馬ノ背を下りる。下りきると、突然視界が開けた。ひとみは思わずあっと声を上げた。

見たことのない美しい風景だった。

果樹園と田の緑が延々と広がる向こうに、阿武隈山地の峰々が連なっている。遠くの麓《ふもと》に煙がたなびいている。

すぐに大きな川が現れた。阿武隈川だ。木製の欄干の橋を渡る。

耳に聞こえるざわめきは、岸辺に群落する笹《ささ》の葉擦れの音だ。

かげろうの屍体《したい》が橋の路面にいくつも転がっている。

川を越える。古い集落がある。曲がりくねった道は草葺《くさぶ》き屋根の家々を縫う。

道は再びいくつものアップダウンを繰り返した。傾斜は市街地の坂よりもはるかにきつい。坂を越えるまでは空しか見えない。上り詰め、視界が開けた空の先には、また起伏に富んだ長い坂道がうねっている。ひとみは初めて通る道だった。

ここは空港用の整備されたバイパスが完成する以前の、旧道なのだ。

大きな木のたもとや辻《つじ》にはいくつもの石像と石碑が祀《まつ》られていた。人々の祈りの印を、これまでどれほどの雨と風が打ち晒《さら》したのだろう。刻まれた文字はすでに読めない。

風が運んでくる土の匂《にお》いは刻々と変化した。藁積《わらづ》みの飼料の匂い。畑にまかれた肥料の匂い。木の粉の匂い。太陽に灼《や》かれた草の匂い。あまりにも濃密な命の匂いだった。

突然眼の前を、茶色い生き物が駆けた。野うさぎだった。

美しい、とひとみは思った。

しなやかな躍動は命そのものだった。

目の前を黙々と走る、円谷幸吉もまた同じだと思った。

ふたつの坂の分岐点にお地蔵さんがあり、古い石造りの道標《みちしるべ》があった。

「右　日照田　左　雨田」と彫られている。幸吉は左を選んだ。

深い緑を湛《たた》えた大きな山が見えた。黙々と走っていた幸吉が初めて口を開いた。

「この坂を上りきったら、狸森だぞ。ついてこいよ」

幸吉はスピードを上げた。ひとみは必死でついていった。絶対に遅れたくなかった。幸吉の背中に食らいついた。自分にこれほどの粘りがあることがちょっと信じられなかった。

突然、百年も昔からあるような木造の校舎が見えた。どこかの小学校の分校だろうか。

幸吉は校庭に駆け込み、さらに裏山に上ってようやく足を止めた。雑草が生えた空き地があった。幸吉は柔軟体操をして、あの国立競技場でやったように、地面に頭をつけてぐるっと一回転してから大の字に寝転んだ。ひとみも一回転してその傍らに寝転んだ。

木々の葉は朝の太陽の光を透かして美しい葉脈を広げていた。

最高に気持ちがよかった。そうしてしばらくふたりは空を眺めていた。

突然、幸吉が上体を起こし、ひとみの顔を覗《のぞ》き込んだ。

「ひとみ、『狐の窓』って知ってるか?」

ひとみは驚いた。幸吉が突然、あの「狐の窓」のことを言いだしたのだ。

「もちろん知ってます。こうして、両手の親指と人差し指で窓を作って、覗いたら、その窓から人を化かしてる狐の姿が見えるんですよね」

「そうだ。ところでその『狐の窓』はね、狐だけじゃなくて、狢の姿も見えるんだよ」

「狐の窓」は須賀川に古くから伝わる伝承だ。しかし狢が見えるというのは初耳だった。

「見たいかい」

「はい」

「そうしてじっと窓を覗きながら、空を見てみろ」

ひとみは言うとおりにして「狐の窓」を空に向けた。青空しか見えない。

「もう一度、ゆっくりと、こっちを見てごらん」

空に向けた「狐の窓」を元に戻し、幸吉の顔を見た。

両親指で鼻を上に向け、人差し指で目尻を下げて白目を剝《む》いた幸吉の顔があった。まるでマヌケなタヌキの顔だった。ひとみは笑い転げた。

「狢が見えただろ?」幸吉も大笑いした。

ふたりの頭上に、空はどこまでも高かった。

今、目の前にいる人は、ほんとうにあの「忍耐」をモットーにする円谷幸吉だろうか。それこそ、狐か狢に騙《だま》されているのではないだろうか。

「幸吉さん、ひとつ質問してもいいですか」

「なに？」

「幸吉さんは、いつも色紙に『忍耐』って書くでしょう？　あれはどうしてなんですか」

「面白いこと訊《き》くね。好きな言葉だからさ。色紙に書く言葉って、だいたいそうだろ」

「『忍耐』って、忍んで、耐えるということですよね。なんか重いイメージがあるんです。あの……正直に言います。幸吉さんは、なんていうか、几帳面《きちょうめん》で誰かの命令に従順なだけが取り柄の、面白くない人だと思ってました。でも、全然違う。そんな人じゃなかった。うまく言えないけど、とってもやわらかい人です。しなやかな人です。人が人に持つ印象なんて、いいかげんなものなんだ。幸吉さんと会って、そう思いました。だから『忍耐』という言葉も、幸吉さんの、本当の姿をうまく伝えていない気がして……」

「正直言うとね、ぼくはあの言葉を、最初、自衛隊の体育学校に入校した日に無理矢理書かされたんだ。でもね、嫌いな言葉なら、ずっと書き続けたりはしないよ。ぼくはいやなものはいやと言うからね。何度か色紙に書いているうちに、ぼくはだんだんこの忍耐という言葉が、好きになってきたんだ。普通、忍耐っていうと、ひたすら苦しみに耐えろ、というふうに聞こえるだろ」

「ええ。そう思います。私はそれが苦手なんです。なんだか、重くて……」

「でも人間はね、ただただ苦しいことなんか、誰もできないよ。本当の『忍耐』というのは、ちょっと違うってことがわかってきた」

「違うって？　どういうことですか」

「もちろん走っていると、苦しい時がある。調子の上がらない時もあるし、身体《からだ》のあちこちが痛くなる時だってある。でも大事なのはね、そこでもうダメだ、と思うか思わないか。そこで、もう一歩、前に出ようとするか、しないか。前に出ようと一歩を踏み出すことで、それはもう『苦しみ』じゃなくなるんだよ。むしろ『歓《よろこ》び』に変わるんだ。『忍耐』というのは、すごく前向きな言葉なんだ」

ひとみは一瞬にして、世界が変わったように感じた。

「忍耐」という、ただ重いだけだった言葉が、川底にきらめく砂金のように輝いた。前に出ようと一歩を踏み出すことで、「苦しみ」は「歓び」に変わる。それが「忍耐」。

今の言葉を、ひとみは絶対に忘れないでおこうと思った。

「ひとみの好きな言葉は何なの？」今度は幸吉が訊いた。

「ひとみが将来、オリンピックに出るような選手になったら、色紙には、何と書くの？」

ひとみは答えに窮した。考えてみたこともなかった。

「私には……まだ思いつきません」

「ひとみは今、いくつだったかな」

「十七歳です」

「十七歳。目指すは、七年後、次の次のオリンピックか。メキシコの次の開催地はまだ決まってないけど、候補はミュンヘンかマドリードか、モントリオールか、デトロイトだね」

そう、たしか一九七二年のオリンピックは、ミュンヘンだ。でもひとみにとっての『次の次』のオリンピック、二〇二〇年は、東京か、イスタンブールか、マドリード……。

そのとき、自分は幸吉がオリンピックに出た歳《とし》と同じ二十四歳だ。

「あと七年。頑張ればじゅうぶん間に合うよ。でも、ひとみ。オリンピック選手になった時、色紙になんと書くか、今のうちから考えておいた方がいいよ。ぼくがそうだったんだ」

どういうことだろう。ひとみは幸吉の言葉をひと言も聞き漏らしたくなかった。

「あれはオリンピックの三年前、十月の秋田国体だった。五〇〇〇メートルの決勝で、ぼくは行けるとこまで行こうと最初からがむしゃらに飛ばして二位だった。でもタイムはそれほどでもなかった。そのレースが終わったあと、とても小柄な人がぼくの方に駆け寄ってきた。最初、その人が誰だかわからなかった。『村社《むらこそ》です』と名乗られて、初めてわかった。昭和十一年のベルリンオリンピックの五〇〇〇メートルと一〇〇〇〇メートルで四位になった村社講平さんだったんだ」

ムラコソコウヘイ。ひとみは初めて聞く名前だった。

「ベルリンオリンピックの時、ぼくはまだ生まれてなかった。でもゴール直前でヨーロッパの選手に抜かれるまで、先頭を果敢に走り続ける姿に世界中が感動した、という話は知っていた。ぼくは中学の時、ザトペックというチェコの選手の伝記を読んで初めてマラソン選手に憧《あこが》れたんだけど、そのザトペックが少年時代に憧れた選手が、村社さんだったんだ。つまりぼくの憧れた選手が憧れた人だ。そんな人が突然目の前に現れて、ぼくは飛び上がるほど驚いた。その村社さんが、ぼくの手を取って言ったんだ。『円谷君、君の走りはぼくととてもよく似ている。オリンピックを目指しなさい。あなたなら絶対にできる』

ぼくはどれほどうれしかったか。あの時の村社さんのてのひらの感触を、今でも覚えてる。この手が覚えてるんだ。ぼくは当時、オリンピックに出られるレベルの選手じゃなかった。身長は百六十三センチで陸上選手としてはかなり小さい方だった。身長が低いのがコンプレックスだった」

身長が低いのがコンプレックス。ひとみと同じだった。

「でも、あの時一緒に並んだ村社さんの身長はぼくよりも低かった。それで堂々とオリンピックに出場して世界をうならせた。『小さくとも世界と戦えるんだ』。その日から、オリンピックで走っている自分の姿を、ずっと頭の中で『想像』したよ。あの国立競技場で、大きな外国人選手の前で小さな自分が走っている姿をね。その時にオリンピック用のサインも考えた。夜、机に向かって何回も練習したよ」

「やっぱり『忍耐』って書いたんですか」

「自衛隊の体育学校に入る前だからね。まだ言葉はなくて、名前だけだった。でもね、ちょっと工夫して、名前のデザインを、小さなランナーが走っている絵にして書いたんだ」

　そのサインなら知っている。

「幸吉」の文字が、ランナーに見える、あのメモリアルホールに飾ってあったサインだ。

「なかなか悪くなかった。オリンピック選手になったら、絶対このサインを使ってやろう、と思った。それがずいぶん励みになったんだ。だからひとみもはやくサインを決めた方がいい。そうだ、今決めて、記念すべき円谷ひとみ選手第一号のサインを書きなよ」

「今？　でも、紙も、書くものもありません」

「大地に書けばいいじゃないか」

　幸吉は木の枝を拾ってひとみに手渡した。

　今すぐサインを作れって、無茶な注文だ。

　しかし、地面を見つめていると、ふっとアイディアが浮かんだ。

　木の枝で思いつくまま書いてみた。円谷の「谷」という文字は、よく見ると、人が笑っているような顔に見える。そこで「円」でまるい顔の輪郭を描いて、その中に「谷」の笑顔を入れた。「ひとみ」はシンプルにその下に読みやすく書いた。

「いいじゃないか」幸吉が笑う。

「サインもできた。あとはオリンピックに出ることだ」

「それが大変です。記録も全然良くないし」

「ぼくだって高校に入ってしばらくはそんなに速くなかったよ。ひとみはなかなかいいバネをしてる。上下動のロスが少ないのもいい。ただ、オリンピックに出たいなら、いくつかフォームを直した方がいい」

「え？　幸吉さん、ずっと私の前を走ってましたよね？　どうして私のフォームが？」

「ぼくは後ろに眼があるんだよ。だからいつも振り返らないんだ」

「ほんとですか！」

「冗談だよ。でも君のフォームは足音でわかる」

幸吉はひとみのフォームの、主に足の運び方についていくつかの欠点を指摘してくれた。言われてみればすべてそのとおりの的確なアドバイスだった。

「ひとみ、今教えたフォームを忘れるなよ。何より大事なのは足の運びと上体の姿勢だ。ただ、これはどんな選手でもそうなんだけど、走っていて苦しくなってくると、どうしてもフォームが乱れてくる。そんな時に、苦境を乗り切るいい方法を教えてあげようか。それはね。『離見の見』という考えだ」

「リケンノケン？」

「そうだ。苦しくなったら、一度自分の意識を身体から離して、空から自分を眺めてみるんだ。そうしたら、不思議なことに、ふっと楽になる。自分を離れて、自分を見る、ということだよ。そうすると、自分のフォームのどこが乱れているかも見えてくるんだ。苦しくなったら、やってごらん」

自分を離れ、空から自分を眺めてみる。リケンノケン。ひとみは強く頷《うなず》いた。

「それともうひとつ。苦しくなった時間を乗り切る方法。自然を味方につけるんだ。風にそよぐ樹や道端に咲いている花。遠い山並み。雲の流れ。空を飛ぶ鳥。雨が降る空。走りながら自然を眺めるんだ。すると呼吸が楽になる。ゆっくりと、深くなる」

それはユカが言っていたことと同じだろうか。走ることは、自然の中に、自分を溶かすこと……。

幸吉はちらと腕時計を見た。

ひとみは一瞬、不思議に思った。腕時計は、昨日の夕方、あの時計店に修理に出したのではなかったか。幸吉はもうひとつ、別の時計を持っていたのだろうか。

「よし。今言ったフォームをしっかり守って、もうひとっ駆けするか。ひとみに見せたい、とっておきの場所があるんだ」

ふたりは再び駆けた。あの『円谷ひとみ』のサインを狸森の大地に残して。未来の福島空港の大地に、私は自分のサイン第一号を刻んだんだ。それはひとみの心をたまらなく愉快にさせた。

峠を越えると展《ひら》けた十字路に出た。そこから棚田沿いに再び勾配《こうばい》のきつい坂道を駆け上る。棚田が切れると大きな桑畑が現れた。桑畑の奥は鬱蒼《うっそう》たる杉林だ。

人ひとりが通れるほどの石だらけのガレ道は勾配を増すごとに薄暗くなる。

手を突きたくなるほどの急峻な山道を辿ると、突然お堂が現れた。

木造りのお堂には数えきれないほどの古いお札が貼られていた。ずっと昔は巡礼者がこの道を往《い》ったのだ。人々の祈りが静かに降り積もったこの仄暗《ほのぐら》い場所が未来に空港になるなんて、とても信じられなかった。

お堂の裏は、けもの道だ。笹をかき分けて這い上がる。もうこれ以上は無理、と音《ね》を上げそうになった時、幸吉が叫んだ。

「着いた。三角山の頂上だ」

ヒバの巨木が数本天を突いていた。

その間に分け入ると、息をのむほどのパノラマが目の前に広がった。

麓を蛇行して流れるのは阿武隈川だ。

そのはるか遠方に山々が幾層もの緑を重ねて連なっている。那須連峰だ。

阿武隈川の流れが作った沃野《よくや》に集落が点在している。

沃野の集落のさらに奥、北東に緑の台地があった。

白い町が浮かんでいた。

町は朝の陽《ひ》を浴びて、周囲の風景に屹立《きつりつ》していた。

「須賀川の町だよ」

それは緑の海をゆく巨大な船のようにも見えた。

天空に浮かんでいるようにも見えた。

美しい風景だった。

ふたりはしばらく無言のまま町を眺めた。町を眺めたまま、幸吉が口を開いた。

「ひとみ、昨日、ぼくに訊いただろ？　あの東京オリンピックのレースの途中、空を見上げた先に、何があったのかって」

そうだ。その答えを知りたくて、自分は時空の歪みを超えて、ここまで来たのだ。

幸吉はいつもの無邪気な顔で笑いながら、指を差す。

「あの空なんだ」

須賀川の町の上に、青い空が広がっていた。

「あの空を見ようとしたんだ」

「東京で？」

「そうだよ。智恵子と同じだよ……」

「え？」

智恵子……。ひとみは驚いた。突然、幸吉の口から女性の名前が出た。

幸吉はうたうように口ずさむ。

「智恵子は東京に空が無いという。ほんとの空が見たいという。私は驚いて空を見る」

思い出した。学校で習ったことがある。

「高村光太郎の智恵子抄」

「そうだ。その中の『あどけない話』という詩だ。甲州街道を走っている最中、ぼくは突然、あの詩を思い出したんだ。なんでだかわからない。ふっと頭の中に、降りてきたんだ。東京に空が無いという。ほんとの空が見たいという。私は驚いて空を見る。そこまで暗誦して、ふっと空を見上げた。そのとき、ぼくは思った。ほんとうだ。東京に空なんか、ない。ほんとうの空というのは、あの須賀川の、どこまでも青く高い空のことなんだ。なんでこんな肝心なレースを走ってるときに、そんなこと思い出したんだろう？　そうしたら、なぜか笑いたくなってね。あの記録映画でぼくが一瞬、空を見ながら笑っているのは、その瞬間の映像なんだ。走りながら笑ったのはあのときだけだからね」

あの映像がとらえた幸吉の微笑み。ひとみの心をとらえたあの空を見上げる幸吉。

幸吉はあのとき、あの詩を思い出していた。

「ぼくは高村光太郎のあの詩が好きでね。よくノートや便箋に書き写したよ。書き間違えては、もう一度最初から書き直してね。そうやって何度も書いて、一所懸命覚えたんだ」

幸吉はもういちど最初から詩を諳《そら》んじた。晴れわたった空のような澄んだ声だった。

智恵子は東京に空が無いといふ、
ほんとの空が見たいといふ。
私は驚いて空を見る。
桜若葉の間に在るのは、
切つても切れない

むかしなじみのきれいな空だ。
どんよりけむる地平のぼかしは
うすもも色の朝のしめりだ。
智恵子は遠くを見ながら言ふ、
阿多多羅山《あたたらやま》の山の上に
毎日出てゐる青い空が
智恵子のほんとの空だといふ。
あどけない空の話である。

あどけない空の話、という最後の一節がひとみは好きだった。

幸吉の澄んだ声がその一節を口ずさんだとき、ひとみは身体の芯が震えるのを感じた。

「阿多多羅山は、あの山だよ」幸吉が指を差す。

安達太良山《あだたらやま》だった。

須賀川の町を背景に、なだらかに流れるような稜線が美しかった。

あの山のふもとは、二本松だ。そこは智恵子のふるさとだ。

智恵子は、二本松から見える安達太良山の上の空を、ほんとうの空、と言ったのだった。

そして安達太良山は須賀川の人々にとっても、最もなじみの深い山だった。

須賀川の町を歩いてまず眼に入るのは、東に見える阿武隈山地の宇津峰山、そして北に見えるこの安達太良山なのだ。須賀川から見えるもっとも標高の高い山でもある。須賀川を出た者が、ふるさとに帰ってきた、と思えるのは、馬ノ背からこの安達太良山の稜線をのぞんだ時だろう。

「須賀川の町から見るのも好きだけど、ぼくはこの森のてっぺんから、須賀川の町の向こうに見えるあの山を見るのが特別に好きなんだ。須賀川の町全体と、あの山と、その上に広がる空が、いっぺんに見られるからね」

それは確かに見晴らしのよい風景だった。靄《もや》が晴れわたるように、心のすみずみにはるかなものが広がってゆく。そんな気持ちになる。

その美しい山並みと空を眺めながら、ひとみはまたユカのことを思った。

安達太良山のふもとの二本松は、ユカが浪江町から最初に避難した町だ。ひとみはあの日、須賀川から歩いて、ダンボール箱の陰で眠るユカを訪ねたのだった。

体育館の陰に隠れてふたりで泣いていたときも、あの山がふたりを見下ろしていた。

あの日、涙でにじんで見えなかった稜線が、今日ははっきりと見えている。

今、ひとみは、円谷幸吉と、ふるさとの山の上に広がる、ほんとうの空を眺めている。

「東京に、空はない。じゃあ、どこに行ったら、あるんだろう。ぼくは走りながら考えた。きっと、このレースをゴールした場所にある。もちろんそれは妄想だ。ゴールだって東京なんだ。東京の国立競技場なんだ。でもぼくは、そう信じることにした。ゴールした国立競技場のすり鉢の底から見上げた先に、故郷の空がある。それを糧に、ゴールまで全力で走りきろうとしたんだ」

「ゴールした時に、ほんとうの空は、見えましたか」

「見えた。ずっと淀《よど》んでいた東京の曇り空の中に、そこだけはっきりと、この須賀川の、ほんとうの空が、ぼくの眼に、見えたんだ」

ひとみが初めて国立競技場に行ったとき、見上げた空。

幸吉が見上げたあの空に、彼が見たものは、須賀川の空だった。

「不思議だな。ほんとうに望んで、心に思い描けば、それは、眼の前に現れるんだ。信じるっていうのは、すごい力なんだよ」

そういって幸吉はひとみの眼を見つめた。

「ひとみ。君も見たいかい」

その空を、自分も見たい。オリンピックのマラソンレースでゴールしたその場所の頭上に広がる、故郷の空を。

その日のために、今、目の前にあるこの景色を、網膜に焼き付けておくのだ。この「あどけない空」を絶対に忘れないために。そのときに、仰ぎ見ることができるように。

「はい。幸吉さんが見た空を、必ず私も見ます」

「よし。約束だ。指切りだ」

幸吉は右手の小指を立て、ひとみの前に差し出した。

ひとみも反射的に右手を出した。

ふたりの小指が触れ合おうとした、その瞬間だった。

ひとみの小指は宙で止まった。

（約束……）

ひとみの心に得体の知れぬどす黒いものが流れた。それは毒薬のようにひとみの全身を巡り、身体を震わせた。

「今」は一九六五年の夏。目の前にいる円谷幸吉はあと二年と半年先に自らの命を絶つ。

それは、メキシコオリンピックの代表に選ばれることが絶望的になり、再び日章旗を上げるという国民との「約束」を果たせなくなった、ということへの、彼なりの「責任」の取り方だった。

「約束」が、彼の命を奪ったのだ。

幸吉がひとみの異変に気づいた。

「どうしたの？」

「『約束』を、もし守れなかったら、どうしますか」

「ひとみが？」

「はい」

「それは、仕方がないじゃないか。約束を守ることも大切だが、それより大事なのは、その約束を果たすために全力を尽くした、ということだよ」

ひとみは幸吉が差し出した右手を両手で強く握った。

「今、幸吉さんが言った言葉を、絶対に忘れないでください！　絶対！　絶対に！　お願いします！」

幸吉の右手を強く揺さぶった。

涙があふれ出る。とめようがなかった。

嗚咽《おえつ》でうまくしゃべれそうにない。それでもひとみはつっかえながら訴えた。

「幸吉さん。みんなはあの東京オリンピックで、幸吉さんがヒートリーに抜かれてすごく悔しがった、と言ってますね。それが国民に申し訳ない……だから、次のメキシコで、もう一度がんばる……でも……ほんとうは違うんじゃないですか？　幸吉さんはあのレースで全力を出し切った。だから、悔いも残っていない。ほんとうはそうじゃないですか」

「どうして、そう思うの？」

「私は、あのレースを映像でしか観ていません。ふたつの映像です。ゴールした瞬間の、ひとつは恍惚《こうこつ》とした表情。もうひとつは、憔悴《しょうすい》しきった表情。どちらにも、何かをやり残した、というような感情は微塵《みじん》もうかんでいませんでした。幸吉さんは、最後の最後まで、すべての力を出し切ったんだと思います。その結果勝ち取った銅メダルです。幸吉さんは、もう十分に、『責任』を果たしたんです。だから……だから……」

その後は、もう言葉にならなかった。

幸吉の右手を握るひとみの両手の上に、幸吉はやさしく左手を添えた。

嗚咽がおさまり、ひとみは幸吉の眼を見据えて言った。

「だから、幸吉さん、この先どんなことがあっても、死なないでください！　絶対に！」

突然、笹の茂みから鳥が飛翔した。

鳥は天空をかけのぼり、やがて青空に吸い込まれた。

「ありがとう。君は、やさしいんだね」

幸吉はひとみの両手を静かにほどいて立ち上がった。

「須賀川の町まで戻ろうか」

ひとみは、もう一度、言った。

「幸吉さん。死なないでください」

「もちろん。ずっと生きてるよ」

ゆっくりと駆け出した。

「帰りはロングジョグで行こう。ひとみといろいろ話したいからな」

ひとみは幸吉と並んで走る。

「これぐらいの、会話できるぐらいのゆっくりしたペースで走ることをジョギングっていうんだ。まだ日本では馴染《なじ》みがないけどね。ぼくはこのジョギングをニュージーランド遠征で学んだんだ。ニュージーランドはジョグの発祥地なんだよ。ぼくらが行ったオークランドというところはとても起伏の多い緑の豊かな土地で、この須賀川と似てるんだ」

ひとみは幸吉の言葉が頭に入らなかった。ずっと幸吉の「死」のことを考えていた。幸吉は本当に自殺をやめてくれるだろうか。そのとき、奇妙な考えが浮かんだ。何かの本で読んだことがある。世界はひとつではなくて、いくつもの世界が平行して存在している、という考えだ。私が存在している世界もあれば、存在していない世界もある。幸吉が自殺した世界があり、自殺せずに生きている世界がある。今、ひとみが経験している「時の歪《ゆが》み」は、もしかしたら、そんな本来は交差することのない別々の「世界」の裂け目ではないか。ここでは別の「世界」が進んでいて、未来には、幸吉は七十三歳のいいおじいちゃんになって須賀川で孫に囲まれて暮らしている。そうなっていても、なんの不思議もないではないか……。

「ぼくがあの国から教わった一番大切なことはね」

幸吉の言葉が耳に入ってきた。

「練習は苦しむものじゃない。楽しむものだ、ということだよ。彼らにはね、まったく悲壮感というものがないんだ。いつも、おおらかに、のびのびとしている。つまりね、彼らは、苦しさを楽しんでいるんだ。『忍耐を楽しむ』。さっきの話だね。だから彼らは外の気持ちのいい景色の中を走るのを好む。ちょうど、この須賀川の果樹園の中のようにね。ぼくは彼らの練習方法に感激して、陸連の練習が休みの日に、彼らと一緒に走ったんだ。すると、休みの日に完全に休むより、ずっと調子がいいんだ。ひとみはこれから、もう走りたくない、と思う日もあるだろう。調子の悪い時もあるだろう。そんな時、休んでしまうんじゃなくて、ほんの十分でもいいから、ゆっくりでもいいから、走ってごらん。きっと走ることが、ひとみの心と身体の疲れを取ってくれる。そうなれば、しめたものだよ」

幸吉は走っている間、ずっとしゃべっていた。

いくらジョギングペースといっても、これでは疲れないか。

「幸吉さん、ずっとしゃべっていて、大丈夫ですか」

「大丈夫だよ。君に伝えておきたいことが、たくさんあるんだ」

森を下り、再び農村の広がる集落に出た。

「ひとみ、フォーム。大地をもっと強く蹴れ。腿《もも》を上げるんだ。それから、もっと胸を張って息を吸い込め。さっき言っただろ」

走りながら細かいアドバイスが飛ぶ。

日は中天近くまで上っていた。

阿武隈川を渡る。

「ニュージーランドにも美しい川がたくさんあった。それからぼくは川を眺めるのが好きになった。川の流れに耳を澄ましてごらん」

「自然の中に、自分を溶かす」

「そのとおりだ。すっと気分が楽になる」

坂道を上ると、やがて集落は町になる。馬ノ背に戻って来た。

ひとみの息が早くなってきた。

「レース中にも、必ず苦しい時がある。自分のペースで走れない時が必ずある。しかし、自分の『時間』が来る時も、必ずある。それまで、レースを捨ててはいけない。要は、タイミングなんだよ。タイミングをつかむ。これが大事なんだ。仮に百メートルを二十秒ペースで走りきれば、フルマラソンのタイムは、二時間二十分三十九秒だ。この百メートルで、一秒ずつ遅れたとしよう。そうすると、フルマラソンのタイム差は、七分差になるんだ。しかし、もちろん、実際のマラソンは、こんな機械的には進まない。機械的に進むなら、持ちタイムの優秀な者が、必ず勝つ。多くの陸上競技ではそうだ。ところがマラソンだけは違う。持ちタイムの優秀な者が惨敗する。持ちタイムの無い者が、一気に台頭する。それがマラソンだ。その大きな要素が、タイミングなんだよ」

「シュトー選手とのデッドヒートに競り勝ったのも、タイミングですか」

「そうだ。よく知ってるね。ぼくもタイミングをつかんだが、シュトーもタイミングをつかんだ。二十キロ地点だった。ぼくは前を走っているシュトーを追い抜いた。その後、ずっとシュトーの足音と息づかいがぼくのすぐ後ろから聞こえていた。シュトーは一瞬にしてタイミングをとらえたんだ。このレースはぼくに付いて行くんだと。シュトーの足音と息づかいが、むしろぼくの走りを助けてくれた。ふたりは同じリズムだった。足運びや呼吸はもちろん、心臓の鼓動さえきっと同じだった」

ひとみは国立競技場で観た映像を思い出した。

「あのレースでは、みんなヒートリーのことばっかり言ってシュトーのことは誰も言わない。でも、ごくたまに、ぼくがゴール直前でヒートリーに抜かれたのは、その前にシュトーとのデッドヒートで体力を消耗し尽くしていたからではありませんか、と問う人がいた。

もしシュトーとの熾烈《しれつ》なデッドヒートがなければ、もう少し余力を残して国立の最後の一周に臨めたのではないか、とね」

「たしかに、シュトー選手がいなかったら……」

「でもね、それは、違うんだ。シュトーもぼくも、あのレースで自己ベストを大きく更新している。シュトーは五分。ぼくは二分以上縮めた。なぜだと思う？　あいつとぼくが、一緒に走ったからだよ。シュトーと走り争ったから、最後に抜かれて三位になったんじゃない。逆だよ。シュトーと一緒に走ったから、ぼくは三位になれた。そしてシュトーは五位になれた。あの二十キロ地点で、ふたりにとって、もう生涯で二度とは起こらない、絶好のタイミングをぼくらはとらえたんだ」

「新宿南口の高架道路の下り坂の途中で、幸吉さんはシュトーを引き離しましたね」

「人間っていうのは不思議なものだ。あんな極限の状態で走っている時も頭の中にはいろんな意識が浮かんでは消えて行くんだ。そのとき、ぼくの頭に浮かんだのは、坂本九の歌だった」

「『ステキなタイミング』？」

「そうだ。あの歌だよ。下り坂の途中でそれが頭に浮かんだとき、不思議なことにほんの一瞬だけ、疲れたぼくの足が、軽くなったんだ」

「でもそのとき、シュトーはついてこれなかったんですね」

「あの歌を知らなかったんだろうな」

幸吉はいつものいたずらっぽい笑顔を見せる。

「レースの後、シュトー選手には会いましたか」

「レース直後は疲労困憊《こんぱい》でそんな余裕はなかった。それでも彼には声をかけたかったので選手村でも探したけど、会えなかった。でもそれでよかったんだ。ふたりは、もう、二度とはない素晴らしいタイミングで出会っているんだから。きっとそれで十分なんだ」

幸吉は走りながらすっとんきょうな裏声で、あの坂本九の歌を底抜けに陽気に歌った。父と、まるでそっくりの歌い方だった。

須賀川の町に入る。

幸吉は有名人なのに、誰も走っている彼に声をかけない。須賀川の人たちは優しいから、みんな幸吉に気を遣っているのだろう。

やがて愛宕山が見えてきた。

ふたりは山頂へと続く階段をかけのぼる。四百年以上も前に滅んだ二階堂氏の城址だ。

頂上は夏草に覆われていた。

「よし。今日のトレーニングは、これで終わりだ」

「もっと走りたいです」

「今日教えたことを忘れないで、あとはひとりで走るんだ」

城の土塁跡にふたりは腰掛ける。狸森から眺めた町に、今、ふたりはいる。

幸吉は、橙色《だいだいいろ》の大きな花を見つめている。

「ノウゼンカズラの花だ。うちの実家の庭にも咲いている。空に向かって高く咲く花の姿が、ぼくは好きだ」

幸吉の横顔が輝いて見えた。

幸吉とは、今日で別れることになるのだろうか。ひとみは、もとの「未来」に戻れるのだろうか。戻れたとして、幸吉はその世界で自殺を思いとどまって生きているだろうか。今度幸吉に会うのは、幸吉がおじいちゃんになった時だろうか。そうなる前に、ひとみには、まだ幸吉に訊いておきたいことがあった。

「幸吉さん」

「なんだい」

「幸吉さんは、誰のために走っているんですか」

「誰のため？」

「自分のためですか？　それとも、幸吉さんが約束した、日本の国民のためですか」

幸吉は考えているようだった。そしてゆっくりと、口を開いた。

「変わったのは……あの瞬間かもしれない」

「あの瞬間？」

「はっきりと言える。最初は、自分のためだったんだ。記録がどんどん伸びて、走るのが、面白くて仕方なかった。走る、ということの喜びそのものに、自分のすべてを捧《ささ》げていた。

東京オリンピックでゴールした瞬間、その時でさえ、ぼくは自分のために走った、と思っていた。だからこそ、あの見上げた空は、日本の空でも、東京の空でもなくて、故郷の須賀川の空だったんだ。レースの中の苦しさも楽しさも、すべて自分に起因するものだった。控え室のベッドで、ぼくは憔悴しきっていた。後で控え室に入った君原さんは、ぼくの成績を知らなかった。あまりに憔悴しているので、きっと惨敗したのだろうと思って、声をかけられなかったほどだったそうだ。最後のランナーがゴールして、表彰式が始まるというので、ぼくは日の丸の入ったトレーニングウエアに着替えた。正直、表彰式に出るのさえ、おっくうだった。それぐらい疲れていた。ところが、国立競技場のトラックに出る階段を上って、七万五千の歓声を聞いた途端、『自分のため』に走ったはずのぼくは、どこかに消えてしまって、『日本の国民』のために走るランナーに変わったんだ」

そこまで一気に話した幸吉は、今度は逆にひとみに訊いた。

「ひとみは、誰のために走るんだ」

ひとみは考えた。できるだけ正直に答えようと思った。

「はっきりと、この人のため、と言える人が、ひとり、います。それは、ユカという親友です。私は、陸上をやめなければならなかった彼女のために、もう一度陸上を始めようと思ったんです。でも、ユカのために走るということが、自分のためでもあるし……そこは、うまくわけられません」

「それでいいんだよ」幸吉が言った。

「自分のため、と、誰かのため。それは本来、コインの表と裏のように、ひとつのものなんだ。誰かのため、というのは、大きなモチベーションになるよ。しかしそこで大切なことは、誰かのために、『自分』を失ってはならない、ということだ。そこがぼくの失敗だった」

「失敗?」

「ひとみが言うように、あの東京オリンピックのレースで、ぼくは、心の中では十分にやりきったと感じていた。ところが、あの七万五千の観衆を目の当たりにして、もう一度やる、と、約束してしまった。そこに、ほんとうの『自分』はもういなかったんだ。『約束』と『自分』が、乖離《かいり》してしまった。日が経《た》つにつれ、その溝は、どんどん大きくなった。もうすでに、タイミングは、自分のもとから去っていたのに……」

幸吉の眼は遠くを見つめている。

「ぼくの失敗を、繰り返してはいけないよ」

「私は、ユカのために走ります。それから、須賀川で、福島で、東北で、ふるさとから遠く離れた場所で、今も負けずに生きようとしている人たちのために……」

「ひとみ。あまりに大きなものを背負いすぎるな。ひとみはユカさんのために走ればいい。それでいいんだ。自分のためだけに走る人間は弱い。『みんな』のために走る人間も弱い。しっかりと、この人のため、と、『顔』の見えてる人のために走るんだ。苦しい時に、もう一歩を踏み出そうと思えるのは、そういう人の存在だ」

「ユカのために……」

ひとつの言葉がひとみの耳にひっかかっていた。

「幸吉さん、さっき、『失敗だった』とおっしゃったでしょう？　どうして過去の話みたいにして言うんですか？　たとえ『失敗』だとしても、その『失敗』は、残りの人生で取り返せるんじゃないですか」

「そうだね」幸吉はさびしく笑った。

「その失敗を取り返すことができるとすれば、それはぼくのもうひとつの夢を叶《かな》えることだろうな」

「もうひとつの夢？」

「ぼくをオリンピックに導いてくれたコーチがふたりいる。ひとりは自衛隊体育学校の畠野さん。もうひとりが、さっき言った村社さんだ。村社さんは、ぼくが自衛隊の体育学校に入ってからも、よくグラウンドに顔を出してくれた。フォームや練習の方法、考え方。いろんなことをたくさん教えてくれたよ。マラソンに転向するよう勧めてくれたのも、初めてオリンピックの強化合宿に仲間入りさせてくれたのも村社さんだった。東京五輪の後、ぼくの周囲には悩みを話せる人がほとんどいなかった。何を相談しても、そんなことはメキシコ五輪が終わってからだ、のひと言で済まされた。そんな中で何でも悩みを打ち明けられる人が村社さんだった。ぼくは誓った。村社さんへの恩返しとしてぼくができることは、今度はぼくがメダリストを育てることだって。それがぼくのもうひとつの夢だ。それができれば……」

そこまで言って幸吉は草むらに寝転んだ。

「幸吉さん、さっきの話ですけど」

「なんだい」

「私には、ユカともうひとり、この人のために走りたい、という人ができました」

「誰？」

「幸吉さんです。私は幸吉さんのために、オリンピックを目指します。そして走ります。幸吉さんの、もうひとつの夢を、叶えたい」

「ありがとう。うんと、うれしいよ」

「サインと一緒に書く言葉も、思いつきました」

「何？」

「野生的な実力は、野生の中に生まれる」

「いい言葉だな」

「幸吉さんの言葉です」

「意味はわかってる？」

「言葉では説明できないものだと思います。シュトーさんが一瞬にして幸吉さんをパートナーに選んだ理由が、きっと言葉で説明できないように」

「それでいいんだ」

幸吉が笑う。

今まで見た、どの笑顔よりも清《すが》しい笑顔だった。

そして幸吉はひとみの眼を見つめて言った。

「もう時間がない。ひとみ。決して忘れるな。もしほんとうに『それ』を望むなら、『想像』することだ。『ありありと思い浮かべる』ことだ。それが望むものを形にする、第一歩だ。君はこれから、山ほど挫折《ざせつ》を味わうだろう。そのたびに、思い出すんだ。世界はたったひとつじゃない。今、目に見えている世界だけじゃない。それを知って、そこで一歩を踏み出せば、君が望むもうひとつの世界を、君が望むもう一人の自分を、君自身で選び取ることができるんだ」

幸吉が右手をひとみに差し出した。五本の指を大きく広げた。

「ひとみ。握手だ」

「指切りじゃなくて？」

幸吉はうなずく。

「そうだ。握手だよ」

手を握る。深く。強く。

なつかしい。

なつかしいぬくもりだった。

あの「秘密の抜け道」をユカと駆け抜けたときの、ユカの手のぬくもりだった。

ふたりでいれば何もこわくない。
そう思ってしっかり握った、あのぬくもり。
しかしぬくもりはやがて潮が引くように幸吉の手から消え、冷たくなった。
残ったのは、幸吉の墓の土を指で掘った時の、あの冷たい感触だった。
山頂に風が吹いた。
風の中で、幸吉の身体が、少しずつ透けていく。
握っている手の感覚がなくなり、やがて冷たささえ感じなくなった。
ひとみは驚いて叫んだ。
「幸吉さん！」
ほとんど泣き声になっていた。左手で幸吉の身体をつかもうとしてもすり抜ける。
あの笑顔だけが最後に残った。
それもやがて周囲の風景の中に掻《か》き消えた。
ひとみは全速力で駆けて「大東屋」を訪ねた。
店には良夫とお姉さんがいた。
「幸吉さんが……」
あとは言葉にならなかった。

良夫は最初、誰が入ってきたのかわからない様子でぽかんとしていた。

やがて「ひとみちゃん！」と叫んで立ち上がった。

「なんであの日、来なかったんだ？」

「あの日？」

「三年前だよ。コーキは楽しみにしてたんだよ」

「三年前？」

「コーキと約束しただろ？　一緒に走るって」

「だから、今朝……」

ひとみは店の中のカレンダーを見た。

昭和四十三年　一九六八年　八月十五日
時が、歪んでいる。

「あの日」から、三年が経っている。

「三年前の、あの日の朝、コーキはしょげかえってこの店にやってきたよ。ひとみさんが来なかったって。親戚《しんせき》だというレコード店にも足を運んだそうだが、そんな親戚はいないと言われたそうだ。ひとみちゃん、今日はコーキの初盆にやってきたの？」

「初盆？」

「知ってるだろ? コーキが、今年の一月に亡くなったのは」

今年の一月に亡くなった……。

だとすれば、「今朝」、ひとみに会いに来た幸吉は……。

ひとみは泣いた。

涙があふれて止まらなかった。


幸吉の腕時計を思い出した。

幸吉は今朝、腕時計を見て「ひとみ、もうひとつ駆けしよう」と言った。

しかしあの時計は前の日の夕方、時計屋に修理に出して置いていったはずだった。

幸吉が今朝、腕時計をしているのはおかしかった。

今朝は、「あの日」の翌日では、なかったのだ。

「あの、幸吉さんが修理に出した時計は……」

「あの時計か。不思議なことがいっぱいあるんだよ。三年前、コーキが伊藤時計店に修理に出したろう? ところが次の日、時計店の主人は行方不明になったんだ。もう伊藤時計店はなくなったよ。時計は主人が失跡した後、修理されてコーキのいる朝霞駐屯地に届いた。差出人の書かれていない小包でね。時計はコーキのもとに戻ったんだが、コーキが自殺する一週間前の大晦日《おおみそか》、つまり去年の大晦日、あいつがふらっとこの店にやってきて、時計を俺にくれるっていうんだ。なんだかよくわからなかったけど、おれはもらうことにした。結局、それがあいつの形見になった。それで、今日の初盆、コーキの形見を取り出そうと、箱を開けたら、中の時計が消えてたんだ。まったく、狐につままれた気分だよ」

突然、お姉さんが悲鳴に近い声をあげた。

「幸吉さんの時計が……」

カウンターの上を指差した。幸吉の腕時計がそこにあった。

「なんで、こんなところに……」

ひとみの眼から、再び涙がこぼれた。

八月は、死者とめぐりあう季節。

幸吉は、いつもの自然体で、あの時計をはめて、ひとみに会いに来てくれたのだ。

しかしどうして、今朝は「あの日」の翌日では、なかったのだろう。

なぜ、そこに三年という時の歪みが生じたのだろう。

ひとみは時計屋の主人の言葉を思い出した。

「生死の運命は、宇宙の法則だ。変えることはできない」

「時の歪みも、抗《あらが》いようのない宇宙の法則に則《のっと》っている」

三年の歪みは、宇宙の法則の「必然」だった、ということか。

しかし奇妙だ。ではいったいいつ、三年の歪みが生じたのだろう。

良夫は伊藤時計店はもうなくなったと言う。ひとみがあの家で寝ている間に三年が経過していたのなら、起きたとき、主人が失跡した時計店は、もうなくなっているはずではないか。だが翌朝、あの店の裏の木戸から出たとき、時計店は確かにまだ「そこ」にあった。

では、いったい、いつ、時が歪んだのだ？

思い出した。

あの「地震」だ。

朝日稲荷神社の能楽堂の、屋根の上の狐を見上げていた時に起こった、「地震」……。

良夫がふとつぶやいた。

「そういえばコーキ、あの日、こんなこと言ってたな。ひとみちゃんの未来のために、トレーニングメモを書くんだって」

「トレーニングメモ？　それは、どこにあるんですか」

「いや、わからないよ。ほんとうに書いたのかも、わからない」

そのとき、開け放たれたドアから風が吹き込んだ。

壁にピンで留められたモディリアーニの女性画が揺れた。

その隣に、絵がもう一枚、額に入れて飾られている。

あの日、良夫がクレヨンで描いた、ひとみの絵だった。

「コーキはこの店に来るたびに、この絵を、じっと見つめてたよ」

ひとみは目を閉じる。

風の中に消えた幸吉の笑顔を思い出す。

「ありがとうございます。いつかまた、このお店に来ます」

ひとみは店を出た。その足で十念寺の幸吉の墓を訪ねた。

初盆とあってすでに多くの献花と線香が供えられていた。ひとみは手を合わせ、「コーキチ坂」を上った。

馬ノ背を歩くと、ひとみの実家があった。

店の前のスピーカーから、ビートルズが流れていた。

「ラン・フォア・ユア・ライフ」。

君の人生のために走れ……。

ビートルズはすでに『ラバー・ソウル』と『リボルバー』と『サージェント・ペパーズ……』を発表して日本でも超スーパースターだ。店の中にはきっと「ボブ・ディラン」のレコードも数多く並んでいるだろう。

昭和四十三年八月。そうだ。父はすでに生まれている。

父の誕生日は昭和四十三年一月八日。

今、初めて気づいた。

円谷幸吉が亡くなった日は、昭和四十三年一月八日。

幸吉が亡くなったまさにその日に、父は、今、目の前にある公立岩瀬病院で産声をあげたのだった。

生まれ変わり……。一瞬、そんな言葉が頭によぎった。

違う、と、ひとみは首を振る。

幸吉は幸吉の人生であり、父は父の人生だ。
ただ、「タイミング」が重なっただけ……。

清水湯の裏の路地に向かった。
路地の入り口は空き地になっていた。
奥にはあの「秘密の抜け道」があり、二本のケヤキが天を突いていた。
ひとみはその根元の洞《うろ》に足を入れた。必ず、あの「未来」へ帰れるはずだ。
それが、「宇宙の法則」の「必然」ならば……。

告白

二〇二〇年　五月二十二日

田嶋はテーブルの上のICレコーダーを停《と》めた。

今、彼の眼の前に座っているのは、一ヶ月前、オリンピック女子マラソンの日本代表に選ばれた円谷ひとみだった。

須賀川アリーナの特別控え室。

部屋には、二人以外に誰もいなかった。

「あなたの話は、とてもにわかには、信じがたい」

「私も信じてもらえるとは思っていません。おそらく日本中の誰もが信じないでしょう」

「ただ私には、あなたの話に、いくらか納得のいく部分がある」

「何ですか?」

「あなたが、円谷良夫さんという彫刻家のデッサンのモデルになった、という話です。実は私は、今から七年前、円谷英二さんのことを伺いに『大東屋』を訪れたことがあるんです。その時、お店に、クレヨンで描かれた少女のデッサンが飾られていました。話を伺っていて、ずっと忘れていたその記憶が鮮明によみがえりました。その絵は黄色い背景の中に、黒い髪と、つややかな少女の肌の色が浮かんでいました。少し左斜めを向いた少女は、小さな口元を引き締めて、鳶色《とびいろ》の瞳《ひとみ》になんとも言えぬ陰影をたたえて、絵の中でじっと私を見つめていた。私はその顔にどこかで見覚えがあるような気がしたんですが、思い出せなかった。でも、今、ようやくわかりました。あの絵のモデルは、私がその絵を見る二週間ほど前に、須賀川のCDショップで出会った、あなただったんですね」

「今から五十五年前の一九六五年に、良夫さんが描いた、十七歳の私です」

「私は、あなたの絵を描いた円谷良夫さんのことも調べました。確かに彼は岡本太郎と一緒に太陽の塔の人面の制作にあたっているのですが、資料はほとんど残っていませんでした。彼は二〇〇〇年に亡くなっています。ひとみさん、やはりあなたが、時空を超えた、ということか……」

「信じられないと思います。記事にならない話を、こんなにたくさんしてしまってごめんなさい。このことを、誰かに話したのは、田嶋さんが二人目です」

「もし差し支えなければ教えてください。あと一人は誰ですか」

「桟ユカです」

「桟ユカ。あの？」

「そうです」

「彼女は、あなたの話を、信じましたか？」

「ええ。もちろん。だって、彼女は幼い頃からの、かけがえのない親友です。そして、私の話を聞いたからこそ、今の彼女があるんです」

「なぜ、ユカさんの次に、私に、この話をしてくださったのですか」

「田嶋さんは私がずっと無名の頃から、私に興味を持ってくださいました」

「それは……。ひとみさん。あなたがさきほど、ずっと隠されていた『秘密』を話してくださったので私も正直に話しましょう。私があなたに興味を持ったのは、あなたがあの円谷幸吉と同じ須賀川出身で、幸吉と同じ姓だったからです。私は最初、同じ須賀川の円谷英二に興味を持ちました。英二さんのことを調べているうちに、英二さんの円谷家と幸吉さんの円谷家が遠い親戚だという話を聞きました。それで、幸吉さんのことも調べてみました。もっと深く彼のことを知りたいと思い、この須賀川アリーナの隣にある、円谷幸吉メモリアルホールにも行きました。生家を訪ねてお兄さん夫婦にも話を伺いました。そうして、須賀川や郡山の陸上関係者と会って取材を進めるうちに、地元の市民ランナーに、円谷幸吉と同じ須賀川出身で、しかも同じ円谷姓の選手がいると知りました。それが、円谷ひとみさん、あなたでした。私は取材を申し込みました。これは記事になる。単純にそう考えたのです。あれはリオ五輪の年ですから今から四年前ですね。会って、驚きました。私が初めて須賀川に来たあの夏に、偶然入った須賀川のＣＤショップにいた、あなただったからです。初めて会ったあの頃、あなたはまだ高校生でしたね」

「はい。田嶋さんとは、その後に注文してくれたウルトラマンのDVDボックスを取りにいらした時と、それまで二回しかお会いしたことはなかったんですが、記憶に残っていました。あの時、私の家の仕事についていろいろと訊かれたからだと思います」

「そうでしたね。でも本当はあなたとはあの夏、もう一度会っているんです。メモリアルホールからあなたは飛び出してきました。声をかけましたが気づいてくれませんでした」

「あの、急に雨が降り出した時……」

「そうです。正直、私はあなたがオリンピックの代表になるほどの陸上選手になるとは、あの時はもちろん、三年後に再会した時でさえ、夢にも思っていませんでした」

「日本中の、誰も思っていなかったと思います。ユカ以外は」

「でしょうね。あなたは実業団の選手でも有力大学の選手でもなく無名の市民ランナーにすぎなかったんですから。それでも私は興味があったので何度か取材をお願いしました」

「小さな記事にしてくれましたね。私には、それがうれしかった。今でも切り抜きを大事に持っています。自分のことに注目してくれる人がいる。それが、とても励みになりました。いつか、私がオリンピックの選手になれたら、その時は、この人にはほんとうのことを言おう、そう決めていたんです」

「それはありがとうございます。でも、まだ信じられないな。それだけで、あなたの大事な秘密を私に教えてくれるなんて」

「ほんとうにそれだけです。他に理由があるとすれば……田嶋さんが、私の名前を褒めてくださったからかな。ひとみというのは、いい名前だって。幸吉さんも、まっさきに私の名前を褒めてくれました。田嶋さんと会った時、それを思い出したんです」

田嶋は、停めたICレコーダーをカバンの中にしまった。

「記事のことは、心配しないでください。なんとかうまくまとめます。メモリアルホールの展示を、もう一度見ませんか。ひとみさんにお見せしたいものがあります」

アリーナのすぐ隣のメモリアルホールに人影はなく、ひっそりと静まり返っていた。

田嶋は、あのコアラのぬいぐるみが置いてある横のガラスケースの前で立ち止まった。

「ここに、幸吉さんの自殺を報じた新聞の切り抜きがいくつかありますね。毎日新聞の記事に、村社講平さんの追悼文が載っています」

ひとみはガラスケースの中をのぞき込んだ。目立たぬ小さな記事だった。

「ここの書き出しを読んでみてください。おかしなことに気づきませんか」

そこにはこう書かれていた。

〈円谷君が自分の後継者を輩出させ得なかった悩みが今回の自殺につながることはわかる〉

田嶋がつぶやくようにその部分を読み上げる。そしてひとみに語る。

「これはかなり特異な文章です。幸吉の死について、当時のほとんどの識者や評論家は『国民の期待の重圧に耐えかねて』とか『メダル至上主義への警鐘』といった論調で論じていました。また陸上関係者は『最近の成績の不振や怪我を苦にして』という競技者としての苦悩を指摘しています。ただひとり、村社さんだけが、幸吉が後継者を育て得なかった悩みに触れているんです」

「村社さんだけが……」

「初めてこのメモリアルホールに来た時、私はこの村社さんのコメントを読んで、強い違和感を覚えました。どこかピントがずれているような気がしたのです。でも、さきほどのひとみさんの話を聞いて、すべて腑《ふ》に落ちました。幸吉さんは、自分が走れないことの悩み以外に、後継者を育てられない、という悩みを抱えていたんですね。それは自分が走れないということと同じか、それ以上の悩みでした。彼はその悩みを誰にも打ち明けなかった。いや、打ち明けられなかったのかもしれない。メキシコ五輪に専念しろ。そんな話は後回しだ。という答えが返ってくることがわかっていたのでしょう。ただ一人、その悩みを本心で打ち明けられたのが、村社さんだった。村社さんは、幸吉の本当の心が判《わか》っていた。だから村社さんだけがこんなコメントを残したんだと思います」

田嶋がさらに続ける。

「後継者を育てられない、という悩みが、自死するほどの悩みかという点は、私には判りません。幸吉さんは、オリンピックの銅メダリストですから、将来は必ず日本陸連の幹部となって、後進の指導に当たれたはずです。そこに疑問が残ります。その答えは、推測するしかありません。これはあくまで私の推測です。たとえば、日本陸連と幸吉さんとの間に、なんらかのトラブルがあった。あの調書を見る限り、彼は世間のイメージとはまったく違い、陸連に対しては、相当率直に意見をぶつけていたみたいですから。どこかの段階で陸連と幸吉がぶつかり、その感情的なやりとりに、幸吉が過敏に反応して悲観した、ということかもしれません。あるいは自衛隊という組織が、幸吉の未来に関してなんらかの制限を加えようとしたか、それを暗示するようなことがあったのかもしれません。彼は死の直前、信頼していた直属のコーチである畠野さんを理不尽な人事異動で失うなど、当時の自衛隊のやり方に大きな不信感を抱いていたのは事実です。実際に自衛隊とも直談判《じかだんぱん》して畠野さんを戻してくれと強く訴えています。そんな不信感がこの組織で『後継者を育てられない』という悩みとどこかで結びついていたのかもしれない。もちろんこれらはすべて推測です。いずれにしても」

田嶋は顔を上げて、ひとみを見た。

「幸吉さんは、自分の後継者を育てる、という、果たせなかった最後の夢を、ひとみさん、あなたに託したんですよ。そうは思いませんか。あなたの、にわかには信じがたい話に、納得のいく部分がある、といったのは、そこなんです」

ひとみは、右のてのひらを見つめる。

幸吉のてのひらの感触が、たしかにそこに残っていた。

ゆっくりと手をむすび、記憶の糸をたぐり寄せる。

幸吉と「出会い」、「別れた」、あの夏からあとの記憶……。

夏が終わり、二学期になって陸上部に入ってからも、ひとみの高校生活は明るいものではなかった。二年になって陸上部に入ってきたひとみと、部員たちは馴染もうとしなかった。

あんな根気のない、ちっちゃな子に今さら何ができるの。どうせ、すぐやめる。

みんながそう思っていた。途中入部で実績のないひとみは下級生とともに部活動の半分以上をグラウンドの石拾いに費やした。試合ではレギュラー選手の荷物持ちと給水を担当した。部員たちの陰口が聞こえるたびに、幸吉のてのひらの感触を思い出した。

ひとみが退部せずに三年の冬まで続けたことに部員たちは驚いた。

地元郡山の大学に進学したが、陸上部は無名で、大学駅伝にも参加できなかった。

大学二年の時、父が亡くなった。心筋梗塞《こうそく》だった。

母だけになってしまった店を手伝わねばならず、やがて大学の授業や部活動に時間を割く余裕がなくなった。

それでも走ることはやめなかった。

近所の鳥見山グラウンドで毎日五〇〇〇メートルの記録を伸ばすことに専心した。

小学生時代、ユカと一緒に走ったグラウンドだ。

五〇〇〇メートルで十五分台が出るように努力した。そこからプラス九十秒でつないでいけばオリンピックに出られる。幸吉が教えてくれた言葉を忘れなかった。

調子の出ないときは、ゆっくりと、長く走った。

ときどき立ち止まって川を眺めた。空を見上げた。風の音に耳を澄ました。

心も身体も、どうしようもなく落ち込んだときは、福島空港までロングジョグで走った。

幸吉と登った三角山は、今はもうない。

それでもまだかすかに面影を残す風景のひとつひとつに、幸吉から受けたアドバイスが染み付いていた。不思議だった。その風景を見ると、記憶の引き出しからそのとき幸吉の言った言葉が鮮やかによみがえる。くもった空が晴れ渡るような、あの幸吉の声がよみがえる。須賀川の風景に刻まれた幸吉の言葉の記憶こそが、ひとみにとって幸吉の残したトレーニングメモだった。

怪我をする前に、その兆しが見えるようになった。自分の走る姿を、空から眺めるのだ。おかしい、と感じたときは早めに上がり、足のケアを丁寧にした。

就職はせず、実家のCDショップでフルタイムで働いた。母はコンビニのパートに出た。走る時間は仕事終わりの夜だった。走れる時間が貴重だった。

社会人になってからのひとみの走る舞台は、週末の地元の大会や各地の市民マラソン大会だった。

市民ランナー。ひとみはこの名称が嫌いではなかった。「市民」でないランナーがどこにいるんだろう。自分は組織や会社を代表して走っているわけじゃない、海外では、主婦をしながらトップクラスで走っているランナーもたくさんいる。「できるだけ早く、誰よりも早くゴールを目指す」その目的に、何も変わりはない。ひとみの目標は、あくまでオリンピックだった。

幾度も苦しい時期があった。

そんなとき、必ず幸吉の言葉を思い出した。

「大事なのはね、そこでもうダメだ、と思うか思わないか。そこで、もう一歩、前に出ようとするか、しないか。前に出ようと一歩を踏み出すことで、それはもう『苦しみ』じゃなくなるんだよ。むしろ『歓び』に変わるんだ」

苦しいときこそ、一歩を踏み出す。それだけを守った。

少しずつ、しかし着実にタイムが伸びた。

二〇二〇年三月の名古屋ウィメンズマラソンが、ひとみの転機になった。

ひとみは完全に無名の選手だったが、三十キロを過ぎた時点で、まだ先頭集団に残っていた。

一番苦しかったのは三十五キロを過ぎたあたりだ。

そのときだった。

後ろから、誰かの足音が聞こえた。
それは自分と同じリズムで走る足音だった。
思わず振り返る。
誰もいなかった。
先頭集団は、後続をふりちぎって走っていたのだ。
あの足音は誰の足音だったのだろうか。
幸吉の足音だったのだろうか。
あるいは幸吉が聞いた、シュトーの足音だったのだろうか。
それとも、ユカの足音だったのだろうか。
この足音と、一緒に走ろう。
そう考えたとき、ふっと身体が楽になった。
空の上から、自分が走っている姿が見えた。
四十キロを過ぎ、先頭は三人に絞られた。そこにもまだひとみの姿があった。
三人ほぼ同時に、ゴールのあるスタジアムに入る。
渦のような大歓声がすべての音を掻き消してゆく。
後ろから聞こえる足音だけがひとみの耳に届いていた。
ひとみに振り返る余裕はもうない。
やがて足音も聞こえなくなった。

かすんでゆく視界の先に、かすかにフィニッシュラインが見えた。

そこからの、記憶がない。

気がつくと、毛布にくるまってトラック横の芝生に倒れていた。

声が耳元で聞こえた。

「円谷さん、一位でゴールインよ！」

大幅に縮まった自己ベストタイムはオリンピック代表の選考条件となる設定記録をクリアしていた。

問題は「実績」だった。

実業団でも有名大学の選手でもない、昨年の世界陸上にも選ばれていない。強化指定の範囲外の無名の市民ランナーを、日本陸連が認めるのか。

可能性は低かった。

しかし、陸連内部に、旧弊を打破すべきだと強く主張する人がいたという。彼女の可能性に賭けよう……。

ひとみは田嶋と並んでメモリアルホールに飾られている幸吉の写真を見上げた。

写真の中で幸吉が笑っている。

二人の男と肩を組んでいる。幸吉が、自衛隊での自らの立場を危うくしてまで、戻してほしいと自衛隊に談判したほどの固い絆《きずな》で結ばれていた畠野コーチ。そして、村社講平。

ひとみがつぶやく。

「私は幸吉さんが不憫《ふびん》でなりません。陸連や自衛隊に自分の主張を強く訴えた人が、今、世間では『自己主張の微塵もない』人のように語られているのが……」

「私も同じです。世間が持っている彼のイメージは、誰かが意図的に、その鋳型にはめ込んだ。そんな気さえします。それは、触れられてはならない何かを隠すためかもしれない。幸吉さんのことをいろいろ調べているうちに、いろんなうわさを聞きましたよ。幸吉さんが遺《のこ》した遺書は二通。家族宛と自衛隊宛です。ところが、これまで一心同体で励んで来た直属のコーチである畠野さんや、恩人の村社さんに遺書を遺していないのはおかしい。彼ら宛の遺書はともかく、遺書に名前が記されていないのは、おかしいと言う人がいました。幸吉さんは講演などで、ことあるごとに畠野さんや村社さんへの感謝の念を添えることを決して忘れませんでしたから。そこで、その人は言うんです」

田嶋は誰もいない周囲を見渡し、声を落とす。

「実は遺書は、もう一通あったのではないか。畠野さんか村社さんに宛てた遺書が。しかし、その内容を読んだ第一発見者の自衛隊関係者が、握りつぶした……」

ひとみは驚いた。そんなことは考えてもみなかった。

「さすがに私も、それはないと思います。幸吉さんが、遺書に恨みつらみを遺すとは思えません。幸吉さんはそんな人じゃないと思います。ただね、幸吉さんの遺書には、ひとつ、おかしなところがあった」

「おかしなところ？　なんですか」

「遺書は、机の中から封筒に入れた状態で発見されました。その封筒なんですが、どういうわけか、引き出しの中の天板の裏に、テープで貼り付けてあったんですよ」

「引き出しの中の天板の裏に？」

「そうなんです。なんでそんなことをしたんだろう」

その理由はひとみにもわからなかった。

ふたりの間に沈黙が流れる。

その不自然な間を埋めるように田嶋が口を開いた。

「あの、幸吉さんの走りを見ましょうか」

ふたりはホール奥のベンチに腰掛けた。そして、壁際の台の上のボタンを押した。

映像が流れた。幸吉の生涯を短くまとめた例のＶＴＲだ。

幸吉が国立競技場を出る。その後だ。幸吉が、空を見上げて、微笑んだ。

「このシーンなんですね。幸吉さんが、智恵子抄の『あどけない話』を思い出して、東京の空を見上げたのは」

あの狸森で幸吉と見た、須賀川の空。この時幸吉が夢想したのはあの空だ。

「さきほどのひとみさんの話で謎《なぞ》が解けました。智恵子、と、机の中の便箋に書いてあったのは、智恵子抄の智恵子だったんですね」

「机の中の便箋？」

「ええ。私は七年前のあの日、メモリアルホールを訪ねた後、幸吉さんの生家を訪ねたんです。帰り際、縁側に幸吉さんが使ってた机があるのに気づきました。引き出しを開けてみると書きかけの便箋があって、そこに一行だけ『智恵子』と書いてあったんです。私は恋人か誰かかと邪推しましたが、ひとみさんの話だと、幸吉さんがあの『あどけない話』の詩を覚えようとして書き写そうと書きかけたものか、書き損じだったのでしょうね」

おそらくは田嶋の言う通りだろう。幸吉はたしかにそう言っていた。しかし、その時、ひとみの心にひっかかったのは、その便箋とは別のものだった。

ある連想が働いたのだ。

「田嶋さん、今、幸吉さんの生家の縁側に、机があるとおっしゃいましたね」

「ええ。便箋はその机の引き出しの中にあったんです」

「その引き出しの中の、天板の裏は、確かめましたか」

「天板の裏？　いいえ。そこは確かめていません」

田嶋とひとみは顔を見合わせた。同時に同じことを考えた。

「今から幸吉さんの生家を訪ねましょう」

ふたりは立ち上がった。その時、新しい客がホールに入ってきた。

いつものラジオの実況がホールに流れた。

……まだ姿が見えません……どのへんでしょうか……まだ見えません……

……来るのは、円谷か、果たして、シュトーか、ヒートリーか、キルビーか……

……円谷、来た！　円谷、二位だ！

★

喜久造さんと奥さんは玄関でふたりを待っていた。

「ひとみさん、オリンピック出場決定おめでとう。同じ須賀川市民として、幸吉も喜んでいますよ」

喜久造さんが笑った。

「まるで、幸吉さんが、帰ってきたみたいだねえ」

奥さんが涙ぐんだ。

ふたりは居間に置かれた幸吉の位牌《いはい》と遺影に手を合わせる。

奥さんがきゅうりとトマトを出してくれた。

「今朝、穫《と》れたてです。どうぞ召し上がってください」

「ありがとうございます。あとでゆっくりいただきます。おじゃまして早々で大変失礼なんですが、あの幸吉さんの机は、まだありますか」

「もちろんそのまま置いていています」

「もう一度拝見させてもらっていいですか」

「いいですよ。どうぞ」
机は縁側の同じ場所にあった。
主《あるじ》のいない机の引き出しを、田嶋がそっと開ける。
河原の石はそのまま同じ位置に入っていた。
コクヨの便箋帳がある。智恵子の名前が書かれた便箋だ。
表紙を開くと、一枚目に智恵子の文字がやはりそこにあった。
田嶋はひとみに目配せする。ひとみは、引き出しの中に手を入れた。
天板の裏を探った。
ざらついた木の肌触り。
指に異物の感触が伝わった。
天板の裏に、テープで何かが貼り付けられている。いくらか厚みがある。
ひとみは両手の指でテープを丁寧にはがし、「それ」を取り出した。
「それ」は薄茶けた表紙の、一冊の大学ノートだった。
表紙には万年筆の黒いインク文字でこう書かれていた。
「ひとみさんへ　未来のために」
ページを開く。

見覚えのある幸吉の丁寧な文字が並んでいた。

それは何ページにもわたっていた。

あの不思議な一日に、幸吉がひとみに教えてくれたことだった。

苦しくなったときに、どう対処するか。

自分を離れて見ること。自然を味方につけること。

「忍耐」を楽しむこと。タイミングをとらえること。

「望むこと」を、ありありと「思い浮かべる」こと。

すべて書かれていた。

あの東京オリンピックで自分が見上げた空のことが、智恵子抄の「あどけない話」の詩とともに綴《つづ》られていた。狸森の山の頂上で聞いた話と同じだった。

そして、ノートの最後のページに、こう記されていた。


ひとみさん。

これが、あの日私が見上げた「あの空」の秘密です。

あなたは特別な人です。

東京オリンピックのレースで、あの時、ほんの一瞬私が空を見上げて微笑んだことに気づいたのはあなただけです。

それが須賀川で生まれたあなたであったことに
私は何よりも大きな歓びを感じます。
今となっては、不思議な気がします。
自分はなぜ、あのとき、微笑んだのだろうか。
あなたへ　私の思いを託すためだったのかもしれません。

いつかあなたを　直接指導したかった。
大切なことを　あなたに伝えたかった。

オリンピックでの健闘を祈ります。
須賀川のあの空が、競技場のゴールで、あなたを待っています。

一九六八　一　円谷幸吉

ひとみの涙が、ノートに落ちる。
幸吉の文字の一部が濡《ぬ》れる。
「あの空」が、涙の雫《しずく》で滲《にじ》んだ。

二〇二〇年　六月二十二日

田嶋が清水湯の路地を入ると、主人の卓造がちょうど暖簾《のれん》を手に持って店から出てきたところだった。

「卓造さん、ごぶさたしています」

「やあ。田嶋さん、須賀川は久しぶりじゃないかね。東京の仕事はどうだい？」

「なんとか元気にやっています。茶色の暖簾、今も使ってらっしゃるんですね」

「ああ。しかしうちもいよいよ廃業まで、あと二ヶ月だ。きゅうりを湯舟にうかべるのも、来月が最後だよ」

「そうか。今日は二十二日か。さびしいですね。百十六年続いた歴史が幕を閉じるんだ」

「よく保《も》った方だよ。もう少し早くたたむつもりだったんだが、ひとみちゃんのオリンピックをこの銭湯で観るまでは続けようと思ってね。まあ、五十六年前の幸吉さんの時みたいに、オリンピックの中継があるからって、みんな銭湯まで観に来ないと思うけどね」

「そうでもないですよ。須賀川の人たちに聞いて回ったら、ひとみさんのレースは清水湯で観る、という人が、けっこういましたよ」

「ありがたいね。女子マラソンは八月二日か。清水湯が有終の美を飾るにふさわしいよ」

「幸吉さんの時はすごかったらしいですね」

「この脱衣場が男湯も女湯もいっぱいになったよ」

田嶋はその光景を想像する。それは間違いなく、「昭和」という時代の中で須賀川が最も晴れやかに輝いた一瞬だったのだろう。

そして五十六年の歳月が過ぎた。

田嶋が初めてこの町を訪れてから、七年。

震災で歯抜け状態だった馬ノ背の町並みにはすでに新しい建物が建ち並んでいる。町の印象もずいぶん変わった。しかし、変わらないものがひとつあった。

この町を初めて訪れた日に感じた、あの、空を見上げたときの気持ちの良さだ。

こんな町が、日本にひとつ、残っていてもいい。

「路地の時計屋からおじいさんが買ったという古時計はどうなりました？」

「もちろん今も動いているよ」

「それはよかった。ところで卓造さん、小説の方は、どうなりました？」

「ああ、あれか。途中で書きあぐねて、随分前から、ほったらかしにしたままだ」

「やはり、可伸が誰か、わからないんですか」

「そうなんだ。方々調べたけどね。とにかく世捨て人だからね。資料がとんとないんだ」

「卓造さん、ひとつお願いがあるんですが」

「なんだね」

「もしあの小説の続きをお書きにならないなら、私があの話を、書き継いでみたいんです」

「あなたも、もの好きだね。何を書くんだい」

「須賀川の空です。芭蕉が見上げ、可伸が見上げた、そして円谷英二が、円谷幸吉が見上げた須賀川の空を書きたいんです」

「そうか。田嶋さんに託してみるのもいいかな」

そう言って卓造は、手に持っていた暖簾を店の表に掲げる。

「けど、可伸については、どう書くつもりだ」

「そうですね。たとえば、六十年ぐらい前まではこの路地の入り口にあったとおっしゃっていた、あの時計店の、失跡した主人の父親だったとか」

「時代が合わないじゃないか。俺は、そういう絵空事は好きじゃないんだ」

「絵空事か」

田嶋は思わず笑った。

「何か、おかしいこと言ったかな」

「いや、つい最近、別の人から同じ言葉を聞いたものだから」

「どうしてそんなこと思いついたんだい」

「もしかしたら」

田嶋は視線を上げる。

「あの、二本のケヤキの樹が、教えてくれたのかな」

ふたりは樹を見上げる。

「で、記者の仕事はどうするんだい」

「実は昨日、辞表を出してきました」

「そうか。思い切ったね。大変だろう」

「はい。私も、一歩を踏み出そうと思いまして。そう教えてくれた人がいたんです」

「完成したら、ぜひ読ませてくださいよ。ただし、電子書籍なんぞは勘弁してくれ。年寄りには、性に合わん」

「紙の本にしてくれるところから出版するつもりです。文字は、烏賊《いか》墨《すみ》色にしてもらおうと思っています」

「えらいこだわりようだね」

「ええ、卓造さんが、この茶色の暖簾にこだわったようにね」

暖簾が、ふっと笑ったように揺らめいた。

空に絵を描く

二〇二〇年　七月十四日

ひとみ。オリンピックのレース本番まで、いよいよ三週間を切ったね。

ライバルはケニアのウズーリ、エチオピアのマスカルラム、ハンガリーのシュトーかな。

ハンガリーのシュトーのおじいちゃんは、あの五十六年前の東京オリンピックに出場したんだってね。彼女も二十四歳で、ひとみと同い年だって。「おじいちゃんは五位だったけど、私はメダルを目指す。ツブラヤ選手と走るのを楽しみにしてる」って今日のネットニュースにコメントが出てたよ。なかなかの強敵だね。

五十六年前の東京はくもり空で湿度がスゴかったらしいけど、今回は暑さが心配だね。

そういえば今年の東北地方の夏の暑さは観測史上で二番目なんだって。

一番暑かったのは七年前。二〇一三年の夏。

覚えてる？　ひとみはあの夏、須賀川のきゅうりを送ってくれたよね。美味しかった。

いまでも私はあのきゅうりの味を忘れない。

それはきっと、あの七年前の夏が、私にとってもひとみにとっても特別な夏だったから。

私が陸上部を辞めた夏。そして、ひとみがもう一度走るのを始めた夏。

そうだ、ひとみにパスタの法則を手紙に書いて送ったの覚えてる？　私はひとみにはトラック競技が向いてるって勧めたつもりだけど、まさかマラソンのオリンピックランナーになるとはね。それから、ロンドンオリンピックの雨の中の女子マラソンのことを、私は手紙に書いた気がする。あとは何を書いたか忘れたけど、とにかくひとみは私の手紙を読んで、円谷幸吉さんのメモリアルホールに行って、国立競技場に行ったって、手紙くれたね。それから、あの七年前の、須賀川の花火大会の夜にあったこと……。ひとみからその話を聞いた時は、びっくりした。でもね。私は、ひとみの話を全部信じた。とにかく大事なことは、ひとみがもう一度走る決心をして、そこから本気でオリンピックを目指したこと。陸上部のみんなは笑ってたって言ってたね。二年の二学期から突然陸上部に入ってきて、オリンピックを目指すって言うんだもの。あんな何も続かない子に何ができるのってね。でも、円谷幸吉と会ったあの日から、ひとみは変わったんだ。

私は、ひとみが夢に向かってがんばってるのを見て、とてもうれしかった。そして正直、うらやましかった。でも、私には私のレースがあったんだ。

私はあの頃、外に出られない母のために、その日に見た空の絵を描いてあげてた。毎日、毎日ね。

空は、毎日同じようでいて、ぜんぶ違うんだ。季節や時間によって違うし、場所によっても違う。須賀川には須賀川の空があるし、宝塚には宝塚の空がある。マルセル・プルーストが見たコンブレーの空がある。空なんかみんな同じだと言う人は、空を知らない人だ。

最初は写メで撮ったりもしてたんだけど、母は、私が描いた絵がいいって言う。

そのうち、母も絵を描き出した。母が画用紙に描いたのは、自分が子供の頃、須賀川で見たっていう、釈迦堂川のたもとで見た夕焼け空だった。

誰もが心の中に、忘れられない空があるんだ。

それはとても美しい空だった。

いつかもう一度、この空を母に見せてあげたいな。そう思った。

そうして毎日、母のために空の絵を描いているとき、ふと思ったんだ。空の絵を描くんじゃなくて、空に絵を描けないかなって。

人はよく、実現できないことを「絵空事」って言うよね。空に絵を描くってことは、実現不可能なことのたとえで使われるんだ。

でも、私は思った。ほんとうに、空に絵を描くことはできないのかな。

そんなある日、父とポン菓子の販売に出かけた町で、ふと見上げたら、空に白い飛行船が浮かんでいたんだ。知事選挙の投票日を知らせる飛行船だった。

のどかに漂うその飛行船のはるか上空を、飛行機がまっすぐに飛んできて西の空にあっという間に消えた。

私にはその飛行船が、まっすぐに過ぎ去ってしまう時間の中で、消え去らずにぽっかりと漂う時間のかたまりのように見えたんだ。

そのとき、不思議な考えが私の頭にひらめいた。

あの、漂う時間のかたまりのような飛行船に、心の中の空を映すことができたら……。

あの飛行船の船体をスクリーンにして、心の中の思い出の空の絵をスライドのプロジェクターで拡大して映せないだろうか。もちろん空に浮かぶ飛行船に地上からのプロジェクターの光は届かない。それなら飛行船の中にプロジェクターを入れて、飛行船の内側に映し出したらどうだろう？　薄くて白い船体なら、映し出された絵は外側からもはっきりと見えるはずだ。そんなことが実際にできるかどうか、自分では想像もつかなかった。

私はインターネットで、飛行船を飛ばしているグループを見つけて連絡を取った。私の考えを話すと、とても興味を持ってくれた。彼らは大学のグループで、機械にも詳しかった。プロジェクターは遠隔操作で地上からも操作できる。絵をプロジェクターで半球の鏡に映して反射させれば、球体に拡散して飛行船全体に絵が映るんじゃないか。彼らは防犯用の大きな半球の鏡をホームセンターで買って来て、実験してくれた。

私の思いつきを、形にしてくれたんだ。

夕暮れが闇《やみ》に溶け込もうとする、ある夏の一日だった。

私は、母をベランダに連れていった。

お母さん、空を見上げてごらん。

母は、宝塚の空を見上げた。

生気のなかった母の表情が、みるみるうちに明るくなった。

母が見上げた先に浮かんでいたのは、あの須賀川の空だった。

須賀川の釈迦堂川の夕暮れの空だった。

母の心の中にある、いつか見た空だった。それは空に浮かんだ「まぼろし」だった。

まぼろしの空が、そのとき、現実になった。

こんなことを思いついたのはね、ひとみから聞いた、あの円谷幸吉さんの言葉がきっかけだよ。あの智恵子抄の「あどけない話」を思い出して東京の空を見上げた話。ゴールした国立競技場の東京の空の真ん中に、そこだけ故郷の須賀川の空が見えたっていう話。私はあの幸吉さんが見た空を表現したかったんだ。いつか見た心の中の空を、空に描きたかったんだ。

私は福島の友人や知人たちから、心に浮かんだ空を描いて送ってもらった。

もっとたくさんの人に、須賀川の空を、福島の空を見てほしい、と思ったから。

それから飛行船のグループの人たちに協力してもらって、武庫川の夜の河川敷に、福島の人たちが描いた空を飛行船に映して浮かべた。

たくさんの人が集まってくれた。宝塚の空に、福島の空が浮かんだ。私たちのふるさとの人たちの心の中にある、いつか見た空だった。夜の空に、青空が浮かんだ。誰かの心の中にある空を、みんなで思い浮かべた。何よりもみんなが福島の空に思いを馳せてくれるのがうれしかった。

そのときだった。私はなぜか、ひとみの手紙で教えてもらった、伊藤祐倫という、江戸時代に宝塚から須賀川まで牡丹の苗を持ち運んだ人のことを思い出したんだ。

そして同時に、原発事故から五年以上経っても、故郷の福島に帰れないでいる十五万人の福島県民のことを思った。

そんな福島県民が、宝塚から福島までの八百キロまでの間にも、たくさんいるはずだ。

宝塚から須賀川まで徒歩で向かいながら、その土地土地で故郷の福島から避難したり移住して暮らしている福島の人たちに、それぞれの心の中の故郷の福島の空の絵を描いてもらって、空に浮かべられたら素敵だろうな。

ふともらしたそのアイディアにみんなは乗ってくれた。宝塚から須賀川までおよそ八百キロ。歩いたら三週間はかかる。もちろん私はアイディアは出したけど、母のことがあるのでその旅には参加しないつもりだった。父は、母のことは俺が面倒見るから行ってこいって言ってくれた。それでも私は行くつもりはなかった。母は、最後まで、私が責任をもって看《み》る。それが私のレースだもの。空に絵を描くプロジェクトは私がいなくてもできる。

そのとき、母が思いがけないことを口にした。

自分の心の中にある須賀川の空を、みんなと一緒に外で見たい。宝塚の空の下で見たい。

そうして母は、スタートの武庫川に浮かぶ飛行船に映った、自分が描いた須賀川の空を見に来た。病院の主治医は驚いた。病状がうそのように回復している。信じられないって。

母が外に出たのは、五年ぶりだった。

母の病状が劇的に回復し、私は宝塚から須賀川の三週間の旅に参加できることになった。

全国に散り散りばらばらになった福島の人たち。兵庫、大阪、京都、滋賀、愛知、長野、静岡、神奈川、東京、埼玉、茨城……。どこに行っても、故郷から離れた福島の人たちはたくさんいた。誰もが故郷の空の思い出を持っていた。みんなの心の空が、空に映った。

そしてゴールの須賀川。会場は、福島空港公園だった。空港の空に映した、須賀川の空。

たくさんの絵の中に、ひとみの、あの絵もあった。

ひとみが円谷幸吉さんと一緒に見た、まだそこが福島空港になる前の狸森で見た、あの須賀川の空の絵だった。

ひとみもあの日、空港まで来てくれたよね。

そして、みんなと一緒に、空を見上げたよね。

あの空が、私たちの生きている須賀川の空に浮かんだんだ。


そんなことをしても、何も変わらないって言う人がいた。

現実を見ろ、とその人たちは言った。

見上げても何もならないはずの空を、では、人はどうして見上げるんだろう。

何もないはずの空に、人はどうして思いを託すんだろう。

四年前の二〇一六年に、アップル社がアメリカの西海岸に新社屋を建てたよね。その新社屋はたったの四階建てで、階段で上れる高さなんだ。これまでの企業の経営者たちはみんな、あのバベルの塔のように、摩天楼の高層ビルから下界を見下ろすことに価値を見いだしてきた。でも、彼らは違っていた。地上を見下ろすのではなく、自分の立つ場所から、高い空を見上げることを選んだんだ。

そんな彼らが私の活動に注目してくれた。

私の飛行船をどこからか見つけてきて、アップルのCMに使ってくれた。

そこから私の活動が海外のメディアに紹介されて、ロンドンであの飛行船を浮かべてほしいっていう話が来た。パフォーマンスは好評で、リバプールでも開催した。そう。あのジョンやポールが子供の頃に見上げたリバプールのストロベリーフィールズの空に、福島の空が映ったんだよ。なんでそんなことが現実に起こったと思う？

みんな、空を見上げるのが好きなんだ。

私は今でも自分のことを、アーティストとか、作家って呼ばれるのがこそばゆい。アートをしているつもりは全然ない。

それでも二〇二〇年の東京オリンピックのプレ・イベントで、選手村の空にあの飛行船を浮かばせたいっていう話がオリンピック委員会から来たときは、うれしかった。

参加各国の選手たちと子供たちが描いた空を、選手村の空に浮かべるっていう企画だった。私はオリンピック委員会にひとつだけお願いした。

その飛行船に、福島の空も映してほしい。

決して、福島の空を忘れてほしくなかったから。

あの「あどけない空」を、忘れてほしくなかったから。

そうだ。今、思い出した。

私はあの七年前の夏、ひとみへの手紙に、死んだ人たちの記憶のことを書いたんだった。

私たちが何かを思い出している時、死んだ人たちも何かを思い出しているんだという話。

死んだ人たちがいつか見た「あの空」を、「彼ら」と思い出すために、私は空に空を浮かべているんだ。

あの空に絵を描くアイディアを教えてくれたのも、すでに死んだ円谷幸吉さんだった。

比喩《ひゆ》でもなんでもなく、死者が私たちに教えてくれることはたくさんある。

それを言っても、普通は誰も信じないよね。それがなんだか悔しい。

田嶋さんという人が、私のところに取材に来たよ。

田嶋さんにも、ひとみは、あの秘密を話したんだね。

彼も、同じことを言ってたよ。

ひとみの話をなんとか発表したい。でも記者としてそのまま書いても誰も信じない。

それで、自分は記者を辞めて小説を書くって言ってた。

小説で、あのひとみから聞いた話を書くんだって。

小説って、それこそ「絵空事」だよね。

でも田嶋さんは言ってた。

ほんとうのことは、絵空事の形でしか書けないんだって。
私以外に、もうひとり、空に絵を描く人が誕生しそうだよ。
小説のタイトルは、たしか「空の走者たち」だったかな。

そうだ、ひとみ。
『失われた時を求めて』を読み終えたんだって？
あの日から、ちょうど十年かかったよね。
あの日、私が言ったあの約束のことを、ひとみは心配してたよね。
読み終わるまで、友情は続く。じゃあ、読み終わったら、どうなるの、って。
ひとみ、心配しないで。
だって物語はまだ終わっていないよ。
長い長い物語は、まだ続いてる。
私たちの友情は、まだまだ続くんだ。
福島が「失われた時」を、ほんとうに取り戻せるその日まで。

へこたれねで、がんばっぺ！

二〇二〇年　七月十三日　栈ユカ

★

ひとみは便箋を丁寧に折り畳んで封筒にしまった。

「ごめん。やっぱり手紙にした」

苔むした石段に並んで座っていたユカが笑った。

「面と向かって言うの、照れくさかったから」

ひとみは顔を上げる。

七年前のあの朝に見たのと同じ風景が、目の前に広がっていた。

切り立った崖《がけ》に広がる草むらに、紫色の花が見えた。

二本のケヤキの樹の葉を、風が揺らした。

ひとみとユカはその葉擦れの音に耳を澄ました。

そして、ずっと長い間、ふたりで空を見上げていた。

黄金の雨

二〇二〇年　八月二日

新国立競技場のスタートラインで、号砲が轟《とどろ》くのを待っていた百十二人の選手たちの頭上に雨が降りしきる。

夏の叩《たた》きつけるような大粒の雨である。

不意打ちの豪雨だった。

スタートまで、あと一分。

選手たちは突然の雨に濡れるのを避けようと肩を丸め、目を伏せている。

例外が三人いた。

三人は顔が濡れるのもいとわず、雨が落ちてくる空を凝視している。

ひとりはエチオピアのマスカルラム。

八年前のロンドン五輪では、彼女と同じ国の選手、ティキ・ゲラナが優勝した。

雨の中のレースだった。

小さい頃から雨の中を走るのが好きだったゲラナは、雨が降って来た瞬間、神に感謝したという。

ゲラナが金メダルを獲得したとき、マスカルラムは十四歳だった。

マスカルラムの生まれた村では、雨が降らないと家の電気が止まる。

他のエチオピアのたいていの地域と同じく、村は水力発電に頼っていた。雨が降らないとダムに水がなくなり、とたんに村に電気が来なくなる。夕方になると家は闇に包まれ、何もできない。幼い彼女は闇が怖かった。

雨が降り出すと、彼女は喜んで雨の中を駆けた。雨は光をもたらしてくれるのだ。

マスカルラムは空を見上げた。神に感謝したのだ。


もうひとりはハンガリーのシュトー・アラニエシュ。

彼女の名前のアラニエシュは、自らも長距離走者だった祖父が名付けてくれた（ハンガリーでは日本と同じく、姓が名前の先にくるのだ）。

祖父の故郷はブダペストから南へ二百キロ。ルーマニアとの国境近く、パプリカとタマネギがとびきり美味しい村だ。

レンギョウの花が美しい村でもあった。

祖父の時代は、生きるのが難しい時代だった。とりわけ自らの信じる道を生きる者には。

祖父は選手生活を引退した後、自動車解体工の職を失った。やがて祖国ハンガリーを離れる決心をした。その理由を詳しくは語らない。ひとつだけはっきりしていることは、祖国ハンガリーを愛する心を失ったわけではない、ということだ。

祖父はジュネーブでタクシーの運転手を始めた。

打ちひしがれていたある夜に、東京のレースを思い出したという。それから祖父は懸命に働いた。やがて三台の中古車を借金で手に入れ、自分でも運転しながら小さなタクシー会社を始めた。少しでも走る時間を作るためだった。

数年後、会社は軌道に乗り、ようやく一日に数時間、走る時間ができた。祖父は生きる喜びを取り戻した。

一九八九年、ベルリンの壁が崩壊した。二度とは踏めないと覚悟していた故郷のハンガリーの土を、祖父は家族とともに再び踏んだ。ハンガリーの、「長い冬」が終わった。

祖父は、生まれた孫娘に故郷の花、レンギョウを名前につけた。

レンギョウはハンガリー語で「アラニエシュ」。

それは「黄金の雨」という意味だった。

長い冬が過ぎ、生あるものが命の息吹を謳歌するハンガリーの春、レンギョウが黄色い花の房をたくさんつけるさまは、まるで空から黄金の雨が降っているように見えるのだ。

ハンガリーの海といわれるバラトン湖。そのほとりにある祖父の家をアラニエシュが初めて訪ねた時、玄関には、不思議な円形の紙が立派な額に入れて飾られていた。

祖父が初めてタクシー運転手として働いた日の運転記録だと教えてくれた。

「ここから始まったんだよ。おじいちゃんの新しい人生が。トウキョウの後に、おじいちゃんが手にした、大事なメダルなんだ」

オリンピックのメダルよりもずっと価値のあるメダルだと、アラニエシュは思った。

「おじいちゃん、いつか私がオリンピックのメダルを獲《と》ったら、この横に飾らせてね」

祖父は自慢の料理をふるまいながら、孫にアドバイスした。

「いいか、アラニエシュ。レースでは、お前のパートナーを見つけることだ。最高のパートナーを見つけたら、そいつの背中を、絶対に見失うな。できるだけ長く、できればゴールまで、そいつと一緒に走るんだ。それから、下り坂には、気をつけろよ。おじいちゃんは上り坂を走る練習ばかりして、下りは、からきし苦手だったんだ」

ヨーゼフおじいちゃんはふくよかな頬を膨らませて笑うのだった。

そんな祖父に、アラニエシュは訊いたことがある。

「おじいちゃんは、誰のために走っていたの？」

いつも絶対に陽気な表情しか見せない祖父だった。

しかしその時だけ、少し目を潤ませて答えた。

「ママのためさ」

彼女は祖父が与えてくれた自分の名前を気に入っている。

「黄金の雨」と名付けられた彼女は、雨が好きだった。

シュトー・アラニエシュは空を見上げた。
祖父に感謝したのだ。

円谷ひとみは空を見上げた。
ふと奇妙な考えにとらわれた。
どこかで、円谷幸吉が自分を見ているような気がしてならなかった。
世界はひとつじゃない、とあの日、幸吉はひとみに言った。
ここではない「世界」のどこかで、彼は八十歳になって生きているのだろうか。
いや、違う。
幸吉は、きっと、「今、ここで」見ている。
ひとみは指で四角い窓を作って覗き込んだ。
「狐の窓」だ。
目の前の煉瓦《れんが》色《いろ》のアンツーカートラックの上に、一羽の野うさぎがいた。
後ろ足で立ち、こちらを見ていた。
あの日、幸吉と走ったときに見かけた野うさぎだ。
野うさぎはひとみに語りかけた。
「ひとみ。ひとっ駆け、するか！　ついてこいよ！」

号砲が鳴った。雨はいっそう激しさを増した。

野うさぎが駆け出した。

ひとみは大地を蹴った。

たとえどんなに雨が降り続こうとも、必ず見えるはずだった。

ひとみのゴールの空には、あの須賀川の、あどけない青空が。

あとがき

この小説は実在及び実在した人物が登場するが、フィクションである。

執筆に際し、多くの方々の協力を得た。

円谷喜久造氏ご夫妻はじめ、福島県須賀川市の皆さんは、いつも温かく迎えてくださった。筆者にとって須賀川は、第二の故郷と呼べるほど親しい町になった。

取材に応じてくださったすべての方々に心より御礼申し上げたい。

取材した当時から状況が変わっている点がある。

「円谷幸吉メモリアルホール」は二〇一四年十月にリニューアルオープンし、展示内容が執筆時と若干異なっているが、記述は取材当時のままとした。


後日談をひとつ。

シュトー・ヨーゼフ氏が、二〇一四年十月、およそ半世紀ぶりの来日を果たした。

円谷幸吉の故郷をぜひ訪ねたいと、自費で須賀川を訪問されたのだ。

氏が来日を決意されたのは、筆者がハンガリーで氏を取材したことがきっかけとなったようだ。

「絵空事」が、「現実」を動かしたのかもしれない。

シュトー氏は、須賀川の町を走った。

走っている間、ずっとツブラヤと一緒にいる気がした、と教えてくれた。

その後、五十年前の東京オリンピックのマラソンコースをタクシーで一緒に訪ねた。調布の折り返し地点で記念写真を撮った。

帰りのタクシーの中で、シュトー氏は運転手に訊《き》いた。

「タクシーの運転手をして、何年ですか？」

「七年です。あと三年で個人タクシーの資格が取れます」

「私もジュネーブでがんばって自分の小さなタクシー会社を作りました。もし、二〇二〇年の東京オリンピックまで私が元気なら、もう一度日本に来ます。約束しましょう。そのときは、あなたのタクシーに乗せてください。そしてまた、あの折り返し地点まで案内してくださいませんか」

運転手は笑った。

助手席のシュトー氏も笑った。

目の前に、五十年前、ツブラヤとふたりで走った甲州街道が延びていた。

二〇一四年十一月　　増山　実

文庫版によせて

『空の走者たち』の文庫化に際して、ひとつだけ、心残りなことがある。

この小説の文字の色は、ぜひとも烏賊墨《いかすみ》色にしたかった。

しかし文庫版の場合、印刷所の輪転機では、黒以外の色では印刷できないとのことで、あきらめざるを得なかった。

しかし、単行本では、文字は烏賊墨色になっている。

興味がおありの方は、単行本のページも開いてみてください。

二〇一六年三月　　増山　実

●主な参考資料

『須賀川市史』(須賀川市教育委員会)
『第十八回オリンピック競技大会公式報告書』(オリンピック東京大会組織委員会)
『毎日新聞縮刷版』臨時増刊 '64年東京オリンピック記念号
『東京オリンピック』DVD 市川崑監督(東宝)
『敗れざる者たち』沢木耕太郎(文春文庫)
『オリンピックに奪われた命』橋本克彦(小学館文庫)
『特撮の神様と呼ばれた男』鈴木和幸(アートン)
『ウルトラマン』DVD(ハピネット・ピクチャーズ)
『芭蕉 おくのほそ道』萩原恭男校注(岩波文庫)
『失われた時を求めて』プルースト著/吉川一義訳(岩波文庫)
『高村光太郎詩集』(ハルキ文庫)

本書は二〇一四年十二月に小社より単行本として刊行されたものに加筆・修正いたしました。

日本音楽著作権協会(出)許諾第1601747-601号

Haruki Bunko
ハルキ文庫

ま 14-2

空《そら》の走者《そうしゃ》たち

著者 増山《ますやま》 実《みのる》

2016年3月18日第一刷発行

発行者 角川春樹

発行所 株式会社角川春樹事務所
〒102-0074 東京都千代田区九段南2-1-30 イタリア文化会館

電話 03(3263)5247(編集)
03(3263)5881(営業)

印刷・製本 中央精版印刷株式会社

フォーマット・デザイン 芦澤泰偉
表紙イラストレーション 門坂 流

ISBN978-4-7584-3991-6 C0193 ©2016 Minoru Masuyama Printed in Japan
http://www.kadokawaharuki.co.jp/[営業]
fanmail@kadokawaharuki.co.jp[編集]　ご意見・ご感想をお寄せください。